I0656864

Heinrich Heine, Charles Colbeck

Selections from the Reisebilder

And Other Prose Works

Heinrich Heine, Charles Colbeck

Selections from the Reisebilder
And Other Prose Works

ISBN/EAN: 9783337076986

Printed in Europe, USA, Canada, Australia, Japan

Cover: Foto ©Andreas Hilbeck / pixelio.de

More available books at **www.hansebooks.com**

HEINE

SELECTIONS FROM THE

REISEBILDER

And other Prose Works

EDITED, WITH NOTES AND INTRODUCTION

BY

C. COLBECK, M.A.

ASSISTANT MASTER AT HARROW SCHOOL
LATE FELLOW OF TRINITY COLLEGE, CAMBRIDGE

London

MACMILLAN AND CO.

AND NEW YORK

1891

PREFACE.

IT has long been my desire to render available for use in schools and for general readers some portion of Heine's *Reisebilder*, and I have gladly availed myself of the opportunity afforded by the request of Messrs. Macmillan and Co. that I would contribute to their series of Foreign Classics. No German prose that I am acquainted with is at once so witty, so good in style, and so attractive in matter. It may be thought too hard for the standard of attainment in German commonly reached in our schools, but this standard, it must be remembered, is rising year by year; and at the present moment, when it is likely that Cambridge will establish a Modern Languages Tripos, to be faint-hearted in enterprise least becomes the teachers who have long recognised German as affording at once the practical advantages of a Modern Language and the linguistic training of which Latin and Greek have been supposed to hold a monopoly.

The present selection contains nearly all the *Harz-reise* and the *Norderney*, and the best part of the *Buch Le Grand*, together with a few shorter extracts from the later prose works which are illustrative of what precedes. Much more might have been added from the *Englische Fragmente* and the *Deutschland* alone had space permitted. In the Notes, besides explaining allusions and difficulties, I have commented upon the chief points of German Syntax with reference to special works on the subject. In this portion of the Notes I fear that I may sometimes have aimed too high, and sometimes descended too low. It is hard to maintain an even standard, but I have taken as a guide my own experience as a teacher, and set down just such explanations as I should have given in oral lecturing. I confess that it is not without much inward satisfaction that I have pressed the arch-enemy of England and of pedagogues into the service of English education, and made him point many a grammatical moral. The Introduction contains a life of Heine, which seemed indispensable. No handbook of German Literature gives anything like an adequate account of either his life or his works, and even special works are neither numerous nor easily accessible to the ordinary reader. I hope that the few pages here devoted to the life of Heine may, together with the inevitable influence of his own words, arouse sufficient interest to make the student desire ampler information. If so, he will find it in Stigand's *Life, Work, and Opinions of Heinrich Heine*, published in 1875. I have found it very useful, and have here and there made short extracts from it, which are acknowledged

as they occur.   At the same time, it is only right
to say that the best portion of it is taken from
Strodtmann's *Heinrich Heine's Leben und Werke*, and
that Mr. Stigand's own pages only too often justify
the complaint made against his work, in Meyer's *Con-
versations-Lexikon*, that it is rather a diatribe against
the Germans than a biography of Heine.   Strodtmann's work mentioned above is full, and in most
respects admirable ; of especial value are the criticisms on Heine, quoted at length from contemporary
writers, criticisms which go far to make one believe
that German Literature had by no means sunk so
low as Heine asserted.   Alfred Meissner, a friend of
Heine's, has left us a volume of *Erinnerungen*, chiefly
valuable for the latter part of Heine's life, and there
is a little book *Souvenirs de la Vie Intime de Henri
Heine*, written by his niece, the Princesse de la Rocca,
which is interesting and evidently sincere, though its
critical and literary value is small.   English readers
probably already know Mr. Matthew Arnold's essay
on Heine in the *Essays in Criticism*.   There seems to
me to lurk in it, amidst much that is excellent, a note
of condescension which goes far to spoil the whole.
If it is so, the beautiful poem called *Heine's Grave*, of
which a few lines stand at the head of this volume,
forms a worthy palinode.   Lord Houghton's essay on
Heine in his *Monographs* only requires to be known to
be appreciated.   It deals chiefly with the period of
Heine's life in Paris, where the author made his ac-

quaintance. The French translation of the *Reisebilder*, executed by Heine himself in 1831, has here and there been very useful. There is also an English translation, published in America by Mr. Leland, which is strangely inaccurate in its renderings, and inadequate even when correct. Far different both in style and accuracy are the excellent versions in Snodgrass's *Heine's Wit, Wisdom, and Pathos*, of which it is difficult to speak too highly. The Preface by Théophile Gautier to the French edition of Heine's works published by Michel Lévy Frères in 1877, concludes the list of works which I have consulted. Of translations of Heine's Songs it seems useless to speak here. Those who are likely to read this volume will be sufficiently advanced in German to read the *Buch der Lieder* in the original, and those who know the original best will care least for even the most successful translations.

HARROW, *April* 1883.

INTRODUCTION.

HEINRICH HEINE was born at Düsseldorf on the Rhine on the 13th of December 1799. He himself, in a passage not intended to be historical, gives as his birthday the 1st of January 1800, and styles himself the first man of his age accordingly. Birth. Parentage.

But the earlier date seems to be correct, so far as can be ascertained, for the Düsseldorf registers were destroyed by fire early in the century. He was the eldest son of Samson Heine, army clothier, and of his wife Elizabeth, daughter of a Doctor van Geldern of Düsseldorf. Samson Heine settled in Düsseldorf to please his father-in-law, and was a cloth merchant, who in later life acquired honorary military rank in his capacity of commissary to the army. He seems to have been a man of ordinary attainments, who did very little for his son, and was regarded by him accordingly with no very strong feelings. He shared Heinrich Heine's admiration for Napoleon, and that is almost all we learn of his opinions. The mother, on the other hand, as is so often the case with great men, had much to do with forming her son's mind and inspiring his heart with a love for literature. She was a woman of quick wit and strong mind, with a passionate love for music, which she transmitted to her son. She spared no pains in his training, and was repaid by him with a devoted love. Wayward and moody by nature, he was never such towards her; thoughtless and inconsiderate as he was

b

towards only too many of his friends and relatives, his consideration for her was extreme. In his long illness, though racked by pain, he could write cheerfully to her, and spared her to the very last the knowledge of his sufferings. Samson and Elizabeth, or Betty, Heine **Charlotte Heine.** had three other children, Charlotte, Gustav, and Maximilian, of whom the last was seven years younger than Heinrich. Lottchen was Heine's playmate, and through all his life a devoted sister. She married happily, and is still living at Hamburg. Her daughter, chiefly from her dictation, has published a little book of souvenirs of her uncle,[1] which, in what it says of his character, bears the stamp of sincerity and veracity. It is to this sister Lottchen that the song refers beginning—

> " Mein Kind wir waren Kinder
> Zwei Kinder klein und froh,"

which is one of the gems of the *Buch der Lieder.* Gustav **Baron Heine.** entered the Austrian army, became a baron, and then editor of a Vienna paper, the *Fremdenblatt,* in which he offered to provide a corner for some of his brother's verses, when he once was visiting him in Paris, saying (we quote from the *Souvenirs Intimes*), "' Je les ferai connaître.' Surpris, l'illustre poète reste court et ne sait tout d'abord que lui repartir ; mais une minute après, fermant à demi les yeux comme c'était son habitude lorsqu'il aiguisait quelque petite méchanceté, et regardant son frère.—' Excellente idée, mon bon Gustave ! Je vais te donner mes vers. Tu es ma providence ! Me voilà sûr de devenir célèbre.' " **Max Heine.** Maximilian Heine, the youngest of the family, became a doctor and settled in St. Petersburg. Heinrich was very fond of him, and at one period bestowed much pains on his education. One other member of the Heine family must be briefly portrayed. Samson

---

[1] Souvenirs de la Vie Intime de Henri Heine. Par Princesse Della Rocca née Embden.

Heine's younger brother Solomon, setting out like the rest from a humble home in Hanover to make his fortune in the world, settled at Hamburg, Solomon Heine. and became a banker and a millionaire. To him, as the wealthy head of the family, all his relatives seem to have looked for support and advancement. Nor, to do him justice, did they look in vain. He was an arrant Philistine, to use a word which soon becomes familiar to all readers of Heine, and took a strictly counting-house view of the world ; but he offered Heinrich a stool in his office, and, in spite of what must have been serious provocation from the "dummer Junge," as he always called him, sent him to the university, paid his debts, helped him on his way, and finally settled on him an annuity which kept him from want, and something more. The least pleasing trait in Heinrich Heine's character is his irritable and contemptuous treatment of this uncle, and his evident feeling that he had a right to pecuniary aid, which, during a considerable number of years at least, he was quite able to procure for himself.

Let us now see amidst what influences in the outer world Heinrich Heine started on his journey Childhood at Düssel-dorf. through life. Düsseldorf was the capital of the little duchy of Berg, in 1800 an appendage of the Bavarian Palatinate. It was a small German capital, with about one quarter of its present population of 40,000 souls, with a great market-place, a great garden, a great library, a great statue of a former elector, Jan Wilhelm (see note, p. 104, l. 31), and a very small court, with very small-minded court officials, who made up in stateliness of title what they lacked in splendour of equipment. It might have served as the original scene of Kotzebue's *Kleinstädter*. There was little scope here for greatness of any description,—no talents or no career for them, no past, no future. And in Heine's path in particular stood a bar of circumstance more formidable

than the bar sinister, for on both sides he came of Jewish
parentage, and in the Germany of 1800 the Jew whò
clung to his religion could enter neither the army nor
the public service, nor any profession except that of

The French Occupation. medicine. But across this petty stage, soon
after Heine's entry upon it, there swept the
pageant and panoply of the most splendid movement, political, social, and military, which the modern
world has seen. In 1806 Cleves and Berg were ceded to
France, and Joachim Murat, brother-in-law of Napoleon,
the future King of Naples, was created Duke of Cleves-
Berg and made Düsseldorf his capital. Suddenly the
outlook widened; the German Court disappeared; French
troops dazzled the eyes or won the hearts of the citizens
of Düsseldorf and their daughters; the Code Napoléon
banished the ironbound restrictions of a mediæval and
feudal system; the Grande Nation, marching to spread
Freedom everywhere, entered Germany through the
portal of Heine's birthplace. From 1806 to 1813 our
author was a French citizen,—with what result let the
reader see in the pages of the *Buch Le Grand*. We who
are beginning to take a historic view of that great and
complex movement, so bright in its dawn, so bloodstained
in its midday, so lowering in its close,—we who are
Englishmen, inheriting from our ancestors the civic
freedom which then first came, whatever else came with
it, to the middle and lower classes of Western Europe,—
may find fault with the hero-worship of Napoleon, and
turn in disgust from Heine's extravagance of contempt
for the German aristocracy; but we must be lacking in
sympathy and in power of realising the past if we do not
understand how naturally such feelings sprang up in the
heart of the little German Jew who played with the tall
French grenadiers, and one memorable day, in the summer
of 1811, saw him, himself, the Emperor, ride down the *allée*
of the castle garden of Düsseldorf. The French occupa-

tion was certainly the largest factor of Heine's boyish experiences. It took twenty-five years to dispel the illusions concerning Napoleon. The belief in freedom of all kinds which he then imbibed he never abandoned; he became the champion, in the field of literature, of reason and of the emancipation of the intellect against oppression and stupidity. Next among the influences which moulded his intellect must be placed the legends of the Rhine and of romance in general. *Heine's teachers.* His mother, who read and admired Goethe and Rousseau, and who gave him his early education, was careful to impress upon her children the duty of patriotism, and no doubt, like a wise mother, commended her teaching by all the attractions which are afforded by the poetic legends of the Fatherland. He cannot have been brought up very strictly according to Jewish belief and customs. He went from his mother's teaching to a Jewish school; but at the age of ten he entered the public school at Düsseldorf, the Lycée, as it was called, until in 1813 it became the Gymnasium. It was established in the old Franciscan convent and ruled by Rector Schall- *Rector Schall-* meyer, a Catholic of a rationalistic turn, who, *meyer.* perceiving the boy's ability, would have persuaded his parents to send him to Rome and make an abbé of him. It would have been strange if the man who was called the wittiest Frenchman after Talleyrand, had, like Talleyrand, begun his career as an abbé. From childhood he was a great reader. Of his favourite books the earliest and foremost were translations of *Don Quixote* and of *Gulliver's Travels*. The former made a very great impression on him, and he cried and laughed by turns over the poor knight's adventures as he lay in the garden of the palace. By his mother's direc- *Education in Art.* tion he received lessons in music, dancing, and drawing. The dancing came to an untimely end. For music he had much taste but no industry, and

preferred being played to on the violin to learning to
play himself ; but he was a good judge of it, and writes
delightfully on Meyerbeer and Rossini in his Paris letters.
In drawing he succeeded better, under no less a master
than the great Cornelius ; but he never pursued the art.
He was, in fact, a very lazy boy, by no means fond of
athletics, a poor fencer, full of dreams and fancies, and
keenly sensitive to all that could touch the imagination ;
far too impatient to become an accurate scholar, but
nevertheless a boy full of promise, very attractive, small
but well made, light-haired, blue-eyed, with regular
features, and a merry, vivacious manner alternating with
fits of moody sensitiveness. He first wrote verses at the
First Essay age of twelve, but his first literary success was
in Litera- an essay written for his sister, who, having quite
ture. forgotten the subject of her theme except that
it was something about ghosts, showed up as her own an
impromptu essay of Heinrich's, so brilliant that the fraud,
though of course detected, was forgotten in the admiration
excited. That Heine had a natural aptitude for such subjects, no one who has read the Vision of Dr. Saul Ascher
in the *Harzreise* and the *Traumbilder* will be disposed to
dispute. Of his love for romance, however, and of his
passion for the French and Napoleon, enough is said in
the *Reisebilder* itself.

He remained at the Gymnasium until he was sixteen,
enjoying much, he tells us, Rector Schallmeyer's
His lectures on philosophy, ancient and modern, in
character. the discussion of which the teacher gave free
rein to his rationalism, and no doubt imparted to Heine's
mind the very marked tendency which characterises it to
investigate all creeds and all philosophies, to state their
doctrines clearly, to sympathise with them, and then, with
a swift revulsion, to laugh at them with most humorous,
searching mockery ; so that this man, the lover and scorner
of all creeds, the adherent of none, has left to the world

at once the most touching and luminous sayings on religion, and the most profane and bitter raillery of it. It is as though he were ever ready to bow down before Truth, if for a moment her form seemed to stand revealed before him, until his eye was caught by some ludicrous incongruity of her human vestments, and reverence gave place to laughter.

This life was continued until the year 1816, when Heine was sixteen years old, and it is well to note how much of the future man was already formed within the boy. Born on the margin of the old times and the new, he was singularly apt, by his impressionable nature, to be carried away by the spirit of either. Trained by his mother to love the Fatherland and to dream of its romantic legends, he fell in also with the most humorous of old chivalrous books and the most pungent of social satires. Eager and imaginative, he found at his very doors the spirit of emancipation which was the strength of the Revolutionary movement. Born of a despised and oppressed race, he found a saviour in Napoleon. Naturally prone to questionings of the intellect, he was reared in the forms of one creed at home and of another at school, under the influence of lukewarm adherents of either. At the age when the emotions and the intellect are combining their forces, he was initiated into the study of the manifold solutions of the problems of the universe and of man by an indifferentist. What wonder if, in a character thus compounded, principles the most conflicting, tendencies the most opposite, waged interminable war? Within the microcosm of one highly-strung and sensitive heart was enacted in miniature the tumultuous history of the great world without. Never was contrast carried to a more extravagant pitch than in every phase of Heine's heart and writings. He was the hater of despotism who worshipped Napoleon, the enemy of all aristocracies who despised democracy, a sansculotte in kid gloves, the Romanticist who preached Classicism, a Jew and yet a Christian, a Hebraist and yet a Hellenist, a German more French than the Parisians.

In 1816 the question, what was he to be, was settled Heine in the counting-house. for him and against him by his father, who procured him a place in his Uncle Solomon's counting-house at Hamburg. He had previously had a year's experience as a clerk in Frankfurt, and showed, as might be expected, a thorough incapacity for business. The only result of this year in Frankfurt was the experience of the Jewish quarter there, which enabled him to write the fragment of a novel called *The Rabbi von Bacharach* (published in 1840). His vocation was literature; his character was emotional, indolent, pleasure-loving, unable to work against the grain, or to make a compromise with fortune and give sufficient attention to the routine of business to win the rest of life for the culture of the Muse. He was so young that his father may be pardoned for thinking that discipline and time would cure all, and they were so poor that the wealthy uncle's offer could not well be rejected without a trial. But it was none the less as vain an essay as to harness Pegasus to a city omnibus.

It was inevitable that so impressionable a nature should Love. fall in love betimes, and we are therefore prepared to hear that Heine's first passion was formed at the age of twelve for the little daughter of the president of the chief law court òf Düsseldorf, and that his first published poem was in praise of Caroline Stern, the Düsseldorf prima donna (*Buch der Lieder*, Romanzen No. 16). We quote the second and third verses, for they, like the *Buch Le Grand*, are in the truest sense autobiographical.

> " Ein Traum war über mich gekommen ;
> Mir war, als sei ich noch ein Kind,
> Und sässe still beim Lampenscheine
> In Mutter's frommem Kämmerleine,
> Und läse Märchen, wunderfeine,
> Derweilen draussen Nacht und Wind.

> " Die Märchen fangen an zu leben,
> Die Ritter steigen aus der Gruft ;
> Bei Ronzisval, da giebt's ein Streiten,
> Da kommt Herr Roland herzureiten,
> Viel' kühne Degen ihn begleiten,
> Auch leider Ganelon, der Schuft. "

But it was during his stay in Hamburg that love first really took possession of his heart and turned the current of his life. He had, or fancied that he had, an episode of unrequited love, which is naturally the main theme of all his songs, and is the cause of the note of discord and despair that enters into every one of them. Scorn, melancholy, and mockery are henceforward the almost invariable companions of his Muse ; indeed it is the very vividness of the scorn and the depth of the gloom athwart which it flashes which give to his most striking poems their weird attraction. The disciple of Cervantes could not choose but be ironical, but the sardonic virulence of Heine's wit differs widely from the humour of *Don Quixote.* The lady was his cousin, Amalie Heine, who married in 1821 a certain landed proprietor named Friedländer, and resided near Hamburg. It cannot be said with certainty what the real facts are. His niece, in her Memoirs, treats his love as no more than a "Cousinenschwärmerei," common enough to most youths. Others assert that there was an actual betrothal, and that Amalie first deserted Heine for another, and then, being in turn herself deserted, accepted the first offer that presented itself, and so ruined the happiness of both. This latter view is certainly borne out by many of the poems which allude to the incident. If we realise what his life was at Hamburg, we may account for the mood which assuredly did obtain complete possession of the poet's mind, without reflecting too hardly on Amalie Heine's conduct towards him. Hamburg was utterly repulsive to him ; it was wholly given up to money-making, eating, and drinking, and though money and good living were never despised by Heine, his position at this time with regard to both could only be that of a spectator. He was bound to his uncle the banker, and finding the service hard and distasteful, he performed it very ill. If we suppose that the one oasis in this dreary existence was the society of his cousin, and if we remember that it is of a poet's sensitive nature that we are speaking, we shall easily believe that the current of this Effect on love once checked would in reality occasion the Heine's bitterness for which we have to account. His character. cynicism, according to this view, was the off-spring of poverty, distasteful occupation, uncongenial surroundings, and an unhappy love. The mood once induced, it was natural that the poet should hug his sorrow and pour forth his spleen in verse, until at length he fell in love with his own melancholy, and fed his wrathful indignation at the irony of the world and of fate from all the numerous sources which life presented to him. However that may be, no one can read the earliest of his poems, the *Buch der Lieder*, without feeling that, next to a weird power of dealing with the supernatural, their strength lies in the unrivalled utterance of deep love crossed by fate or treachery, and in a penetrating scorn for the shams of society.

. In 1819 Solomon Heine relented or despaired, and Student offered to pay the expense of a university career at Law if Heinrich would take the degree of doctor of at Bonn. law and return to practise as an advocate at Hamburg. The offer was gladly accepted, and Heine became a freshman at the University of Bonn, thus returning, for a while at least, to the banks of his native Rhine. Law was hardly more to his taste than book-keeping, but at any rate the evil day of drudgery was postponed, his degree need not be his only care, and the freedom and vigorous intellectual life of a university were thoroughly congenial. In fact he seems to have been only too happy at Bonn. He studied literature hard and law a little, wrote songs and satires for his friends, was a considerable dandy in his attire, and stayed there for just one year. We do not know why he left, but in 1820 we find him at Göttingen ; and Göttingen he thoroughly disliked. Perhaps it was debt ; perhaps conscience, bidding him go elsewhere and make a better start at hard work ; perhaps orders from the "furchtbarer Tyrann" at Hamburg ; perhaps mere love of change ; perhaps Amalie Heine's marriage, now fast approaching. The following sonnet to his mother is one of two then written, and seems to favour the last supposition :—

" Im tollen Wahn hatt' ich dich einst verlassen,
Ich wollte gehn die ganze Welt zu Ende,
Und wollte sehn, ob ich die Liebe fände,
Um liebevoll die Liebe zu umfassen.
Die Liebe suchte ich auf allen Gassen,
Vor jeder Thüre streckt' ich aus die Hände,
Und bettelte um gringe Liebesspende,—
Doch lachend gab man mir nur kaltes Hassen,
Und immer irrte ich nach Liebe, immer
Nach Liebe, doch die Liebe fand ich nimmer,
Und kehrte um nach Hause, krank und trübe.
Doch da bist du entgegen mir gekommen,
Und ach ! was da in deinem Aug' geschwommen,
Das war die süsse, langgesuchte Liebe."

It is very beautiful, and, as we have said above, the affection it breathes was wholly sincere. It is remarkable that he wrote sonnets at this time only, and that the first three are to August Wilhelm von Schlegel, translator of Shakspere, then Professor at Bonn, whose lectures on literature made an epoch in Heine's life, and should have made him spare the ridicule which he afterwards too plentifully, if not undeservedly, heaped on the famous critic and upholder of the Romantic School (see note, p. 82, l. 2). The knowledge of what riches were to be found in the literature of England, Italy, and Spain, was Heine's debt to Bonn, and it was

Literary influences at Bonn.

a great one. Shakspere, Scott, Byron, Sterne, Milton, Burns, in the original or in translations, became familiar to him, and on the first four he has left us critical writings of permanent value. Here, too, he was introduced to the original store of German poetic literature. Von der Hagen had published the Saint Gall manuscript of the *Nibelungenlied* only a few years before. Last, but not least, Arndt ("unser Arndt," as Heine calls him) lectured on the *Germania* of Tacitus, and sought in the forests of Germany the virtues which he missed in the drawing-rooms of the time. Bonn, in fact, was a thoroughly Liberal university. It was closed during the French occupation, and had only been re-opened in 1818, one year before Heine's entrance. The spirit of the Tugendbund still reigned there, and the duellings and drinking-bouts which form so unattractive a feature of other German universities were there, for a while at least, in abeyance. Göttingen was a complete contrast. Though not an ancient foundation, it seems to have become thoroughly stagnant. It was instituted in 1733 by Baron Münchhausen, Minister to the Elector of Hanover and King of England, George II., in whose honour it was named Georgia Augusta. It was intended to provide for Hanover a native university, and prevent the migration of students to Leyden, Utrecht, Halle, and Jena. It was richly endowed, and provided with an excellent library, the best of its time for modern books. Its founder gave it a liberal constitution, and during the latter half of the eighteenth century it was the home of free thought and teaching, and numbered among its professors such men as Haller the Botanist and Physiologist, Heyne the Latinist, and Heeren the Historian. It had, too, its school of poetry, worshippers of Klopstock and the genuine German Muse, in opposition to Wieland and Voltaire. To this school belonged the Counts Stolberg (see note, p. 48, l. 17), Voss, and others of the *Sturm und*

Student-life at Bonn.

Göttingen.

Drang period. But the university had not moved with the times, and when Heine arrived there it seemed to him the very incarnation of pedantry and dulness. The professors were old, and neglected the newer lights; of them all, one only, George Sartorius, justly renowned for his historical researches, gave Heine any inspiration for his studies (see p. 71, l. 20). The students also disgusted him. We have said that he was fastidious, and even a dandy; he did not smoke; he disliked beer; already some symptoms of his future malady showed themselves in a nervous temperament, which could not bear the ticking of a clock nor any noise; he found Göttingen fast bound by all the curious customs of German student-life. The Burschen (undergraduates) were enrolled in clubs called Nations (Landsmannschäften), who frequented the Kneipen (beer-houses), and of duels of the quaint kind still in vogue, where the swords are muffled to within six inches of the tip, and all cuts, which must be delivered with the wrist, directed only at the face.

Heine was no fencer, as we have said; but he could˜not escape duels, and for a duelling affair after four months' residence he was rusticated (consiliiert). Hereupon he betook himself to the University of Berlin. During his short stay at Göttingen he had written his tragedy of *Almansor*, published in 1822, together with another youthful tragedy, *Ratcliff*, of which it is enough to say here that they are both bad. Heine was a fine lyrical poet, but, like Byron, far too self-conscious to be a dramatist.

At Berlin Heine's life received a new and great development under three influences—the philosophy of the great Hegel, whom he knew personally; the Berlin. salon of Varnhagen von Ense and his Jewish wife, the talented Rahel or Rachel; and the attempted society for the Regeneration of Judaism, started in Berlin in 1818. He was not a great abstract thinker, as he himself says,

but his keen intellect enjoyed the survey of all things
human and divine, the swift study of philosophy in its
modern development under Kant, Schelling, Fichte, and his
great teacher Hegel; and he possessed, what his master did
not, a first-rate power of stating whatever he apprehended
of the teaching of others in a clear, attractive, and amusing
manner.   It was part of his hatred of obscurantism, dulness, and stupidity, that he could not tolerate confusion
of expression in literature.   Other professors, besides, he
found to admire at Berlin—Bopp, the Sanscrit scholar;
Wolf, editor of Homer; Von der Hagen, editor of the
Nibelungenlied.   But the deepest influence was that of
Varnhagen the Enses.   Varnhagen von Ense, who had
von Ense played a considerable part in war and diplomacy
and Rahel. during the Befreiungskrieg in 1813, was now in
retirement, a sullen spectator of things as they ought not
to be, and busied only with literature.   He is one of the
best of German prose writers, and at this time the salon
of his gifted wife was the centre of liberalism and literature.   Heine was treated by them with affectionate
warmth, and formed for both a friendship which remained
unaltered by distance and unestranged by all vicissi-
tudes.   In their home he first began to show the quiet
satirical wit which made him so welcome a visitor in
every circle, and in their home he learned to know well
the works of Goethe.   Here he met Adalbert von Chamisso
and de la Motte Fouqué, kindred spirits with the romantic
side of Heine's genius, and to them and other literary
friends he read aloud the early poems now known as
Junge Leiden, the *Lyrisches Intermezzo,* and *Ratcliff* and
Almansor — in fact, the greater part of the *Buch der
Lieder.*   Here is a sketch of him at the time from the
pen of a cousin, one Hermann Schiff, which I quote from
Stigand's *Life* (vol. i. p. 97)—

   " Heine's physiognomy was by no means an imposing
one.   He was pale and slender, and he had a fatigued

look. He had the habit of short-sighted people of gathering his eyelids together. His high cheek-bones brought out those little wrinkles which betray a Polish-Jewish descent; for the rest, however, one did not recognise the Jew in him. His smoothly-brushed hair was of a subdued colour, and he was fond of showing his neat white hands. His appearance and bearing were distinguished, something like a personal *incognito*, under which he concealed his real worth from others. Seldom was he animated in the society of ladies. He spoke with a light voice, in a monotonous tone, and slow, as though to lay stress on every syllable. When he put in here and there a profound word there followed a sort of indescribable four-cornered smile about his lips."

Heine's appearance.

In this society, happy as his relations were with the members of it, he would by no means learn contentment with the reactionary politics of the Holy Alliance of Russia, Austria, and Prussia, then in its heyday, nor with the rigid censorship of the Prussian Press, nor the vexatious restrictions of the Prussian Police, nor the coarseness of Berlin manners, nor, in fact, with any single part of that aristocratic narrow bureaucracy and rigid military *régime* which has done so much for Prussia as a European Power, and so little for the happiness, liberties, and welfare of the human units of which it is composed. Heine hated Prussia in general and Berlin in particular with an extravagant and unforgiving bitterness; "sham-holy Prussia," "the Tartuffe of Nations," he has branded her in a passage which will be found in the following pages.

The Jewish movement, in which Heine took some part at Berlin, must be noticed here very briefly. It does not affect very visibly any of the passages in this volume, but it bears materially on what cannot be altogether passed over—his conversion to Christianity. It was known as the "Society of Jewish Culture and Science." Its leaders were Gans, Moser,

Young Palestine.

and Zunz. It traced its origin to Moses Mendelssohn, the friend of Lessing and the hero of Lessing's great play, *Nathan der Weise*, and to Friedländer, a worthy pupil of so great a master. It aimed at securing for the Jews a recognised civil position without the preliminary form of a hypocritical conversion and reception of the rite of baptism; and, pending this consummation, at raising the intellectual condition of the race and finding if possible some common ground of a philosophic creed in which enlightened Jews and Christians could unite. In brief, the movement failed. Religious disabilities were sternly maintained by the Prussian king; the rich Jews were indifferent, the pious Jews were suspicious and alarmed, and it remained a forlorn hope, a splendid dream, until the revolutionary movement of 1848 broke down the civil barriers and carried the question on to the stage in which it remained until our own day. Gans and Heine were baptized by the year 1825; Moser remained faithful to his hopes and his ideal, and, as Heine said in his praise in 1843, died a martyr to the cause. The result upon Heine was twofold. The sense of the hopelessness of such a movement strengthened the motives for going through the form of baptism, and so opening to himself a civil career, a step which he and his family must in reality have contemplated when it was decided that he should become an advocate. That was one result,—a very practical and important one. The other was to leave in his mind a sense of meanness which galled him from time to time very keenly. He was one who had made " the great refusal." He might have served a noble cause,—nay, he had entered into the service, and he was a deserter. It is not, as has been asserted, the key to his cynicism; that lay already in his temperament and had been evinced before, and if it deepened, as no doubt it did, had ample aggravation from the shaping of his after life. But it did

Heine's baptism.

intensify the cynic mood and tend to drive him to extravagant profanity in matters of religion. The betrayal
was not, however, let it be clearly said, of a creed so
much as of a cause—the cause of religious and civil freedom, and of a brotherhood—the brotherhood of an
oppressed race. Between the actual creed of a rationalist
Jew and a rationalist Christian there was not any impas-
sable gulf. There was in Heine none of the stuff of which
martyrs and heroes are made. He showed that it was so
on this occasion, and he showed it when he left Germany
for France, and he showed it in his after-life ; and yet
before the spectacle of his years of suffering on his
" mattress grave," bravely endured to the end, the words
of condemnation die away upon our lips, and we gaze and
pity and admire.

He left Berlin after a twelvemonth, and was for nearly
a year with his parents. His father was failing Lüneburg.
in health, and had settled at Lüneburg, a dull
little provincial town, "the capital of Ennui," as Heine
christened it. Here he employed himself with literature,
correspondence with his Berlin friends, and his brother
Max's education. His first volume of verse had appeared,
and made a great stir in the world of letters. His lyrics
at once took rank with the foremost in the language,
while his tragedies found favour from their Byronic spirit,
which exactly caught an age when the Romantic School
had fallen into ridicule, and the dreams of the period of
revolution were turned into the prose realities of the age
of the Holy Alliance. Probably here was formed the final
resolve to become a Christian, not without hesitation, for
he was in constant correspondence with Moser. At any
rate at the end of the year he was back at Göttingen
Göttingen and really at work at Law, and it once more.
was during a short holiday in September 1824,
snatched from his studies of Justinian and the Pandects,
that he made the short excursion in the Harz, the recital

c

of which forms the first book of the famous *Reisebilder*, his first essay in prose and in humour. The *Reisebilder* was published in 1825, and was received as it deserved. As the selections from the *Harzreise* and the two following books form the staple of this volume, more will be found upon it on a later page (xxxv). In 1825 he passed his much-dreaded examination, and was even complimented by the crabbed old Professor Hugo, at the conferring of degrees, as a poet to be mentioned on a level with Goethe. In the same year he wrote the fragment, never completed and only published in 1840, of a novel descriptive of the home-life and sufferings of the Jews, *The Rabbi von Bacharach.* He was baptized a Christian in June 1825. He treated it, and his friends treated it, Moser among others, as a mere form. He was busy at the time upon his novel, which was only not published because the Jews were out of favour and Moser judged the time an unsuitable one, and his view of his conversion even late in life may be gathered from the following extracts from his *Latest Poems and Thoughts :*—

" That I· became a Christian is the fault of those Saxons who changed sides suddenly at Leipzig ; or else of Napoleon, who had no need to go to Russia ; or else of his schoolmaster, who gave him instruction at Brienne in geography, and did not tell him that it was very cold at Moscow in winter."

" If Montalembert became minister and could drive me away from Paris I would become a Catholic—Paris vaut bien une messe."

In the same year, 1825, he was enabled by his uncle's liberality to pay a visit to Norderney, a little island off the coast of Holland. He had already in the previous year stayed at Cuxhaven, and there first seen the sea. Its grandeur and beauty, as was natural, took a deep hold upon his ·imagination, while the simple fisher folk and their hard, seafaring life suggested many fancies and reflections, and occasioned some of the best

Norderney.

of his little descriptive lyrics. The odes composed at
Norderney are not striking. Heine was here not master
of his instrument, but the continuation of the *Reisebilder*
contains the most sober, thoughtful, and discriminating of
his early prose writings, and shows him very favourably as
a literary critic, especially of Goethe. He had
paid a flying visit to Weimar the year before, Heine and
after the Harzreise, to do homage to the greatest Goethe.
of German writers and poets, then seventy-six years old ;
but the result was not a happy one : the old man was
proud and cold, the young man proud and nettled, and
one interview was the beginning and end of their acquaintance. "He has many brilliant qualities, but he lacks
love," was Goethe's hasty sentence. Heine in a private
letter calls Goethe egotistic ; but he wrote of him in the
Norderney with no malice and with ample praise.

Returning from Norderney in November 1825, Heine
settled at Hamburg to try his fortunes as a lawyer. Hamburg.
In three months he was disgusted, and inclined The *Reise-*
to throw himself upon literature, poor as the fare *bilder.*
was which the Muses bestowed on a German Julius
poet. In 1826 he was back again at Norder- Campe.
ney, living among the fishermen, making love among the
fine ladies at the bath, and writing the prose portion
of the *Norderney.* He then spent a while at home at
Lüneburg, and there wrote the *Buch Le Grand*, which,
with all its faults, for wit and pathos is probably the best
thing he ever did. These two books formed the second
volume of the *Reisebilder*, published by the firm whose
name still stands on the title-page of all editions of his
works. They paid him £50 for each of these two volumes,
and never more than £80 for any volume, though Heine
declared that the great stone house of the firm was the
real and lasting monument which his own *Buch der Lieder*
had raised up to him. Heine, who quarrelled with everybody, of course quarrelled with his publisher, and too

large an inference must not be drawn from his complaints,
especially as the risk from the censorship from 1820 to
1848 was very great ; but of excess of liberality towards
his great client, Julius Campe has never been accused.

Visit to
England.

The book was hardly published when the author
set out for England, with funds supplied by his
uncle, to study at first hand the people whose
literature he so much loved, and whose free institutions
were his admiration. The visit was a total failure. The
weather was bad, he had but few acquaintances, London
seemed to him as to an English poet of the present day a
" wilderness of hovels great and small," and he came away
after a stay of two months impressed but repelled, and
more than ever confirmed in his romantic hatred for the
nation of shopkeepers who had betrayed the great Emperor.
Yet in his *English Fragments* there is much that is striking, while all is interesting ; and he shows, as he does so
signally in his correspondence from Paris, a remarkable
journalistic faculty of seizing on the really important
elements of current politics. While in England the second
volume of the *Reisebilder* appeared, and naturally excited, by
its panegyric of Napoleon and its bold attacks on the aristocracy and the Bourbons, the greatest possible sensation.

Munich.
Baron
Cotta.

Heine was at once a famous author and a marked
man. The most important immediate result was
an offer from Baron Cotta, the well-known publisher at Munich, begging Heine to become joint editor of
the *Politische Annalen,* and contributor to other newspapers
and periodicals. He accepted the offer, and found Munich
agreeable, and his employment sufficiently lucrative. But
the *Annalen* and Heine's engagement came to an end in
six months, and he went into the Tyrol and then into
Italy, to recruit his health. This *Italienische Reise* of
Heine's forms the third volume of the *Reisebilder* as it now
stands. We may account for the fact in many ways, but
it is certain that this period of his life marked a great

descent. His niece dates from Munich and Italy the sensual degradation of his character, and there is only too much in what he wrote to justify what she states on other grounds. The last chapters, too, of the *Bäder von Lucca* contain the outrageous attack on the poet, Count von Platen, in which all decency and restraint *Von Platen.* were flung aside, and for which it is no excuse to say that it was written under provocation from Platen, and under pressure for time and want of money. No doubt he regretted his extravagance, as his friend Alfred Meissner tells us in his *Erinnerungen;* but the pages remain unexpunged, and, though far the worst of their kind that he ever wrote, they are by no means unique. It was of this side of Heine that Carlyle was thinking when he dismissed him with scathing brevity as "blackguard Heine." These pages exposed Heine to a risk of imprisonment for libel ; the book was interdicted in Prussia (with the result, it may be said, of at once increasing its sale), and there may be some probability in the belief that it was this affair with Platen that largely decided Heine to quit Germany for Paris. From Italy he was summoned suddenly by the illness of his father, who died before he could reach *Heine* home. For the next two years he was in Ham- *settles in* burg ; but in 1830 he quitted Germany for ever, *Paris.* save for two short visits in 1843 and 1844, and went to reside in Paris. He hated Hamburg, as we have seen. He suffered much from nervous headaches ; at last he had become seriously ill. "I have done with poetry," he writes, when he was recovering ; "I shall, I hope, live so much the longer prosaically." No doubt the decisive fact for his migration, however, was the July Revolution of 1830, which ended the restored Bourbon monarchy, under which Heine would have been as little safe in Paris as in Berlin, and established a constitutional monarchy under the Bourgeois King, Louis Philippe, son of Philippe Egalité, Duke of Orleans, with the title of King of the French.

Heine, like many others of the "Young Germany" party, was mad with enthusiasm. In May 1831 he was in Paris. The following passage quoted from Stigand's *Life*, and translated from his *Confessions*, written twenty years later, gives his own version of his feeling and motives :—

"I had both done and suffered much, and when the sun of the Revolution of July rose in Paris, I had become quite tired and required some recreation. My native air became daily more unwholesome, and I was forced to think seriously of a change of climate. I had visions. The gathering together of the clouds terrified me, and made all kind of terrible faces at me. The sun sometimes seemed to be like a Prussian cockade. In the night time I dreamed of an ugly black vulture who gnawed at my liver, and I was very melancholy. Besides, I had made the acquaintance of an old lawyer of Berlin, who had passed many years at the fortress of Spandau, and he narrated to me how unpleasant it was to wear irons in winter time. I thought it a thing very unchristian that the irons were not warmed a little. If our chains were but warmed a little they would not make so disagreeable an impression, and even chilly natures would be able to wear them with comfort. People should also have the prudence to perfume the chains with essence of roses and of laurels, as is the case here. I asked my lawyer whether he had any oysters to eat at Spandau. He said, no ; Spandau was too far from the sea. Also meat, he said, was rare there ; and there was no other kind of fowl but flies, which fell into your soup. . . . Since then I needed a little cheering up, and since Spandau was too far from the sea to eat oysters, and since the Spandau fowl-broth did not very much attract me, and since, over and above this, the Prussian fetters are very cold in winter and might not be advantageous for my health, therefore I resolved to set out for Paris, and in the mother-country of champagne and of the 'Marseillaise,' to drink the former, and to hear the latter sung together with ' En avant, marchons ' and ' Lafayette aux cheveux blancs.' "—Stigand's *Life of Heine*, vol. i. pp. 361, 362.

His means of subsistence were his pen and whatever sums Solomon Heine could be induced to bestow upon his kinsman, in return, as Heine once said to him with sublime impertinence, for the privilege of bearing his name.[1] He was received in Paris most cordially by all the literary celebrities,—Alexandre Dumas the elder, Victor Hugo, Lamartine, Béranger, Alfred de Musset, Balzac, Thiers, Eugène Sue, George Sand, amongst authors ; Alfred de Vigny and Jules Janin, the literary critics ; Meyerbeer, Rossini, Liszt, the musicians ; Rothschild, the great banker, a strange acquaintance for a poor revolutionist. The life and society were exactly to his taste, only the noise of the great city annoyed him, and caused him to change his lodgings frequently. His own countrymen, refugees mostly, as he himself was to a great extent, were far from being congenial company to him. He was a democrat only in theory, never in taste. "The mission of the Germans in Paris appears to be. to cure me of homesick-ness," he wrote. They soon came to regard him as a renegade ; and the publication of his book *Ludwig Börne* was the signal for a loud outcry and a series of attacks, one of which resulted in a duel, in which Heine's lip was grazed by a bullet. Börne was an enthusiastic Republican and the ablest writer of the German exiles. Heine prefixed to the *Harzreise* as motto a very beautiful sentence from one of Börne's writings, and was at one time in close alliance with him. But they

Heine and Börne.

[1] In the sequel Solomon Heine, after a quarrel and refusal of help for a time, gave his nephew an allowance of £200 a year. When the uncle died there was a family quarrel, but finally the allowance was continued by the family until Heine's death. The French Govern-ment, too, always generous in its aid to foreigners, gave him a pen-sion of £200, which was continued until the Revolution of 1848 ; so that, little as Campe paid him, Heine was not in actual want.

quarrelled, and as happened only too often in Heine's life, he showed a great want of generosity. What he said was not so much unjust as ungenerous, and though there is much in the book that is able, it cannot be denied that it should never have been published. Its date was 1841.

Earlier than this was the *Deutschland*, a series of Essays on German Philosophy and Literature from Luther to his own time, upon which Heine's reputation for keen but appreciative criticism and lucid exposition, interfused with lively wit and humour, may safely rest. The intention was to make German thought familiar to the Parisian world of letters, and they were accordingly first published in French in the *Europe Littéraire* and *Revue des Deux Mondes*. While in this way he introduced Germany to France, in letters published in the *Allgemeine Zeitung*, until threats made the owner of the paper discontinue them, and later, in the *Augsburg Chronicle*, he introduced France to Germany. Art, Music, and Politics are all treated in a way that is really masterly. For the two first subjects let the reader consult Stigand's *Life*, vol. ii. chaps. ii. and iii.; for the last, the excellent series of extracts in Snodgrass's *Wit, Wisdom, and Pathos of Heine*, from the *Bürgerkönig-thum*. In 1835 the Assembly of the German Bund at Frankfurt placed under their ban the writings of Heine, Gutzkow, Laube, and some others of the "Young Germany" writers, and for some years he found a difficulty in getting anything he wrote published at all. The situation galled him. Forbidden in Germany as a dangerous revolutionist, looked coldly upon by his countrymen in Paris as an aristocrat, he took refuge in verse, and produced *Atta Troll*, a bitter satire in an allegorical form on his own country, and many lighter lyrics of an intentionally frivolous and licentious kind, of which the less said the better.

In 1835 he had entered into what he regarded as a

[margin note: Heine as Journalist and Critic.]

[margin note: Later Poems.]

marriage with Mathilde Crescence Mirat, a Parisian grisette, and in 1841, just before the duel mentioned above, to secure her position, he married her according to the rites of her own religion, the Roman Catholic.[1] Mathilde had no intellectual gifts of any sort, and did not even know that her Henri was a famous man; but the affection was real and lasting, and stood the most terrible of tests, the eight years' torture of Heine's sick-bed. The relation was so similar to that between Goethe and Christine Vulpius that I shall be content to say here that excuses made for Goethe cannot be refused to Heine. In the one case as in the other the event was much deplored and decried by " society," but regarded with equanimity at the least by the family; and in the one case as in the other, it was regarded by those whom alone it concerned as a relation neither to be concealed nor to be ashamed of. In 1845 Heine's health began rapidly to break; the headaches to which he had always been subject developed into an affection of the spine. One eyelid became paralysed, then the other, and thenceforward sight became possible, even when the eye could bear to exercise its powers, only when the lid was upheld by the hand. Some amelioration was effected by a Doctor Gruby, who hoped long for a complete recovery; but in the end, by the year 1848, Heine was a prisoner to his bed, and the powers of the limbs slowly failed, while the body slowly wasted. Pain supervened in paroxysms which recurred with a relentless alternation; and yet, while the fleshly tenement was consumed by the fires of agony, the spirit retained its former vigour and was unimpaired to the very last. It is especially this closing act of the drama of his life, and the manner in which he sustained his tragic part, that evokes the human sympathy and admiration and condona-

Marriage.

Failing health.

The "mattress grave."

---

[1] Madame Heine died in Paris in February 1883, while these pages were passing through the press. .

tion which are rightly bestowed upon Heinrich Heine. All that he had ever said in mockery or earnest of the irony of fate, of man the sport of the gods, of Prometheus on his rock of torture, seem to find an illustration terrible in its realism in his own lot. And this final act was prolonged for eight years. Happily the gloom is not so wholly unrelieved. There were frequent intervals of repose from pain, when intercourse was possible, and to his lodgings were admitted at such times the friends who were always ready to cheer and enliven his sick-bed, and of whom many have left a touching record of their visits.[1] The old wit and humour were still there; indeed of all his many inimitable epigrams none are at once so brilliant and so touching as those he uttered from his "Matratzen-gruft," his "mattress grave," as he christened it. The mockery, the melancholy, the rapid transition to the ludicrous, no longer jarred upon the taste when there was such visible cause for it; indeed the effect of contrast which lies at the root of wit and humour was now chiefly shown in the rapid transition from the gloom of the reality to some ludicrous aspect of it which his fancy was able to evoke, and there was a tenderness in his remarks on all things and on all men which goes far to atone for the unsparing sarcasm in which he indulged too often in the plenitude of life and health.

[1] Heine's English readers must be glad to know that of those whose presence especially cheered him two at least belonged to the nation which he so cordially detested, but towards which in these closing years he acknowledged that he had been unjust. Lord Houghton, whose Memoir of Heine in his *Monographs* is far the best essay on Heine that exists, and who alone has shown himself capable of translating the untranslatable, and rendering into English verse as polished as the original, not only Heine's thoughts, but Heine's wit, was a not infrequent, and always welcome, visitor. The other was the gifted and beautiful Lady Duff Gordon, whose letter describing her intercourse with Heine, given in full in Lord Houghton's Essay, will never be forgotten by those who have once read its delicate portrayal of Heine's romantic attachment for her.

The end came at last almost as a surprise, so gradual
had been his decline.   He died on the 16th of February
1856, and was buried in the quiet cemetery   Death.
of Montmartre, as he had desired, with no cere-
mony, though among the group of men famous in literature
and art who stood silent round his grave, not a few could
have spoken over the dead a funeral oration as eloquent and
glowing as any that have resounded there or in the more
famous Père la Chaise.   A simple stone with the words
"Henri Heine" marks the spot where he lies.

It remains to speak at somewhat greater length of the
work from which mainly the following extracts
are drawn.   It is important to observe at the   The *Reise-*
outset that it is the work of a very young man.   *bilder.*
Heine was only twenty-four when he wrote the *Harzreise*,
only twenty-six when he wrote the *Buch Le Grand*, and only
twenty-five when he wrote the *Norderney*, and they were
his first essays in prose.   Of the *Harzreise*, a year after
its publication, he himself wrote: "The prettiest thing
which I have written is a description of a Harz journey
which I made last autumn, a medley description of nature
—wit, poetry, and Washington Irving observation.   The
verses," he continues, "in my Harz journey are quite of
a new kind and wonderfully pretty.   However, one may
be wrong."   Good critic as he was, he was a good critic
here of his own productions, as no one who has read the
description of the Ilsethal, and the song of the shepherd boy,
and laughed at the wit which sparkles in every page of
the whole, will be inclined to deny.   He may be hard
upon Göttingen, his Alma Mater.   Yet he had found her
a very stepmother, and now he was free from her for a short
while, might he not be excused a little raillery ?   He
enters with true sympathy into all that is simple, touching, and noble in the miner folk and country life.   When
he is sentimental the sentiment has a true ring, the feeling

is strong and real, the thought delicate and dainty. Contrast the true feeling of the description of the Ilse and the Brocken with the mock sentimentality of the Halle students. Again, the wit and humour are of the genuine kind ; they lie not in the words chiefly but in the thoughts and their combination and contrasts. A whole treasury of good instances of bathos, anticlimax, and oxymoron might be supplied from his pages for a disquisition on rhetoric. He has less humour than Jean Paul Richter, but he is free from the clumsiness, the over-strained sentiment, and the didactic prosiness, which make Richter wearisome. He has not Washington Irving's exquisite grace, but he far excels him in raillery and in power of thought. He has not Sterne's even style and sustained unity of mood, but he is wittier and more brilliant, while in some passages he proves himself Sterne's equal as a master of pathos, and his superior in the mock pedantic style which both he and Sterne, and indeed all others who affect it, have adopted from the archetype of humorists— Rabelais. Swift has more power and a finer sardonic touch, but Heine is infinitely more human and tender. And he has one characteristic that is all his own—the power of dealing with the supernatural, with the weird and the uncanny. As regards the language itself it is often said that Heine wrote a Frenchified German. There is some truth in the charge, perhaps, when a long stay in Paris had made French as familiar to him as his native tongue, but there are not in the *Reisebilder* more words of French origin than are to be found in any writer of the time, not excepting Goethe and Schiller. It is true that he is somewhat careless of grammatical niceties, and that his sentences are now and then loose in structure ; they have not the ordered march and stateliness of Schiller's historical prose, nor the complexity of Goethe, but to insist upon this is to take no account of the difference between light and serious literature. He is idiomatic, perspicuous, and always lively and readable. When he wrote the *Reise-bilder* he was fresh from studying Kant and listening to Hegel, and there appears here and there a youthful readiness to apply high philosophy to humble matters; but if the thought is a little hard it is at least always clearly and pleasantly expressed, nor is the philosophising carried to the length of weariness to the reader. A graver charge is that of profanity and licentiousness. As against the third volume of the *Reisebilder* and much of his later verse this charge has already been admitted; but the amount of expurgation that has been exercised upon the pages of these extracts is very small indeed. His writings are not penetrated with what is offensive, like so much of the work of our English writers of the eighteenth century, who to a great extent were his models; nor must it be forgotten that the standard of his time in Germany and France was far lower in this respect than it was in England at the same date. The extremely personal character of Heine's ridicule, and the absence of any attempt in many cases at concealment of the real name of his victim must be admitted as a real and serious blemish; nor is his own plea that he was not so black as he was painted, and that his venom was but counter-venom (Gegengift), either wholly true, or satisfactory in so far as it is true. Had the *Harzreise* been completed, however, the Göttingen portion would have seemed far less prominent than now, and we should have had more of the descriptive writing and idylls and legends of peasant life, which are the most delightful part of the book as it stands. But, with characteristic impatience, he could not bring himself to complete it, and the beautiful valleys of the Unter-Harz, except for one brief page, remain unhonoured and unsung.

The *Norderney*, written in 1826, falls into three divisions, of which the first is concerned with the island itself, the sea, the seafaring inhabitants and their inner life, leading to a disquisition

The *Nor-derney*.

on life as ordered by the Church in the Middle Ages; the second division passes from a description of the visitors at the bath to discuss Goethe and his influence; the third deals with Napoleon's exile, with Scott's *Life of Napoleon* then announced as forthcoming, and ends with a few scathing pages on the effect of the absence of freedom in Germany on the German stage and literature.

In the first portion he shows again the descriptive power disclosed in the *Harzreise*, combined with a gift of historical appreciation and impartial survey of the past which is of a high order; in the second and third he appears as a literary critic, who, young as he was, could hold his own with the best; and in the third, amidst a great deal about Napoleon that is both deep and luminous, he displays the unrestrained enthusiasm of the origin and strength of which I have already spoken, and the bitterness against England which he never wholly overcame.

The *Buch Le Grand* is almost wholly autobiographical. How far the drum lectures of Monsieur Le Grand

The *Buch le Grand*. are really matter of fact cannot be ascertained; nor whether the final incident, where Heine on a short visit to Düsseldorf finds his old master and hears his last lecture, is anything more than a poetical license; but that the story is true as a history of the growth of his boyish feelings and ideas can hardly be doubted any more than its excellence as a piece of humour. The first three books of the *Reisebilder* are, in fact, a remarkably complete epitome of the whole man. Satirist and romanticist in the *Harzreise*, critic in the *Norderney*, humorist in the *Buch Le Grand*, he appears before us at once fully grown and master of his craft. If in the *Harzreise* he was consciously imitating Washington Irving, in the *Buch Le Grand* he is no less consciously a follower of Sterne; but in his gift of raising the pitch of his style, when occasion demands, to the verge of poetry, and in his happy choice

of inimitable epithets, he resembles an author whom, so
far as appears, he never read—Charles Lamb. Certainly
if humour is the quality which combines a sense of the
ludicrous in man and his surroundings with sympathy
and fellowship ; if it is the counterpart of tragedy, work-
ing its effect by pity and raillery, as tragedy works by
pity and fear ; if it is distinguished by an addition of
emotion and sentiment from the purely intellectual
quality of wit,—these are precisely the characteristics
which are presented by the *Buch Le Grand* and by the
portions, unhappily only too few, of the later volumes
of the *Reisebilder*, in which he comes up to the level of
the earlier books. And it is this emotional side of
humour which makes poetic prose so fitting a vehicle for
its exhibition.

We are led on almost insensibly to speak of Heine as
a poet. There are but eight songs in the *Reisebilder*, and good as they are they cannot give
an adequate idea of his power, nor could space
be found for a selection which might have really been
representative. But he is so much better known in
England by his songs, and the best of them are so
excellent, that a few words must be bestowed on this
side of his genius. He did not in his maturity regard
poetry as his bent ; he almost deserted the Muse from
1828 to 1840, and when he returned to her used his
pen to express only scorn or despair. He was right in
thinking, I have tried to show, that his real mission was
to be a critic and journalist, an apostle of new ideas, an
interpreter of thought, attracting by his brilliant wit,
fighting with the weapon of a most caustic humour, and
making his subject luminous by rare powers of expression.
He fell far short of his ideal ; but nothing less than this
was his ideal, and his attainment—partial, indeed, and
fragmentary—is great and noteworthy. It is therefore all
the more a proof of genius that in one particular kind of

poetry his success should be so signal that no one will
deny the truth of his own proud saying—

" Nennt man die besten Namen,
Wird Meiner auch genannt ;"

and that of all the singers of Germany he should be the
one whose vignette stands on the frontispiece of the best
English collection of German lyrics.   He does not seem
to me to be a master of metre as Goethe was ; but he
was a very careful poet, and had a fastidious ear.   Perhaps the reason why he wrote little except in lyric metre
was that he could not satisfy himself.   His brother
Maximilian has an amusing story of a nightmare visit
which the poet had from a five-footed hexameter which
he had perpetrated, and which Max had pointed out.
Heine never wrote any more hexameters.   Certainly
his shiftiness of mood and impatience and inevitable bent
for the ludicrous must have been an almost fatal impedi-
ment to a sustained and serious effort in poetry.   But he
was a lyric poet of the first order, and his strength lay
in the Volkslied.   Goethe imitates the Volkslieder ; Heine
writes new Volkslieder of the true stamp and of daintier
form.   He has especially that most characteristic note of
the true song-writer, that sound and sense blend together
to form a perfect whole, full of meaning and full of
mystery, crystalline alike in structure and in thought.
Only Shakspere and Burns in English, only Goethe in
his own language, not even Victor Hugo, nor Béranger in
his second mother-tongue, are his equals, and none are
his superiors.   If this praise should seem too high let the
great composers answer, whose music, wedded with Heine's
songs, will live for ever.

Die Harzreise.

(1824.)

.

E   B

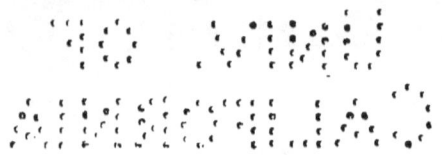

Nichts ist dauernd, als der Wechsel; Nichts beständig, als der Tod. Jeder Schlag des Herzens schlägt uns eine Wunde, und das Leben wäre ein ewiges Verbluten, wenn nicht die Dichtkunst wäre. Sie gewährt uns, was uns die Natur versagt: eine goldene Zeit, die nicht rostet, einen Frühling, der nicht abblüht, wolkenloses Glück und ewige Jugend.

Börne.

Schwarze Röcke, seidne Strümpfe,
Weiße höfliche Manschetten,
Sanfte Reden, Embrassieren —
Ach, wenn sie nur Herzen hätten!

Farewell to
"Genteel
Society."

Herzen in der Brust, und Liebe,
Warme Liebe in dem Herzen —
Ach, mich tödtet ihr Gesinge
Von erlognen Liebesschmerzen.

Auf die Berge will ich steigen,
Wo die frommen Hütten stehen,
Wo die Brust sich frei erschließet,
Und die freien Lüfte wehen.

Auf die Berge will ich steigen,
Wo die dunkeln Tannen ragen,
Bäche rauschen, Vögel singen,
Und die stolzen Wolken jagen.

Lebet wohl, ihr glatten Säle!
Glatte Herren! glatte Frauen!
Auf die Berge will ich steigen,
Lachend auf euch niederschauen.

Die Stadt Göttingen, berühmt durch ihre Würste und Universität, gehört dem Könige von Hannover, und

Göttingen in retrospect.

enthält 999 Feuerstellen, diverse Kirchen, eine Stern-warte, einen Karcer, eine Bibliothek und einen Rathskeller, wo das Bier sehr gut ist. Der vor-beifließende Bach heißt „die Leine," und dient des Sommers zum Baden; das Wasser ist sehr kalt und an einigen Orten so breit, daß Lüder wirklich einen großen Anlauf nehmen mußte, als er hinüber sprang. Die Stadt selbst ist schön, und gefällt

10 Einem am besten, wenn man sie mit dem Rücken ansieht. Sie muß schon sehr lange stehen; denn ich erinnere mich, als ich vor fünf Jahren dort immatrikuliert und bald darauf konsiliiert wurde, hatte sie schon dasselbe graue, altkluge Ansehen, und war schon vollständig eingerichtet mit Schnurren, Pudeln, Dissertationen, Thédansants, Wäscherinnen, Kompendien, Tau-benbraten, Guelfenorden, Promotionskutschen, Pfeifenköpfen, Hofräthen, Justizräthen, Relegationsräthen, Profaxen und anderen Faxen. Einige behaupten sogar, die Stadt sei zur Zeit der Völkerwanderung erbaut worden, jeder deutsche Stamm

20 habe damals ein ungebundenes Exemplar seiner Mitglieder darin zurückgelassen, und davon stammten alle die Vandalen, Friesen, Schwaben, Teutonen, Sachsen, Thüringer u. s. w., die noch heut zu Tage in Göttingen, hordenweis und geschieden durch Farben der Mützen und der Pfeifenquäste, über die Weenderstraße einherziehen, auf den blutigen Wahlstätten der Rasenmühle, des Ritschenkruges und Bovden's sich ewig unter einander herumschlagen, in Sitten und Gebräuchen noch immer wie zur Zeit der Völkerwanderung dahinleben, und theils durch ihre Duces, welche Haupthähne heißen, theils durch ihr uraltes

Gesetzbuch, welches Komment heißt und in den legibus barbarorum eine Stelle verdient, regiert werden.

Im Allgemeinen werden die Bewohner Göttingen's eingetheilt in Studenten, Professoren, Philister und Vieh, welche vier Stände doch Nichts weniger als streng geschieden sind. Der Viehstand ist der bedeutendste. Die Namen aller Studenten und aller ordentlichen und unordentlichen Professoren hier herzuzählen, wäre zu weitläuftig; auch sind mir in diesem Augenblicke nicht alle Studentennamen im Gedächtnisse, und unter den Professoren sind manche, die noch gar keinen Namen haben. Die Zahl der Göttinger Philister muß sehr groß sein, wie Sand am Meer; wahrlich, wenn ich sie des Morgens mit ihren schmutzigen Gesichtern und weißen Rechnungen vor den Pforten des akademischen Gerichtes aufgepflanzt sah, so mochte ich kaum begreifen, wie Gott nur so viel Lumpenpack erschaffen konnte.

Ausführlicheres über die Stadt Göttingen läßt sich sehr bequem nachlesen in der Topographie derselben von K. F. H. Marx. Obzwar ich gegen den Verfasser, der mein Arzt war und mir viel Liebes erzeigte, die heiligsten Verpflichtungen hege, so kann ich doch sein Werk nicht unbedingt empfehlen, und ich muß tadeln, daß er jener falschen Meinung, als hätten die Göttingerinnen allzugroße Füße, nicht streng genug widerspricht. Ja, ich habe mich sogar seit Jahr und Tag mit einer ernsten Widerlegung dieser Meinung beschäftigt, ich habe deßhalb vergleichende Anatomie gehört, die seltensten Werke auf der Bibliothek ercerpiert, auf der Weenderstraße stundenlang die Füße der vorübergehenden Damen studiert, und in der grundgelehrten Abhandlung, so die Resultate dieser Studien enthalten wird, spreche ich 1) von den Füßen überhaupt, 2) von den Füßen bei den Alten, 3) von den Füßen der Elephanten, 4) von den Füßen der Göttingerinnen, 5) stelle ich Alles zusammen,

was über diese Füße auf Ullrich's Garten schon gesagt worden,
6) betrachte ich diese Füße in ihrem Zusammenhang, und ver=
breite mich bei dieser Gelegenheit auch über Waden, und
endlich 7), wenn ich nur so großes Papier auftreiben kann, füge
ich noch hinzu einige Kupfertafeln mit dem Faksimile göttin=
gischer Damenfüße. —

Es war noch sehr früh, als ich Göttingen verließ, und der
gelehrte ** lag gewiß noch im Bette und träumte wie gewöhn=
lich, er wandle in einem schönen Garten, auf dessen Beeten
10 lauter weiße mit Citaten beschriebene Papierchen wachsen, die
im Sonnenlichte lieblich glänzen, und von denen er hie und da
mehrere pflückt, und mühsam in ein neues Beet verpflanzt,
während die Nachtigallen mit ihren süßesten Tönen sein altes
Herz erfreuen.

Vor dem Weender Thore begegneten mir zwei eingeborne
kleine Schulknaben, wovon der eine zum andern sagte: „Mit
dem Theodor will ich gar nicht mehr umgehen, er ist ein Lum=
penkerl, denn gestern wußte er nicht mal, wie der Genitiv von
mensa heißt.“   So unbedeutend diese Worte klingen, so muß
20 ich sie doch wieder erzählen, ja, ich möchte sie als Stadt=
Motto gleich auf das Thor schreiben lassen; denn die Jungen
piepsen, wie die Alten pfeifen, und jene Worte bezeichnen ganz
den engen, trocknen Notizenstolz der hochgelahrten Georgia
Augusta.

Auf der Chaussée wehte frische Morgenluft, und die Vögel
sangen gar freudig, und auch mir wurde allmählich
By the   wieder frisch und freudig zu Muthe.   Eine solche
wayside.   Erquickung that noth.   Ich war die letzte Zeit nicht
aus dem Pandektenstall herausgekommen, römische Kasuisten
30 hatten mir den Geist wie mit einem grauen Spinnweb über=
zogen, mein Herz war wie eingeklemmt zwischen den eisernen
Paragraphen selbstsüchtiger Rechtssysteme, beständig klang es

mir noch in den Ohren wie „Tribonian, Justinian, Hermogenian und Dummerjahn,“ und ein zärtliches Liebespaar, das unter einem Baume saß, hielt ich gar für eine Korpusjuris-Ausgabe mit verschlungenen Händen.   Auf der Landstraße fing es schon an lebendig zu werden.   Milchmädchen zogen vorüber; auch Eseltreiber mit ihren grauen Zöglingen.   Hinter Weende begegneten mir der Schäfer und Doris.   Dieses ist nicht das idyllische Paar, wovon Geßner singt, sondern es sind wohlbestallte Universitätspedelle, die wachsam aufpassen müssen, daß sich keine Studenten in Bovden duellieren, und daß keine neuen Ideen, die noch immer einige Decennien vor Göttingen Quarantaine halten müssen, von einem spekulierenden Privatdocenten eingeschmuggelt werden.   Schäfer grüßte mich sehr kollegialisch; denn er ist ebenfalls Schriftsteller, und hat meiner in seinen halbjährigen Schriften oft erwähnt; wie er mich denn auch außerdem oft citiert hat und, wenn er mich nicht zu Hause fand, immer so gütig war, die Citation mit Kreide auf meine Stubenthür zu schreiben.   Dann und wann rollte auch ein Einspänner vorüber, wohlbepackt mit Studenten, die für die Ferienzeit oder auch für immer wegreisten.   In solch einer Universitätsstadt ist ein beständiges Kommen und Abgehn, alle drei Jahre findet man dort eine neue Studentengeneration, Das ist ein ewiger Menschenstrom, wo eine Semesterwelle die andere fortdrängt, und nur die alten Professoren bleiben stehen in dieser allgemeinen Bewegung, unerschütterlich fest, gleich den Pyramiden Ägyptens — nur daß in diesen Universitätspyramiden keine Weisheit verborgen ist.

Hinter Nordheim wird es schon gebirgig, und hier und da treten schöne Anhöhen hervor.   Auf dem Wege traf ich meistens Krämer, die nach der Braunschweiger Messe zogen, auch einen Schwarm Frauenzimmer, deren jede ein großes, fast häuserhohes, mit weißem Leinen überzogenes Behältnis auf dem

Rücken trug. Darin saßen allerlei eingefangene Singvögel, die beständig piepsten und zwitscherten, während ihre Träger=innen lustig dahinhüpften und schwatzten. Mir kam es gar närrisch vor, wie so ein Vogel den andern zu Markte trägt.

In pechdunkler Nacht kam ich an zu Osterode. Es fehlte mir der Appetit zum Essen, und ich legte mich gleich zu Bette. Ich war müde wie ein Hund und schlief wie ein Gott. Im Traume kam ich wieder nach Göttingen zurück, und zwar nach der dortigen Bib=liothek. Ich stand in einer Ecke des juristischen Saals, durch=stöberte alte Dissertationen, vertiefte mich im Lesen, und als ich aufhörte, bemerkte ich zu meiner Verwunderung, daß es Nacht war, und herabhängende Krystall=Leuchter den Saal erhellten. Die nahe Kirchenglocke schlug eben Zwölf, die Saalthüre öffnete sich langsam, und herein trat eine stolze, gigantische Frau, ehrfurchtsvoll begleitet von den Mitgliedern und Anhängern der juristischen Fakultät. Das Riesenweib, obgleich schon bejahrt, trug dennoch im Antlitz die Züge einer strengen Schön=heit, jeder ihrer Blicke verrieth die hohe Titanin, die gewaltige Themis, Schwert und Wage hielt sie nachlässig zusammen in der einen Hand, in der andern hielt sie eine Pergamentrolle, zwei junge Doctores juris trugen die Schleppe ihres grau verbli=chenen Gewandes, an ihrer rechten Seite sprang windig hin und her der dünne Hofrath Rustikus, der Lykurg Hannovers, und deklamierte aus seinem neuen Gesetzentwurf; an ihrer linken Seite humpelte gar galant und wohlgelaunt ihr Cavaliere servente, der geheime Justizrath Cujacius, und riß beständig juristische Witze, und lachte selbst darüber so herzlich, daß sogar die ernste Göttin sich mehrmals lächelnd zu ihm herabbeugte, mit der großen Pergamentrolle ihm auf die Schulter klopfte, und freundlich flüsterte: „Kleiner, loser Schalk, der die Bäume von oben herab beschneidet!" Jeder von den übrigen Herren

Osterode.
A dream of
Göttingen.

trat jetzt ebenfalls näher und hatte Etwas hin zu bemerken und
hin zu lächeln, etwa ein neu ergrübeltes Systemchen oder
Hypotheschen oder ähnliches Missgebürtchen des eigenen Köpf=
chens. Durch die geöffnete Saalthür traten auch noch mehrere
fremde Herren herein, die sich als die andern großen Männer
des illustren Ordens kund gaben, meistens eckige, lauernde
Gesellen, die mit breiter Selbstzufriedenheit gleich darauf los
definierten und distinguierten und über jedes Titelchen eines
Pandektentitels disputierten. Und immer kamen noch neue
Gestalten herein, alte Rechtsgelehrte in verschollenen Trachten,
mit weißen Allongeperücken und längst vergessenen Gesichtern,
und sehr erstaunt, daß man sie, die Hochberühmten des ver=
flossenen Jahrhunderts, nicht sonderlich regarbierte; und diese
stimmten nun ein, auf ihre Weise, in das allgemeine Schwatzen
und Schrillen und Schreien, das wie Meeresbrandung immer
verwirrter und lauter die hohe Göttin umrauschte, bis Diese
die Geduld verlor, und in einem Tone des entsetzlichsten
Riesenschmerzes plötzlich aufschrie: „Schweigt! schweigt! ich
höre die Stimme des theuren Prometheus, die höhnende Kraft
und die stumme Gewalt schmieden den Schuldlosen an den
Marterfelsen, und all euer Geschwätz und Gezänke kann nicht
seine Wunden kühlen und seine Fesseln zerbrechen!" So rief
die Göttin, und Thränenbäche stürzten aus ihren Augen, die
ganze Versammlung heulte wie von Todesangst ergriffen, die
Decke des Saales krachte, die Bücher taumelten herab von
ihren Brettern, vergebens trat der alte Münchhausen aus
seinem Rahmen hervor, um Ruhe zu gebieten, es tobte und
kreischte immer wilder, — und fort aus diesem drängenden
Tollhauslärm rettete ich mich in den historischen Saal, nach
jener Gnadenstelle, wo die heiligen Bilder des belvederischen
Apoll's und der mediceischen Venus nebeneinander stehen, und
ich stürzte zu den Füßen der Schönheitsgöttin, in ihrem Anblick

vergaß ich all das wüste Treiben, dem ich entronnen, meine
Augen tranken entzückt das Ebenmaß und die ewige Lieblichkeit
ihres hochgebenedeiten Leibes, griechische Ruhe zog durch meine
Seele, und über mein Haupt, wie himmlischen Segen, goß
seine süßesten Lyraklänge Phöbus Apollo.

Erwachend hörte ich noch immer ein freundliches Klingen.
Die Herden zogen auf die Weide, und es läuteten ihre
Glöckchen.   Die liebe, goldene Sonne schien durch das Fenster
und beleuchtete die Schildereien an den Wänden des Zimmers.
10 Es waren Bilder aus dem Befreiungskriege, worauf treu
dargestellt stand, wie wir alle Helden waren, dann auch
Hinrichtungs=Seenen aus der Revolutionszeit, Ludwig XVI.
auf der Guillotine, und ähnliche Kopfabschneidereien, die man
gar nicht ansehen kann, ohne Gott zu danken, daß man ruhig
im Bette liegt und guten Kaffe trinkt und den Kopf noch so
recht komfortabel auf den Schultern sitzen hat.

Nachdem ich Kaffe getrunken, mich angezogen, die In=
schriften auf den Fensterscheiben gelesen, und Alles im Wirths=
hause berichtigt hatte, verließ ich Osterode.
20   Diese Stadt hat so und so viel Häuser, verschiedene
          Einwohner, worunter auch mehrere Seelen, wie in
On the way Gottschalk's „Taschenbuch für Harzreisende" genauer
to Klaus-
thal.   nachzulesen ist.   Ehe ich die Landstraße einschlug,
          bestieg ich die Trümmer der uralten Osterober Burg.
Sie bestehen nur noch aus der Hälfte eines großen, dick=
mauerigen, wie von Krebsschäden angefressenen Thurms.   Der
Weg nach Klausthal führte mich wieder bergauf, und von einer
der ersten Höhen schaute ich nochmals hinab in das Thal, wo
Osterode mit seinen rothen Dächern aus den grünen Tannen=
30 wäldern hervorguckt wie eine Moosrose.   Die Sonne gab eine
gar liebe, kindliche Beleuchtung.   Von der erhaltenen Thurm=
hälfte erblickt man hier die imponierende Rückseite.

Es liegen noch viele andre Burgruinen in dieser Gegend. Der Hardenberg bei Nörten ist die schönste. Wenn man auch, wie es sich gebührt, das Herz auf der linken Seite hat, auf der liberalen, so kann man sich A robber castle. doch nicht aller elegischen Gefühle erwehren beim Anblick der Felsennester jener privilegierten Raubvögel, die auf ihre schwächliche Nachbrut bloß den starken Appetit vererbten. Und so ging es auch mir diesen Morgen. Mein Gemüth war, je mehr ich mich von Göttingen entfernte, allmählich aufgethaut, wieder wie sonst wurde mir romantisch zu Sinn, und wandernd 10 dichtete ich folgendes Lied:

Steiget auf, ihr alten Träume!
Öffne dich, du Herzensthor!
Liederwonne, Wehmuthsthränen
Strömen wunderbar hervor.

Durch die Tannen will ich schweifen,
Wo die muntre Quelle springt,
Wo die stolzen Hirsche wandeln,
Wo die liebe Drossel singt.

Auf die Berge will ich steigen, 20
Auf die schroffen Felsenhöhn,
Wo die grauen Schloßruinen
In dem Morgenlichte stehn.

Dorten setz' ich still mich nieder
Und gedenke alter Zeit,
Alter blühender Geschlechter
Und versunkner Herrlichkeit.

Gras bedeckt jetzt den Turnierplatz,
Wo gekämpft der stolze Mann,

Der die Beſten überwunden
Und des Kampfes Preis gewann.

Epheu rankt an dem Balkone,
Wo die ſchöne Dame ſtand,
Die den ſtolzen Überwinder
Mit den Augen überwand.

Ach! den Sieger und die Siegrin,
Hat beſiegt des Todes Hand —
Jener dürre Senſenritter
Streckt uns Alle in den Sand.

10

A fellow-traveller. Nachdem ich eine Strecke gewandert, traf ich zuſammen mit einem reiſenden Handwerksburſchen, der von Braunſchweig kam und mir als ein dortiges Gerücht erzählte, der junge Herzog ſei auf dem Wege nach dem gelobten Lande von den Türken gefangen worden, und könne nur gegen ein großes Löſegeld freikommen. Die große Reiſe des Herzogs mag dieſe Sage veranlaßt haben. Das Volk hat noch immer den traditionell fabelhaften Ideengang, der ſich ſo lieblich ausſpricht in ſeinem „Herzog Ernſt." Der Erzähler jener Neuigkeit war ein Schneidergeſell, ein niedlicher, kleiner junger Menſch, ſo dünn, daß die Sterne durchſchimmern konnten, wie durch Oſſian's Nebelgeiſter, und im Ganzen eine volksthümlich barocke Miſchung von Laune und Wehmuth. Dieſes äußerte ſich beſonders in der drollig rührenden Weiſe, womit er das wunderbare Volkslied ſang: „Ein Käfer auf dem Zaune ſaß, ſumm, ſumm!" Das iſt ſchön bei uns Deut= ſchen: Keiner iſt ſo verrückt, daß er nicht einen noch Verrück= teren fände, der ihn verſteht. Nur ein Deutſcher kann jenes Lied nachempfinden, und ſich dabei todtlachen und todtweinen.

20

Wie tief das Goethe'sche Wort ins Leben des Volkes gedrungen, bemerkte ich auch hier. Mein dünner Weggenosse trillerte ebenfalls zuweilen vor sich hin: „Leidvoll und freudvoll, Gedanken sind frei!" Solche Korruption des Textes ist beim Volke etwas Gewöhnliches. Er sang auch ein Lied, wo „Lottchen bei dem Grabe ihres Werther's" trauert. Der Schneider zerfloß vor Sentimentalität bei den Worten: „Einsam wein' ich an der Rosenstelle, wo uns oft der späte Mond belauscht! Jammernd irr' ich an der Silberquelle, die uns lieblich Wonne zugerauscht." Aber bald darauf ging er in Muthwillen über und erzählte mir: „Wir haben einen Preußen in der Herberge zu Kassel, der eben solche Lieder selbst macht; er kann keinen seligen Stich nähen; hat er einen Groschen in der Tasche, so hat er für zwei Groschen Durst, und wenn er im Thran ist, hält er den Himmel für ein blaues Kamisol, und weint wie eine Dachtraufe, und singt ein Lied mit der doppelten Poesie!" Von letzterem Ausdruck wünschte ich eine Erklärung, aber mein Schneiderlein mit seinen Ziegenhainer Beinchen hüpfte hin und her und rief beständig: „Die doppelte Poesie ist die doppelte Poesie!" Endlich brachte ich es heraus, daß er doppelt gereimte Gedichte, namentlich Stanzen, im Sinne hatte.—Unterdeß, durch große Bewegung und durch den konträren Wind, war der Ritter von der Nadel sehr müde geworden. Er machte freilich noch einige große Anstalten zum Gehen und bramarbasierte: „Jetzt will ich den Weg zwischen die Beine nehmen!" Doch bald klagte er, daß er sich Blasen unter die Füße gegangen, und die Welt viel zu weitläuftig sei; und endlich bei einem Baumstamme ließ er sich sachte niedersinken, bewegte sein zartes Häuptlein wie ein betrübtes Lämmerschwänzchen, und wehmüthig lächelnd rief er: „Da bin ich armes Schindluderchen schon wieder marode!"

Die Berge wurden hier noch steiler, die Tannenwälder wogten unten wie ein grünes Meer, und am blauen Himmel oben schifften die weißen Wolken. Die Wildheit der Gegend war durch ihre Einheit und Einfachheit gleichsam gezähmt. Wie ein guter Dichter liebt die Natur keine schroffen Übergänge. Die Wolken, so bizarr gestaltet sie auch zuweilen erscheinen, tragen ein weißes oder doch ein mildes, mit dem blauen Himmel und der grünen Erde harmonisch korrespondierendes Kolorit, so daß alle Farben einer Gegend wie leise Musik in einander schmelzen, und jeder Naturanblick krampfstillend und gemüthberuhigend wirkt. — Der selige Hoffmann würde die Wolken buntscheckig bemalt haben. — Eben wie ein großer Dichter weiß die Natur auch mit den wenigsten Mitteln die größten Effekte hervor zu bringen. Da sind nur eine Sonne, Bäume, Blumen, Wasser und Liebe. Freilich, fehlt Letztere im Herzen des Beschauers, so mag das Ganze wohl einen schlechten Anblick gewähren, und die Sonne hat dann bloß so und so viel Meilen im Durchmesser, und die Bäume sind gut zum Einheizen, und die Blumen werden nach den Staubfäden klassificiert, und das Wasser ist naß.

Ein kleiner Junge, der für seinen kranken Oheim im Walde Reisig suchte, zeigte mir das Dorf Lerrbach, dessen kleine Hütten mit grauen Dächern sich über eine halbe Stunde durch das Thal hinziehen. „Dort," sagte er, „wohnen dumme Kropfleute und weiße Mohren," — mit letzterem Namen werden die Albinos vom Volke benannt. Der kleine Junge stand mit den Bäumen in gar eigenem Einverständnis; er grüßte sie wie gute Bekannte, und sie schienen rauschend seinen Gruß zu erwidern. Er pfiff wie ein Zeisig, ringsum antworteten zwitschernd die andern Vögel, und ehe ich mich Dessen versah, war er mit seinen nackten Füßchen und seinem Bündel Reisig ins Walddickicht fortgesprungen. Die

Kinder, dacht' ich, sind jünger als wir, können sich noch erinnern, wie sie ebenfalls Bäume oder Vögel waren, und sind also noch im Stande, dieselben zu verstehen; Unsereins aber ist schon alt und hat zu viel Sorgen, Jurisprudenz und schlechte Verse im Kopf. Jene Zeit, wo es anders war, trat mir bei meinem Eintritt in Klausthal wieder recht lebhaft ins Gedächtnis. In dieses nette Bergstädtchen, welches man nicht früher erblickt, als bis man davor steht, gelangte ich, als eben die Glocke Zwölf schlug und die Kinder jubelnd aus der Schule kamen. Die lieben Knaben, fast alle rothbäckig, blauäugig und flachshaarig, sprangen und jauchzten, und weckten in mir die wehmüthig heitere Erinnerung, wie ich einst selbst als ein kleines Bübchen in einer dumpfkatholischen Klosterschule zu Düsseldorf den gan= zen lieben Vormittag von der hölzernen Bank nicht aufstehen durfte, und so viel Latein, Prügel und Geographia ausstehen musste, und dann ebenfalls unmäßig jauchzte und jubelte, wenn die alte Franciskanerglocke endlich Zwölf schlug. Die Kinder sahen an meinem Ranzen, dass ich ein Fremder sei, und grüßten mich recht gastfreundlich.

In der „Krone" zu Klausthal hielt ich Mittag. Ich bekam frühlingsgrüne Petersiliensuppe, veilchenblauen Kohl, einen Kalbsbraten, groß wie der Chimborasso in Miniatur, so wie auch eine Art geräucherter Heringe, die Bückinge heißen, nach dem Namen ihres Erfinders, Wil= helm Bücking, der 1447 gestorben, und um jener Erfindung willen von Karl V. so verehrt wurde, dass derselbe anno 1556 von Middelburg nach Bievlied in Zeeland reiste, bloß um dort das Grab dieses großen Mannes zu sehen. Wie herrlich schmeckt doch solch ein Gericht, wenn man die historischen Notizen dazu weiß und es selbst verzehrt. Nur der Kaffe nach Tische wurde mir verleidet, indem sich ein junger Mensch diskursierend zu mir setzte und so entsetzlich schwadronierte, dass

10

20

The Crown Inn.

30

die Milch auf dem Tische sauer wurde. Es war ein junger
Handlungsbeflissener mit fünf und zwanzig bunten Westen und
eben so viel' goldnen Petschaften, Ringen, Brustnadeln u. s. w.
Er sah aus wie ein Affe, der eine rothe Jacke angezogen hat
und nun zu sich selber sagt: Kleider machen Leute. Eine
ganze Menge Charaden wusste er auswendig, so wie auch
Anekdoten, die er immer da anbrachte, wo sie am wenigsten
passten. Er fragte mich, was es in Göttingen Neues gäbe,
und ich erzählte ihm: dass vor meiner Abreise von dort ein
10 Dekret des akademischen Senats erschienen, worin bei drei
Thaler Strafe verboten wird, den Hunden die Schwänze
abzuschneiden, indem die tollen Hunde in den Hundstagen die
Schwänze zwischen den Beinen tragen, und man sie dadurch von
den nichttollen unterscheidet, was doch nicht geschehen könnte,
wenn sie gar keine Schwänze haben. — Nach Tische machte
ich mich auf den Weg, die Gruben, die Silberhütten und die
Münze zu besuchen.

In den Silberhütten habe ich, wie oft im Leben, den
Silberblick verfehlt. In der Münze traf ich es
schon besser, und konnte zusehen, wie das Geld gemacht
wird. Freilich, weiter hab' ich es auch nie bringen
können. Ich hatte bei solcher Gelegenheit immer
das Zusehen, und ich glaube, wenn mal die Thaler
vom Himmel herunter regneten, so bekäme ich davon nur
Löcher in den Kopf, während die Kinder Israel die silberne
Manna mit lustigem Muthe einsammeln würden. Mit einem
Gefühle, worin gar komisch Ehrfurcht und Rührung gemischt
waren, betrachtete ich die neugebornen, blanken Thaler, nahm
einen, der eben vom Prägstocke kam, in die Hand, und sprach
30 zu ihm: Junger Thaler! welche Schicksale erwarten dich! wie
viel Gutes und wie viel Böses wirst du stiften! wie wirst du
das Laster beschützen und die Tugend flicken! wie wirst du

The silver mines. Dorothea and Carolina.

geliebt und dann wieder verwünscht werden! wie wirst du
schwelgen, lügen und morden helfen! wie wirst du rastlos
umherirren, durch reine und schmutzige Hände, jahrhunderte-
lang, bis du endlich schuldbeladen und sündenmüd versammelt
wirst zu den Deinigen im Schoße Abraham's, der dich einschmelzt
und läutert und umbildet zu einem neuen besseren Sein, vielleicht
gar zu einem unschuldigen Theelöffelchen, womit einst mein eigenes
Ur-Urenkelchen sein liebes Breisüppchen zurechtmatscht.

Das Befahren der zwei vorzüglichsten Klausthaler Gruben,
der „Dorothea" und „Karolina," fand ich sehr interessant, und 10
ich muß ausführlich davon erzählen.

Eine halbe Stunde vor der Stadt gelangt man zu zwei
großen schwärzlichen Gebäuden. Dort wird man gleich von
den Bergleuten in Empfang genommen. Diese tragen dunkle,
gewöhnlich stahlblaue, weite, bis über den Bauch herabhängende Jacken, Hosen von ähnlicher Farbe, ein hinten aufge-
bundenes Schurzfell und kleine grüne Filzhüte, ganz randlos
wie ein abgekappter Kegel. In eine solche Tracht, bloß ohne
Hinterleder, wird der Besuchende ebenfalls eingekleidet, und
ein Bergmann, ein Steiger, nachdem er sein Grubenlicht 20
angezündet, führt ihn nach einer dunkeln Öffnung, die wie
ein Kaminfegeloch aussieht, steigt bis an die Brust hinab,
giebt Regeln, wie man sich an den Leitern festzuhalten habe,
und bittet, angstlos zu folgen. Die Sache selbst ist Nichts
weniger als gefährlich; aber man glaubt es nicht im Anfang,
wenn man gar Nichts vom Bergwerkswesen versteht. Es
giebt schon eine eigene Empfindung, daß man sich ausziehen
und die dunkle Delinquententracht anziehen muß. Und nun
soll man auf allen Vieren hinab klettern, und das dunkle Loch
ist so dunkel, und Gott weiß, wie lang die Leiter sein mag. 30
Aber bald merkt man doch, daß es nicht eine einzige, in die
schwarze Ewigkeit hinablaufende Leiter ist, sondern daß es

c

mehrere von fünfzehn bis zwanzig Sproſſen ſind, deren jede auf ein kleines Brett führt, worauf man ſtehen kann, und worin wieder ein neues Loch nach einer neuen Leiter hinableitet. Ich war zuerſt in die Karolina geſtiegen. Das iſt die ſchmutzigſte und unerfreulichſte Karolina, die ich je kennen gelernt habe. Die Leiterſproſſen ſind kothig naſs. Und von einer Leiter zur andern geht's hinab, und der Steiger voran, und dieſer betheuert immer, es ſei gar nicht gefährlich, nur müſſe man ſich mit den Händen feſt an den Sproſſen halten, und nicht
10 nach den Füßen ſehen, und nicht ſchwindlicht werden, und nur bei Leibe nicht auf das Seitenbrett treten, wo jetzt das ſchnur= rende Tonnenſeil heraufgeht, und wo vor vierzehn Tagen ein unvorſichtiger Menſch hinuntergeſtürzt und leider den Hals gebrochen. Da unten iſt ein verworrenes Rauſchen und Summen, man ſtößt beſtändig an Balken und Seile, die in Bewegung ſind, um die Tonnen mit geklopften Erzen oder das hervorgeſinterte Waſſer herauf zu winden. Zuweilen gelangt man auch in durchgehauene Gänge, Stollen genannt, wo man das Erz wachſen ſieht, und wo der einſame Bergmann den
20 ganzen Tag ſitzt und mühſam mit dem Hammer die Erzſtücke aus der Wand herausklopft. Bis in die unterſte Tiefe, wo man, wie Einige behaupten, ſchon hören kann, wie die Leute in Amerika „Hurrah, Lafayette!" ſchreien, bin ich nicht gekom= men; unter uns geſagt, dort, bis wohin ich kam, ſchien es mir bereits tief genug: — immerwährendes Brauſen und Sauſen, unheimliche Maſchinenbewegung, unterirdiſches Quellengerieſel, von allen Seiten herabtriefendes Waſſer, qualmig aufſteigende Erddünſte, und das Grubenlicht immer bleicher hineinflim= mernd in die einſame Nacht. Wirklich, es war betäubend, das
30 Athmen wurde mir ſchwer, und mit Mühe hielt ich mich an den glitſcherigen Leiterſproſſen. Ich habe keinen Anflug von ſogenannter Angſt empfunden, aber, ſeltſam genug, dort unten

in der Tiefe erinnerte ich mich, daß ich im vorigen Jahre
ungefähr um dieselbe Zeit einen Sturm auf der Nordsee
erlebte, und ich meinte jetzt, es sei doch eigentlich recht traulich
angenehm, wenn das Schiff hin und her schaukelt, die Winde
ihre Trompeterstückchen losblasen, zwischendrein der lustige
Matrosenlärm erschallt, und Alles frisch überschauert wird von
Gottes lieber, freier Luft. Ja, Luft!—Nach Luft schnappend
stieg ich einige Dutzend Leitern wieder in die Höhe, und mein
Steiger führte mich durch einen schmalen, sehr langen, in den
Berg gehauenen Gang nach der Grube Dorothea. Hier ist
es luftiger und frischer, und die Leitern sind reiner, aber auch
länger und steiler als in der Karolina. Hier wurde mir auch
besser zu Muthe, besonders da ich wieder Spuren lebendiger
Menschen gewahrte. In der Tiefe zeigten sich nämlich wandelnde Schimmer; Bergleute mit ihren Grubenlichtern kamen
allmählig in die Höhe mit dem Gruße „Glückauf!" und mit
demselben Wiedergruße von unserer Seite stiegen sie an uns
vorüber; und wie eine befreundet ruhige, und doch zugleich
quälend räthselhafte Erinnerung trafen mich mit ihren tief-
sinnig klaren Blicken die ernstfrommen, etwas blassen, und vom
Grubenlicht geheimnisvoll beleuchteten Gesichter dieser jungen
und alten Männer, die in ihren dunkeln, einsamen Berg-
schachten den ganzen Tag gearbeitet hatten, und sich jetzt hinauf
sehnten nach dem lieben Tageslicht, und nach den Augen von
Weib und Kind.

Mein Cicerone selbst war eine kreuzehrliche, pudelbeutsche
Natur. Mit innerer Freudigkeit zeigte er mir jene Stelle, wo
der Herzog von Cambridge, als er die Grube befahren, mit
seinem ganzen Gefolge gespeist hat, und wo noch der lange
hölzerne Speisetisch steht, so wie auch der große Stuhl von
Erz, worauf der Herzog gesessen. Dieser bleibe zum ewigen
Andenken stehen, sagte der gute Bergmann, und mit Feuer

erzählte er, wie viele Festlichkeiten damals statt gefunden, wie
der ganze Stollen mit Lichtern, Blumen und Laubwerk verziert
gewesen, wie ein Bergknappe die Zither gespielt und gesungen,
wie der vergnügte, liebe, dicke Herzog sehr viele Gesundheiten
ausgetrunken habe, und wie viele Bergleute, und er selbst ganz
besonders, sich gern würden todtschlagen lassen für den lieben,
dicken Herzog und das ganze Haus Hannover. — Innig rührt
es mich jedesmal, wenn ich sehe, wie sich dieses Gefühl der
Unterthanstreue in seinen einfachen Naturlauten ausspricht.
Es ist ein so schönes Gefühl! Und es ist ein so wahrhaft
deutsches Gefühl! Andere Völker mögen gewandter sein und
witziger und ergötzlicher, aber keines ist so treu wie das treue
deutsche Volk. Wüßte ich nicht, daß die Treue so alt ist wie
die Welt, so würde ich glauben, ein deutsches Herz habe sie
erfunden. Deutsche Treue! sie ist keine moderne Adressenflos=
kel. An euren Höfen, ihr deutschen Fürsten, sollte man singen
und wieder singen das Lied von dem getreuen Eckart und dem
bösen Burgund, der ihm die lieben Kinder tödten lassen, und
ihn alsdann doch noch immer treu befunden hat. Ihr habt
das treueste Volk, und ihr irrt, wenn ihr glaubt, der alte
verständige, treue Hund sei plötzlich toll geworden, und schnappe
nach euren geheiligten Waden.

Wie die deutsche Treue, hatte uns jetzt das kleine Gruben=
licht ohne viel Geflacker still und sicher geleitet durch das
Labyrinth der Schachten und Stollen; wir stiegen hervor aus
der dumpfigen Bergnacht, das Sonnenlicht strahlte — Glückauf!

Die meisten Bergarbeiter wohnen in Klausthal und in dem
damit verbundenen Bergstädtchen Zellerfeld. Ich
besuchte mehrere dieser wackern Leute, betrachtete
ihre kleine häusliche Einrichtung, hörte einige ihrer
Lieder, die sie mit der Zither, ihrem Lieblingsinstru=
mente, gar hübsch begleiten, ließ mir alte Bergmärchen von

The miners
and their
life.

ihnen erzählen und auch die Gebete hersagen, die sie in
Gemeinschaft zu halten pflegen, ehe sie in den dunkeln Schacht
hinunter steigen, und manches gute Gebet habe ich mit gebetet.
Ein alter Steiger meinte sogar, ich sollte bei ihnen bleiben und
Bergmann werden; und als ich dennoch Abschied nahm, gab er
mir einen Auftrag an seinen Bruder, der in der Nähe von
Goslar wohnt, und viele Küsse für seine liebe Nichte.

So stillstehend ruhig auch das Leben dieser Leute erscheint,
so ist es dennoch ein wahrhaftes, lebendiges Leben. Die
steinalte, zitternde Frau, die, dem großen Schranke gegenüber,
hinterm Ofen saß, mag dort schon ein Vierteljahrhundert lang
gesessen haben, und ihr Denken und Fühlen ist gewiß innig
verwachsen mit allen Ecken dieses Ofens und allen Schnitzeleien
dieses Schrankes. Und Schrank und Ofen leben, denn ein
Mensch hat ihnen einen Theil seiner Seele eingeflößt.

Nur durch solch tiefes Anschauungsleben, durch die „Unmit=
telbarkeit" entstand die deutsche Märchenfabel, deren Eigen=
thümlichkeit darin besteht, daß nicht nur die Thiere und
Pflanzen, sondern auch ganz leblos scheinende Gegenstände
sprechen und handeln. Sinnigem, harmlosem Volke in der
stillen, umfriedeten Heimlichkeit seiner niedern Berg= oder
Waldhütten offenbarte sich das innere Leben solcher Gegenstände,
diese gewannen einen nothwendigen, konsequenten Charakter,
eine süße Mischung von phantastischer Laune und rein mensch=
licher Gesinnung; und so sehen wir im Märchen, wunderbar
und doch als wenn es sich von selbst verstände: Nähnadel und
Stecknadel kommen von der Schneiderherberge und verirren
sich im Dunkeln; Strohhalm und Kohle wollen über den Bach
setzen und verunglücken; Schippe und Besen stehen auf der
Treppe und zanken und schmeißen sich; der befragte Spiegel
zeigt das Bild der schönsten Frau; sogar die Blutstropfen
fangen an zu sprechen, bange dunkle Worte des besorglichsten

Mitleids. — Aus demselben Grunde ist unser Leben in der Kindheit so unendlich bedeutend, in jener Zeit ist uns Alles gleich wichtig, wir hören Alles, wir sehen Alles, bei allen Eindrücken ist Gleichmäßigkeit, statt daß wir später absichtlicher werden, uns mit dem Einzelnen ausschließlicher beschäftigen, das klare Gold der Anschauung für das Papiergeld der Bücherdefinitionen mühsam einwechseln, und an Lebensbreite gewinnen, was wir an Lebenstiefe verlieren. Jetzt sind wir ausgewachsene, vornehme Leute; wir beziehen oft neue Wohnungen, die Magd räumt täglich auf, und verändert nach Gutdünken die Stellung der Möbeln, die uns wenig interessieren, da sie entweder neu sind, oder heute dem Hans, morgen dem Isaak gehören; selbst unsere Kleider bleiben uns fremd, wir wissen kaum, wie viel Knöpfe an dem Rocke sitzen, den wir eben jetzt auf dem Leibe tragen; wir wechseln ja so oft als möglich mit Kleidungsstücken, keines derselben bleibt im Zusammenhange mit unserer inneren und äußeren Geschichte; — kaum vermögen wir uns zu erinnern, wie jene braune Weste aussah, die uns einst so viel Gelächter zugezogen hat, und auf deren breiten Streifen dennoch die liebe Hand der Geliebten so lieblich ruhte!

Die alte Frau, dem großen Schrank gegenüber hinterm Ofen, trug einen geblümten Rock von verschollenem Zeuge, das Brautkleid ihrer seligen Mutter. Ihr Urenkel, ein als Bergmann gekleideter blonder, blitzäugiger Knabe, saß zu ihren Füßen und zählte die Blumen ihres Rockes, und sie mag ihm von diesem Rocke wohl schon viele Geschichtchen erzählt haben, viele ernsthafte hübsche Geschichten, die der Junge gewiß nicht so bald vergißt, die ihm noch oft vorschweben werden, wenn er bald als ein erwachsener Mann in den nächtlichen Stollen der Karolina einsam arbeitet, und die er vielleicht wieder erzählt, wenn die liebe Großmutter längst todt ist, und er selber, ein

filberhaariger, erloſchener Greis, im Kreiſe ſeiner Enkel ſiht,
dem großen Schranke gegenüber, hinterm Ofen.

Ich blieb die Nacht ebenfalls in der Krone, wo unterdeſſen
auch der Hofrath B. aus Göttingen angekommen war.   Ich
hatte das Vergnügen, dem alten Herrn meine Aufwartung zu
machen.   Als ich mich ins Fremdenbuch einſchrieb und im
Monat Juli blätterte, fand ich auch den vieltheueren Namen
Adalbert von Chamiſſo, den Biographen des unſterblichen
Schlemihl.   Der Wirth erzählte mir, dieſer Herr ſei in einem
unbeſchreibbar ſchlechten Wetter angekommen, und in einem   10
eben ſo ſchlechten Wetter wieder abgereiſt.

Den andern Morgen mußte ich meinen Ranzen nochmals
erleichtern, das eingepackte Paar Stiefel warf ich
über Bord, und ich hob auf meine Füße und ging   On the
nach Goslar.   Ich kam dahin, ohne zu wiſſen wie.   road to
Goslar.
Nur ſoviel kann ich mich erinnern : ich ſchlenderte
wieder bergauf, bergab, ſchaute hinunter in manches hübſche
Wieſenthal; ſilberne Waſſer brausten, ſüße Waldvögel zwit=
ſcherten, die Herdenglöckchen läuteten, die mannigfaltig grünen
Bäume wurden von der lieben Sonne goldig angeſtrahlt, und   20
oben war die blauſeidene Decke des Himmels ſo durchſichtig,
daß man tief hinein ſchauen konnte bis ins Allerheiligſte.   Ich
aber lebte noch in dem Traum der vorigen Nacht, den ich nicht
aus meiner Seele verſcheuchen konnte.   Es war das alte
Märchen, wie ein Ritter hinabſteigt in einen tiefen Brunnen,
wo unten die ſchönſte Prinzeſſin zu einem ſtarren Zauberſchlafe
verwünſcht iſt.   Ich ſelbſt war der Ritter, und der Brunnen
die dunkle Klausthaler Grube, und plöhlich erſchienen viele
Lichter, aus allen Seitenlöchern ſtürzten die wachſamen Zwer=
glein, ſchnitten zornige Geſichter, hieben nach mir mit ihren   30
kurzen Schwertern, blieſen gellend ins Horn, daß immer mehr
und mehr herzu eilten, und es wackelten entſehlich ihre breiten

Häupter. Wie ich darauf zuschlug und das Blut herausfloß, merkte ich erst, daß es die rothblühenden, langbärtigen Distel= köpfe waren, die ich den Tag vorher an der Landstraße mit dem Stocke abgeschlagen hatte. Da waren sie auch gleich Alle verscheucht, und ich gelangte in einen hellen Prachtsaal; in der Mitte stand, weiß verschleiert, und wie eine Bildsäule starr und regungslos, die Herzgeliebte, und ich küßte ihren Mund, und, beim lebendigen Gott! ich fühlte den beseligenden Hauch ihrer Seele und das süße Beben der lieblichen Lippen. Es war mir, als hörte ich, wie Gott rief: „Es werde Licht!" blendend schoß herab ein Strahl des ewigen Lichts; aber in demselben Augenblick wurde es wieder Nacht, und Alles rann chaotisch zusammen in ein wildes, wüstes Meer. Ein wildes, wüstes Meer! über das gährende Wasser jagten ängstlich die Gespen= ster der Verstorbenen, ihre weißen Todtenhembe flatterten im Winde, hinter ihnen her, hetzend, mit klatschender Peitsche lief ein buntscheckiger Harlekin, und Dieser war ich selbst — und plötzlich, aus den dunklen Wellen, reckten die Meerungethüme ihre mißgestalteten Häupter, und langten nach mir mit aus= gebreiteten Krallen, und vor Entsetzen erwacht' ich.

Wie doch zuweilen die allerschönsten Märchen verdorben werden! Eigentlich muß der Ritter, wenn er die schlafende Prinzessin gefunden hat, ein Stück aus ihrem kostbaren Schleier heraus schneiden; und wenn durch seine Kühnheit ihr Zauber= schlaf gebrochen ist, und sie wieder in ihrem Pallast auf dem goldenen Stuhle sitzt, muß der Ritter zu ihr treten und sprechen: „Meine allerschönste Prinzessin, kennst du mich? Und dann antwortet sie: „Mein allertapferster Ritter, ich kenne dich nicht." Und Dieser zeigt ihr alsbann das aus ihrem Schleier herausgeschnittene Stück, das just in denselben wieder hineinpaßt, und Beide umarmen sich zärtlich, und die Trompeter blasen, und die Hochzeit wird gefeiert.

Es ist wirklich ein eigenes Mißgeschick, daß meine Liebes=
träume selten ein so schönes Ende nehmen.

Der Name Goslar klingt so erfreulich, und es knüpfen sich
daran so viele uralte Kaisererinnerungen, daß ich
eine imposante, stattliche Stadt erwartete. Aber so　Goslar.
geht es, wenn man die Berühmten in der Nähe
besieht! Ich fand ein Nest mit meistens schmalen, labyrintisch
krummen Straßen, allwo mittendurch ein kleines Wasser,
wahrscheinlich die Gose, fließt, verfallen und dumpfig, und ein
Pflaster, so holprig wie Berliner Hexameter. Nur die Alter= 10
thümlichkeiten der Einfassung, nämlich Reste von Mauern,
Thürmen und Zinnen, geben der Stadt etwas Pikantes. Einer
dieser Thürme, der Zwinger genannt, hat so dicke Mauern,
daß ganze Gemächer darin ausgehauen sind. Der Platz vor der
Stadt, wo der weitberühmte Schützenhof gehalten wird, ist eine
schöne große Wiese, ringsum hohe Berge. Der Markt ist
klein, in der Mitte steht ein Springbrunnen, dessen Wasser sich
in ein großes Metallbecken ergießt. Bei Feuersbrünsten wird
einigemal daran geschlagen; es giebt dann einen weitschallenden
Ton. Man weiß Nichts vom Ursprunge dieses Beckens. Einige 20
sagen, der Teufel habe es einst zur Nachtzeit dort auf den
Markt hingestellt. Damals waren die Leute noch dumm, und
der Teufel war auch dumm, und sie machten sich wechselseitig
Geschenke.

Das Rathhaus zu Goslar ist eine weißangestrichene Wacht-
stube. Das daneben stehende Gildenhaus hat schon ein besseres
Ansehen. Ungefähr von der Erde und vom Dach gleich weit
entfernt stehen da die Standbilder deutscher Kaiser, räucherig
schwarz und zum Theil vergoldet, in der einen Hand das
Scepter in der andern die Weltkugel; sehen aus wie gebratene 30
Universitätspedelle. Einer dieser Kaiser hält ein Schwert,
statt des Scepters. Ich konnte nicht errathen, was dieser

Unterſchied ſagen will; und es hat doch gewiß ſeine Bedeutung,
da die Deutſchen die merkwürdige Gewohnheit haben, daß ſie
bei Allem, was ſie thun, ſich auch Etwas denken.

In Gottſchalk's „Handbuch" hatte ich von dem uralten
Dom und von dem berühmten Kaiſerſtuhl zu Goslar
Viel geleſen.   Als ich aber Beides beſehen wollte,
sagte man mir, der Dom ſei niedergeriſſen und der
Kaiſerſtuhl nach Berlin gebracht worden.   Wir leben in einer
bedeutungsſchweren Zeit: tauſendjährige Dome werden abge=
brochen, und Kaiſerſtühle in die Rumpelkammer geworfen.

The late cathédral.

Einige Merkwürdigkeiten des ſeligen Doms ſind jetzt in der
Stephanskirche aufgeſtellt.   Glasmalereien, die wunderſchön
ſind, einige ſchlechte Gemälde, worunter auch ein Lukas Cranach
ſein ſoll, ferner ein hölzerner Chriſtus am Kreuz, und ein
heidniſcher Opferaltar aus unbekanntem Metall; er hat die
Geſtalt einer länglich viereckigen Lade, und wird von vier Kary=
atiden getragen, die, ingebuckter Stellung, die Hände ſtützenüber
dem Kopfe halten, und unerfreulich häßliche Geſichter ſchneiden.
Indeſſen noch unerfreulicher iſt das dabeiſtehende, ſchon erwähnte
große hölzerne Krucifix.   Dieſer Chriſtuskopf mit natürlichen
Haaren und Dornen und blutbeſchmiertem Geſichte zeigt frei=
lich höchſt meiſterhaft das Hinſterben eines Menſchen, aber nicht
eines gottgebornen Heilands.   Nur das materielle Leiden iſt in
dieſes Geſicht hinein geſchnitzelt, nicht die Poeſie des Schmerzes.
Solch Bild gehört eher in einen anatomiſchen Lehrſaal, als in
ein Gotteshaus.   Die kunſterfahrene Frau Küſterin, die mich
herum führte, zeigte mir noch als ganz beſondere Rarität ein
vieleckiges, wohlgehobeltes, ſchwarzes, mit weißen Zahlen be=
decktes Stück Holz, das ampelartig in der Mitte der Kirche
hängt.   O, wie glänzend zeigt ſich hier der Erfindungsgeiſt in
der proteſtantiſchen Kirche!   Denn, wer ſollte dies denken!
Die Zahlen auf beſagtem Stück Holze ſind die Pſalmnummern,

welche gewöhnlich mit Kreide auf einer schwarzen Tafel ver=
zeichnet werden und auf den ästhetischen Sinn etwas nüchtern
wirken, aber jetzt durch obige Erfindung sogar zur Zierde der
Kirche dienen, und die so oft darin vermißten Raphael'schen
Bilder hinlänglich ersetzen. Solche Fortschritte freuen mich
unendlich, da ich, der ich Protestant und zwar Lutheraner bin,
immer tief betrübt worden, wenn katholische Gegner das leere,
gottverlassene Ansehn protestantischer Kirchen bespötteln konnten.

Ich logierte in einem Gasthofe nahe dem Markte, wo mir
das Mittagessen noch besser geschmeckt haben würde,   10
hätte sich nur nicht der Herr Wirth mit seinem Company
at the inn.
langen, überflüssigen Gesichte und seinen langweiligen
Fragen zu mir hingesetzt; glücklicher Weise ward ich bald erlöst
durch die Ankunft eines andern Reisenden, der dieselben Fragen
in derselben Ordnung aushalten mußte: quis? quid? ubi?
quibus auxiliis? cur? quomodo? quando? Dieser Fremde
war ein alter, müder, abgetragener Mann, der, wie aus seinen
Reden hervorging, die ganze Welt durchwandert, besonders
lang auf Batavia gelebt, viel Geld erworben und wieder Alles
verloren hatte, und jetzt, nach dreißigjähriger Abwesenheit, nach   20
Quedlinburg, seiner Vaterstadt, zurückkehrte, — „denn," setzte
er hinzu, „unsere Familie hat dort ihr Erbbegräbnis." Der
Herr Wirth machte die sehr aufgeklärte Bemerkung, daß es
doch für die Seele gleichgültig sei, wo unser Leib begraben wird.
„Haben Sie es schriftlich?" antwortete der Fremde, und dabei
zogen sich unheimlich schlaue Ringe um seine kümmerlichen
Lippen und verblichenen Äugelein. „Aber," setzte er ängstlich
begütigend hinzu, „ich will darum über fremde Gräber doch
nichts Böses gesagt haben; — die Türken begraben ihre Todten
noch weit schöner als wir, ihre Kirchhöfe sind ordentlich Gärten,   30
und da sitzen sie auf ihren weißen, beturbanten Grabsteinen, unter
dem Schatten einer Cypresse, und streichen ihre ernsthaften

Bärte, und rauchen ruhig ihren türkischen Tabak aus ihren
langen türkischen Pfeifen; — und bei den Chinesen gar ist es
eine ordentliche Lust zuzusehen, wie sie auf den Ruhestätten
ihrer Todten manierlich herumtänzeln, und beten, und Thee
trinken, und die Geige spielen, und die geliebten Gräber gar
hübsch zu verzieren wissen mit allerlei vergoldetem Lattenwerk,
Porzellanfigürchen, Fetzen von buntem Seidenzeug, künstlichen
Blumen und farbigen Laternchen — Alles sehr hübsch — wie
weit hab' ich noch bis Quedlinburg?"

Mein Logis gewährte eine herrliche Aussicht nach dem

Reflections
and fancies
by moon-
light.

Rammelsberg. Es war ein schöner Abend. Die
Nacht jagte auf ihrem schwarzen Rosse, und die
langen Mähnen flatterten im Winde. Ich stand am
Fenster und betrachtete den Mond. Giebt es wirk-
lich einen Mann im Monde? Die Slaven sagen, er heiße
Klotar, und das Wachsen des Mondes bewirke er durch
Wasseraufgießen. Als ich noch klein war, hatte ich gehört, der
Mond sei eine Frucht, die, wenn sie reif geworden, von lieben
Gott abgepflückt und zu den übrigen Vollmonden in den großen
Schrank gelegt werde, der am Ende der Welt steht, wo sie mit
Brettern zugenagelt ist. Als ich größer wurde, bemerkte ich,
daß die Welt nicht so eng begrenzt ist, und daß der menschliche
Geist die hölzernen Schranken durchbrochen, und mit einem
riesigen Petri=Schlüssel, mit der Idee der Unsterblichkeit,
alle sieben Himmel aufgeschlossen hat. Unsterblichkeit! schöner
Gedanke! wer hat dich zuerst erdacht? War es ein Nürn=
berger Spießbürger, der, mit weißer Nachtmütze auf dem
Kopfe und weißer Thonpfeife im Maule, am lauen Sommer=
abend vor seiner Hausthüre saß, und recht behaglich meinte, es
wäre doch hübsch, wenn er nun so immer fort, ohne daß sein
Pfeifchen und sein Lebensathemchen ausgingen, in die liebe
Ewigkeit hineinvegetieren könnte! Oder war es ein junger

Liebender, der in den Armen seiner Geliebten jenen Unsterblich=
keitsgedanken dachte, und ihn dachte, weil er ihn fühlte, und
weil er nicht anders fühlen und denken konnte? — Liebe!
Unsterblichkeit! — in meiner Brust ward es plötzlich so heiß,
daß ich glaubte, die Geographen hätten den Äquator verlegt,
und er laufe jetzt gerade durch mein Herz. Und aus meinem
Herzen ergossen sich die Gefühle der Liebe, ergossen sich sehn=
süchtig in die weite Nacht. Die Blumen im Garten unter
meinem Fenster dufteten stärker. Düfte sind die Gefühle der
Blumen, und wie das Menschenherz in der Nacht, wo es sich   10
einsam und unbelauscht glaubt, stärker fühlt, so scheinen auch die
Blumen, sinnig verschämt, erst die umhüllende Dunkelheit zu
erwarten, um sich gänzlich ihren Gefühlen hinzugeben und sie
auszuhauchen in süßen Düften. — Ergießt euch, ihr Düfte
meines Herzens, und sucht hinter jenen Bergen die Geliebte
meiner Träume! Sie liegt jetzt schon und schläft; zu ihren
Füßen knieen Engel, und wenn sie im Schlafe lächelt, so ist es
ein Gebet, das die Engel nachbeten; in ihrer Brust liegt der
Himmel mit allen seinen Seligkeiten, und wenn sie athmet, so
bebt mein Herz in der Ferne; hinter den seidnen Wimpern   20
ihrer Augen ist die Sonne untergegangen, und wenn sie
die Augen wieder aufschlägt, so ist es Tag, und die Vögel
singen, und die Herdenglöckchen läuten, und die Berge schim=
mern in ihren smaragdenen Kleidern, und ich schnüre den
Ranzen und wandre.

In jener Nacht, die ich in Goslar zubrachte, ist mir etwas
höchst Seltsames begegnet. Noch immer kann ich
nicht ohne Angst daran zurückdenken. Ich bin von   *Vision of
Natur nicht ängstlich, und Gott weiß, daß ich niemals   Doctor Saul Ascher.*
eine sonderliche Beklemmung empfunden habe, wenn   30
z. B. eine blanke Klinge mit meiner Nase Bekanntschaft zu
machen suchte, oder wenn ich mich Nachts in einem verrufenen

Walde verirrte, oder wenn mich im Koncert ein gähnender
Lieutenant zu verschlingen drohte — aber vor Geistern fürchte
ich mich fast so sehr wie der Östreichische Beobachter. Was ist
Furcht? Kommt sie aus dem Verstande oder aus dem
Gemüth? Über diese Frage disputierte ich so oft mit dem
Doktor Saul Ascher, wenn wir zu Berlin im Café Royal,
wo ich lange Zeit meinen Mittagstisch hatte, zufällig zusam=
mentrafen. Er behauptete immer, wir fürchten Etwas, weil
wir es durch Vernunftschlüsse für furchtbar erkennen. Nur die
10 Vernunft sei eine Kraft, nicht das Gemüth. Während ich
gut aß und gut trank, demonstrierte er mir fortwährend die
Vorzüge der Vernunft. Gegen das Ende seiner Demonstra=
tion pflegte er nach seiner Uhr zu sehen, und immer schloß er
damit: „Die Vernunft ist das höchste Princip!" — Vernunft!
Wenn ich jetzt dieses Wort höre, so sehe ich noch immer den
Doktor Saul Ascher mit seinen abstrakten Beinen, mit seinem
engen, transcendentalgrauen Leibrock, und mit seinem schroffen,
frierend kalten Gesichte, das einem Lehrbuche der Geometrie
als Kupfertafel dienen konnte. Dieser Mann, tief in den
20 Fünfzigen, war eine personificierte grade Linie. In seinem
Streben nach dem Positiven hatte der arme Mann sich alles
Herrliche aus dem Leben heraus philosophiert, alle Sonnen=
strahlen, allen Glauben und alle Blumen, und es blieb ihm
Nichts übrig, als das kalte positive Grab. Auf den Apoll von
Belvedere und auf das Christenthum hatte er eine specielle
Malice. Gegen Letzteres schrieb er sogar eine Broschüre,
worin er dessen Unvernünftigkeit und Unhaltbarkeit bewies.
Er hat überhaupt eine ganze Menge Bücher geschrieben, worin
immer die Vernunft von ihrer eigenen Vortrefflichkeit renom=
30 miert, und wobei es der arme Doktor gewiß ernsthaft genug
meinte, und also in dieser Hinsicht alle Achtung verdiente.
Darin aber bestand ja eben der Hauptspaß, daß er ein so

ernsthaft närrisches Gesicht schnitt, wenn er Dasjenige nicht
begreifen konnte, was jedes Kind begreift, eben weil es ein
Kind ist.

Doch zurück nach Goslar. „Das höchste Princip ist die
Vernunft!" sagte ich beschwichtigend zu mir selbst, als ich ins
Bett stieg. Indessen, es half nicht. Ich hatte eben in Varn-
hagen von Ense's „Deutsche Erzählungen," die ich von Klaus-
thal mitgenommen hatte, jene entsetzliche Geschichte gelesen,
wie der Sohn, den sein eigener Vater ermorden wollte, in der
Nacht von dem Geiste seiner todten Mutter gewarnt wird. 10
Die wunderbare Darstellung dieser Geschichte bewirkte, daß
mich während des Lesens ein inneres Grauen durchfröstelte.
Auch erregen Gespenstererzählungen ein noch schauerlicheres
Gefühl, wenn man sie auf der Reise liest, und zumal des
Nachts, in einer Stadt, in einem Hause, in einem Zimmer, wo
man noch nie gewesen. Wie viel Gräßliches mag sich schon
zugetragen haben auf diesem Flecke, wo du eben liegst? so
denkt man unwillkürlich. Überdies schien jetzt der Mond so
zweideutig ins Zimmer herein, an der Wand bewegten sich
allerlei unberufene Schatten, und als ich mich im Bett aufrich- 20
tete, um hin zu sehen, erblickte ich —

Es giebt nichts Unheimlicheres, als wenn man bei Mond-
schein das eigene Gesicht zufällig im Spiegel sieht. In
demselben Augenblicke schlug eine schwerfällige, gähnende
Glocke, und zwar so lang und langsam, daß ich nach dem
zwölften Glockenschlage sicher glaubte, es seien unterdessen
volle zwölf Stunden verflossen, und es müßte wieder von vorn
anfangen, Zwölf zu schlagen. Zwischen dem vorletzten und
letzten Glockenschlage schlug noch eine andere Uhr, sehr rasch,
fast keifend gell, und vielleicht ärgerlich über die Langsamkeit 30
ihrer Frau Gevatterin. Als beide eiserne Zungen schwiegen,
und tiefe Todesstille im ganzen Hause herrschte, war es mir

plötzlich, als hörte ich auf dem Korridor vor meinem Zimmer
Etwas schlottern und schlappen, wie der unsichere Gang eines
alten Mannes. Endlich öffnete sich meine Thür, und langsam
trat herein der verstorbene Doktor Saul Ascher. Ein kaltes
Fieber rieselte mir durch Mark und Bein, ich zitterte wie
Espenlaub, und kaum wagte ich das Gespenst anzusehen. Er
sah aus wie sonst, derselbe transcendentalgraue Leibrock, diesel=
ben abstrakten Beine, und dasselbe mathematische Gesicht; nur
war dieses etwas gelblicher als sonst, auch der Mund, der sonst
10 zwei Winkel von 22½ Grad bildete, war zusammengekniffen,
und die Augenkreise hatten einen größeren Radius. Schwan=
kend, und wie sonst sich auf sein spanisches Röhrchen stützend,
näherte er sich mir, und in seinem gewöhnlichen mundfaulen
Dialekte sprach er freundlich: „Fürchten Sie sich nicht, und
glauben Sie nicht, daß ich ein Gespenst sei. Es ist Täuschung
Ihrer Phantasie, wenn Sie mich als Gespenst zu sehen glauben.
Was ist ein Gespenst? Geben Sie mir eine Definition?
Debucieren Sie mir die Bedingungen der Möglichkeit eines
Gespenstes? In welchem vernünftigen Zusammenhang stände
20 eine solche Erscheinung mit der Vernunft? Die Vernunft, ich
sage die Vernunft —" Und nun schritt das Gespenst zu einer
Analyse der Vernunft, citierte Kant's „Kritik der reinen
Vernunft," 2. Theil, 1. Abschnitt, 2. Buch, 3. Hauptstück, die
Unterscheidung von Phänomena und Noumena, konstruierte
alsdann den problematischen Gespensterglauben, setzte einen
Syllogismus auf den andern, und schloß mit dem logischen
Beweise, daß es durchaus keine Gespenster giebt. Mir unter=
dessen lief der kalte Schweiß über den Rücken, meine Zähne
klapperten wie Kastagnetten, aus Seelenangst nickte ich unbe=
30 dingte Zustimmung bei jedem Satz, womit der spukende Doktor
die Absurdität aller Gespensterfurcht bewies, und Derselbe
demonstrierte so eifrig, daß er einmal in der Zerstreuung, statt

ſeiner goldnen Uhr, eine Handvoll Würmer aus der Uhrtaſche
zog, und, ſeinen Irrthum bemerkend, mit poſſierlich ängſtlicher
Haſtigkeit wieder einſteckte. „Die Vernunft iſt das höchſte —"
da ſchlug die Glocke Eins, und das Geſpenſt verſchwand.

Von Goslar ging ich den andern Morgen weiter, halb
auf Gerathewohl, halb in der Abſicht, den Bruder A stroll
des Klausthaler Bergmanns aufzuſuchen. Wieder and a com-
ſchönes, liebes Sonntagswetter. Ich beſtieg Hügel panion.
und Berge, betrachtete, wie die Sonne den Nebel zu verſcheu=
chen ſuchte, wanderte freudig durch die ſchauernden Wälder, 10
und um mein träumendes Haupt klingelten die Glockenblüm=
chen von Goslar. In ihren weißen Nachtmänteln ſtanden die
Berge, die Tannen rüttelten ſich den Schlaf aus den Gliedern,
der friſche Morgenwind friſierte ihnen die herabhängenden,
grünen Haare, die Böglein hielten Betſtunde, das Wieſenthal
blitzte wie eine diamantenbeſäete Golddecke, und der Hirt
ſchritt darüber hin mit ſeiner läutenden Herde. Ich mochte
mich wohl eigentlich verirrt haben. Man ſchlägt immer
Seitenwege und Fußſteige ein, und glaubt dadurch näher zum
Ziele zu gelangen. Wie im Leben überhaupt, geht's uns auch 20
auf dem Harze. Aber es giebt immer gute Seelen, die uns
wieder auf den rechten Weg bringen; ſie thun es gern, und
finden noch obendrein ein beſonderes Vergnügen daran, wenn
ſie uns mit ſelbſtgefälliger Miene und wohlwollend lauter
Stimme bedeuten, welche große Umwege wir gemacht, in welche
Abgründe und Sümpfe wir verſinken konnten, und welch ein
Glück es ſei, daß wir ſo wegkundige Leute, wie ſie ſind, noch
zeitig angetroffen. Einen ſolchen Berichtiger fand ich unweit
der Harzburg. Es war ein wohlgenährter Bürger von Goslar,
ein glänzend wampiges, dummkluges Geſicht; er ſah aus, als 30
habe er die Viehſeuche erfunden. Wir gingen eine Strecke
zuſammen, und er erzählte mir allerlei Spukgeſchichten, die

D

hübſch klingen konnten, wenn ſie nicht alle darauf hinaus liefen,
daß es doch kein wirklicher Spuk geweſen, ſondern daß die
weiße Geſtalt ein Wilddieb war, und daß die wimmernden
Stimmen von den eben geworfenen Jungen einer Bache (wil=
den Sau), und das Geräuſch auf dem Boden von der Hauskatze
herrührte. Nur wenn der Menſch krank iſt, ſetzte er hinzu,
glaubt er Geſpenſter zu ſehen; was aber ſeine Wenigkeit
anbelange, ſo ſei er ſelten krank, nur zuweilen leide er an
Hautübeln, und dann kuriere er ſich jedesmal mit nüchternem
Speichel. Er machte mich auch aufmerkſam auf die Zweck=
mäßigkeit und Nützlichkeit in der Natur. Die Bäume ſind
grün, weil grün gut für die Augen iſt. Ich gab ihm Recht,
und fügte hinzu, daß Gott das Rindvieh erſchaffen, weil
Fleiſchſuppen den Menſchen ſtärken, daß er die Eſel erſchaffen,
damit ſie den Menſchen zu Vergleichungen dienen können, und
daß er den Menſchen elbſt erſchaffen, damit er Fleiſchſuppen
eſſen und kein Eſel ſein ſoll. Mein Begleiter war entzückt,
einen Gleichgeſtimmten gefunden zu haben, ſein Antlitz er=
glänzte noch freudiger, und bei dem Abſchiede war er gerührt.

So lange er neben mir ging, war gleichſam die ganze
Natur entzaubert; ſobald er aber fort war, fingen die Bäume
wieder an zu ſprechen, und die Sonnenſtrahlen erklangen, und
die Wieſenblümchen tanzten, und der blaue Himmel umarmte
die grüne Erde. Ja, ich weiß es beſſer; Gott hat den Men=
ſchen erſchaffen, damit er die Herrlichkeit der Welt bewundere.
Jeder Autor, und ſei er noch ſo groß, wünſcht, daß ſein Werk
gelobt werde. Und in der Bibel, den Memoiren Gottes, ſteht
ausdrücklich, daß er die Menſchen erſchaffen zu ſeinem Ruhm
und Preis.

Nach einem langen Hin= und Herwandern gelangte ich

nach der Wohnung des Bruders meines Klausthaler Freundes,
übernachtete alldort, und erlebte folgendes schöne Gedicht:

I.

Auf dem Berge steht die Hütte,
Wo der alte Bergmann wohnt;
Dorten rauscht die grüne Tanne,
Und erglänzt der goldne Mond.

A poem
which was
a reality.

In der Hütte steht ein Lehnstuhl,
Reich geschnitzt und wunderlich,
Der darauf sitzt, der ist glücklich,
Und der Glückliche bin Ich!

Auf dem Schemel sitzt die Kleine,
Stützt den Arm auf meinen Schoß;
Äuglein wie zwei blaue Sterne,
Mündlein wie die Purpurros'.

Und die lieben, blauen Sterne
Schaun mich an so himmelgroß,
Und sie legt den Liljenfinger
Schalkhaft auf die Purpurros'.

Nein, es sieht uns nicht die Mutter,
Denn sie spinnt mit großem Fleiß,
Und der Vater spielt die Zither,
Und er singt die alte Weis'.

Und die Kleine flüstert leise,
Leise, mit gedämpftem Laut;

Manches wichtige Geheimniß
Hat sie mir schon anvertraut.

„Aber seit die Muhme todt ist,
Können wir ja nicht mehr gehn
Nach dem Schützenhof zu Goslar,
Und dort ist es gar zu schön.

„Hier dagegen ist es einsam
Auf der kalten Bergeshöh',
Und des Winters sind wir gänzlich
Wie vergraben in dem Schnee.

„Und ich bin ein banges Mädchen,
Und ich fürcht' mich wie ein Kind
Vor den bösen Bergesgeistern,
Die des Nachts geschäftig sind."

Plötzlich schweigt die liebe Kleine,
Wie vom eignen Wort erschreckt,
Und sie hat mit beiden Händchen
Ihre Äugelein bedeckt.

Lauter rauscht die Tanne draußen,
Und das Spinnrad schnarrt und brummt,
Und die Zither klingt dazwischen,
Und die alte Weise summt:

„Fürcht' dich nicht, du liebes Kindchen,
Vor der bösen Geister Macht;
Tag und Nacht, du liebes Kindchen,
Halten Englein bei dir Wacht!"

II.

Tannenbaum mit grünen Fingern
Pocht ans niedre Fensterlein,
Und der Mond, der gelbe Lauscher,
Wirft sein süßes Licht herein.

Vater, Mutter schnarchen leise
In dem nahen Schlafgemach,
Doch wir Beide, selig schwatzend,
Halten uns einander wach.

„Daß du gar zu oft gebetet,
Das zu glauben wird mir schwer,
Jenes Zucken deiner Lippen
Kommt wohl nicht vom Beten her.

„Jenes böse, kalte Zucken,
Das erschreckt mich jedesmal,
Doch die dunkle Angst beschwichtigt
Deiner Augen frommer Strahl.

„Auch bezweifl' ich, daß du glaubest,
Was so rechter Glaube heißt,
Glaubst wohl nicht an Gott den Vater,
An den Sohn und heil'gen Geist?"

Ach, mein Kindchen, schon als Knabe,
Als ich saß auf Mutters Schoß,
Glaubte ich an Gott den Vater,
Der da waltet gut und groß;

Der die schöne Erd' erschaffen,
Und die schönen Menschen drauf,
Der den Sonnen, Monden, Sternen
Vorgezeichnet ihren Lauf.

Als ich größer wurde, Kindchen,
Noch viel mehr begriff ich schon,
Und begriff, und ward vernünftig,
Und ich glaub' auch an den Sohn;

An den lieben Sohn, der liebend
Uns die Liebe offenbart,
Und zum Lohne, wie gebräuchlich,
Von dem Volk gekreuzigt ward.

Jetzo, da ich ausgewachsen,
Viel gelesen, viel gereist,
Schwillt mein Herz, und ganz von Herzen
Glaub' ich an den heil'gen Geist.

Dieser that die größten Wunder,
Und viel größre thut er noch;
Er zerbrach die Zwingherrnburgen,
Und zerbrach des Knechtes Joch.

Alte Todeswunden heilt er,
Und erneut das alte Recht:
Alle Menschen, gleichgeboren,
Sind ein abliges Geschlecht.

Er verscheucht die bösen Nebel
Und das dunkle Hirngespinnst,
Das uns Lieb' und Lust verleidet,
Tag und Nacht uns angegrinst.

Tausend Ritter, wohlgewappnet,
Hat der heil'ge Geist erwählt,
Seinen Willen zu erfüllen,
Und er hat sie muthbeseelt.

Ihre theuern Schwerter blitzen,
Ihre guten Banner wehn!
Ei, du möchtest wohl, mein Kindchen,
Solche stolze Ritter sehn?

Nun, so schau mich an, mein Kindchen,
Küsse mich und schaue dreist;
Denn ich selber bin ein solcher
Ritter von dem heil'gen Geist.

III.

Still versteckt der Mond sich draußen
Hinterm grünen Tannenbaum,
Und im Zimmer unsre Lampe
Flackert matt und leuchtet kaum.

Aber meine blauen Sterne
Strahlen auf in hellerm Licht,
Und es glüht die Purpurrose,
Und das liebe Mädchen spricht:

„Kleines Völkchen, Wichtelmännchen
Stehlen unser Brod und Speck,
Abends liegt es noch im Kasten,
Und des Morgens ist es weg.

„Kleines Völkchen, unsre Sahne
Nascht es von der Milch, und läßt
Unbedeckt die Schüssel stehen,
Und die Katze säuft den Rest.

„Und die Katz' ist eine Hexe,
Denn sie schleicht, bei Nacht und Sturm,
Drüben nach dem Geisterberge,
Nach dem altverfallnen Thurm.

„Dort hat einst ein Schloß gestanden,
Voller Lust und Waffenglanz;
Blanke Ritter, Fraun und Knappen
Schwangen sich im Fackeltanz.

„Da verwünschte Schloß und Leute
Eine böse Zauberin,
Nur die Trümmer blieben stehen,
Und die Eulen nisten drin.

„Doch die sel'ge Muhme sagte:
Wenn man spricht das rechte Wort,
Nächtlich zu der rechten Stunde,
Drüben an dem rechten Ort:

„So verwandeln sich die Trümmer
Wieder in ein helles Schloß,
Und es tanzen wieder lustig
Ritter, Fraun und Knappentroß;

„Und wer jenes Wort gesprochen,
Dem gehören Schloß und Leut',
Pauken und Trompeten huld'gen
Seiner jungen Herrlichkeit."

Also blühen Märchenbilder
Aus des Mundes Röselein,
Und die Augen gießen drüber
Ihren blauen Sternenschein.

Ihre goldnen Haare wickelt
Mir die Kleine um die Händ',
Giebt den Fingern hübsche Namen,
Lacht und küßt, und schweigt am End'.

Und im stillen Zimmer Alles
Blickt mich an so wohlvertraut;
Tisch und Schrank, mir ist als hätt' ich
Sie schon früher mal geschaut.

Freundlich ernsthaft schwaßt die Wanduhr
Und die Zither, hörbar kaum,
Fängt von selber an zu klingen,
Und ich siße wie im Traum.

Jeßo ist die rechte Stunde,
Und es ist der rechte Ort;
Staunen würdest du, mein Kindchen,
Spräch' ich aus das rechte Wort.

Sprech' ich jenes Wort, so dämmert
Und erbebt die Mitternacht,
Bach und Tannen brausen lauter,
Und der alte Berg erwacht.

Zitherklang und Zwergenlieder
Tönen aus des Berges Spalt,
Und es sprießt, wie'n toller Frühling,
Draus hervor ein Blumenwald.

Blumen, kühne Wunderblumen,
Blätter, breit und fabelhaft,
Duftig bunt und hastig regsam,
Wie gedrängt von Leidenschaft.

Rosen, wild wie rothe Flammen,
Sprühn aus dem Gewühl hervor;
Liljen, wie krystallne Pfeiler,
Schießen himmelhoch empor.

Und die Sterne, groß wie Sonnen,
Schaun herab mit Sehnsuchtsgluth;
In der Lilien Riesenkelche
Strömet ihre Strahlenfluth.

Doch wir selber, süßes Kindchen,
Sind verwandelt noch viel mehr;
Fackelglanz und Gold und Seide
Schimmern lustig um uns her.

Du, du wurdest zur Prinzessin,
Diese Hütte ward zum Schloß,
Und da jubeln und da tanzen
Ritter, Fraun und Knappentroß.

Aber Ich, ich hab erworben,
Dich und Alles, Schloß und Leut';
Pauken und Trompeten huld'gen
Meiner jungen Herrlichkeit!

———

Die Sonne ging auf. Die Nebel flohen, wie Gespenster beim dritten Hahnenschrei. Ich stieg wieder bergauf und bergab, und vor mir schwebte die schöne Sonne, immer neue Schönheiten beleuchtend. Der Geist des Gebirges begünstigte mich ganz offenbar; er wußte wohl, daß so ein Dichtermensch viel Hübsches wiedererzählen kann, und er ließ mich diesen Morgen seinen Harz sehen, wie ihn gewiß nicht Jeder sah. Aber auch mich sah der Harz, wie mich nur Wenige gesehen, in meinen Augenwimpern flimmerten eben so kostbare Perlen, wie in den Gräsern des Thals. Morgenthau

The shepherd boy.

der Liebe feuchtete meine Wangen, die rauschenden Tannen
verstanden mich, ihre Zweige thaten sich von einander, bewegten
sich herauf und herab, gleich stummen Menschen, die mit den
Händen ihre Freude bezeigen, und in der Ferne klang's
wunderbar geheimnisvoll, wie Glockengeläute einer verlornen
Waldkirche. Man sagt, das seien die Herdenglöckchen, die im
Harz so lieblich, klar und rein gestimmt sind.

Nach dem Stande der Sonne war es Mittag, als ich auf
eine solche Herde stieß, und der Hirt, ein freundlich blonder
10 junger Mensch, sagte mir, der große Berg, an dessen Fuß ich
stände, sei der alte, weltberühmte Brocken. Viele Stunden
ringsum liegt kein Haus, und ich war froh genug, daß mich
der junge Mensch einlud, mit ihm zu essen. Wir setzten uns
nieder zu einem Déjeuner dinatoire, das aus Käse und Brot
bestand; die Schäfchen erhaschten die Krumen, die lieben
blanken Kühlein sprangen um uns herum, und klingelten
schelmisch mit ihren Glöckchen, und lachten uns an mit ihren
großen, vergnügten Augen. Wir tafelten recht königlich;
überhaupt schien mir mein Wirth ein echter König, und weil
20 er bis jetzt der einzige König ist, der mir Brot gegeben hat, so
will ich ihn auch königlich besingen.

König ist der Hirtenknabe,
Grüner Hügel ist sein Thron,
Über seinem Haupt die Sonne
Ist die schwere, goldne Kron'.

Ihm zu Füßen liegen Schafe,
Weiche Schmeichler, rothbekreuzt;
Kavaliere sind die Kälber,
Und sie wandeln stolz gespreizt.

Hofschauspieler sind die Böcklein;
Und die Vögel und die Küh',
Mit den Flöten, mit den Glöcklein,
Sind die Kammermusici.

Und das klingt und singt so lieblich,
Und so lieblich rauschen drein
Wasserfall und Tannenbäume,
Und der König schlummert ein.

Unterdessen muß regieren
Der Minister, jener Hund,
Dessen knurriges Gebelle
Wiederhallet in der Rund'.

Schläfrig lallt der junge König:
„Das Regieren ist so schwer,
Ach, ich wollt', daß ich zu Hause
Schon bei meiner Kön'gin wär'!"

In den Armen meiner Kön'gin
Ruht mein Königshaupt so weich,
Und in ihren lieben Augen
Liegt mein unermeßlich Reich!

Wir nahmen freundschaftlich Abschied, und fröhlich stieg
ich den Berg hinauf. Bald empfing mich eine Wal= *On the mountain side.*
dung himmelhoher Tannen, für die ich in jeder
Hinsicht Respekt habe. Diesen Bäumen ist nämlich *The Brocken.*
das Wachsen nicht so ganz leicht gemacht worden,
und sie haben es sich in der Jugend sauer werden lassen. Der
Berg ist hier mit vielen großen Granitblöcken übersäet, und

die meisten Bäume mußten mit ihren Wurzeln diese Steine
umranken oder sprengen, und mühsam den Boden suchen,
woraus sie Nahrung schöpfen können.   Hier und da liegen die
Steine, gleichsam ein Thor bildend, über einander, und oben
darauf stehen die Bäume, die nackten Wurzeln über jene
Steinpforte hinziehend, und erst am Fuße derselben den Boden
erfassend, so daß sie in der freien Luft zu wachsen scheinen.
Und doch haben sie sich zu jener gewaltigen Höhe empor
geschwungen, und, mit den umklommerten Steinen wie zusam=
10 mengewachsen, stehen sie fester als ihre bequemen Kollegen im
zahmen Forstboden des flachen Landes.   So stehen auch im
Leben jene großen Männer, die durch das Überwinden früher
Hemmungen und Hindernisse sich erst recht gestärkt und befestigt
haben.   Auf den Zweigen der Tannen kletterten Eichhörnchen
und unter denselben spazierten die gelben Hirsche.   Wenn ich
solch ein liebes, edles Thier sehe, so kann ich nicht begreifen,
wie gebildete Leute Vergnügen daran finden, es zu hetzen und
zu tödten.   Solch ein Thier war barmherziger als die Men=
schen, und säugte den schmachtenden Schmerzenreich der heiligen
20 Genovefa.
     Allerliebst schossen die goldenen Sonnenlichter durch das
dichte Tannengrün.   Eine natürliche Treppe bildeten die
Baumwurzeln.   Überall schwellende Moosbänke; denn die
Steine sind fußhoch von den schönsten Moosarten, wie mit
hellgrünen Sammetpolstern, bewachsen.   Liebliche Kühle und
träumerisches Quellengemurmel.   Hier und da sieht man, wie
das Wasser unter den Steinen silberhell hinrieselt und die
nackten Baumwurzeln und Fasern bespült.   Wenn man sich
nach diesem Treiben hinab beugt, so belauscht man gleichsam
30 die geheime Bildungsgeschichte der Pflanzen und das ruhige
Herzklopfen des Berges.   An manchen Orten sprudelt das
Wasser aus den Steinen und Wurzeln stärker hervor und bildet

kleine Kaskaden. Da läßt sich gut sitzen. Es murmelt und rauscht so wunderbar, die Vögel singen abgebrochene Sehnsuchtslaute, die Bäume flüstern wie mit tausend Mädchenzungen, wie mit tausend Mädchenaugen schauen uns an die seltsamen Bergblumen, sie strecken nach uns aus die wundersam breiten, drollig gezackten Blätter, spielend flimmern hin und her die lustigen Sonnenstrahlen, die sinnigen Kräutlein erzählen sich grüne Märchen, es ist Alles wie verzaubert, es wird immer heimlicher und heimlicher, ein uralter Traum wird lebendig, die Geliebte erscheint — ach, daß sie so schnell wieder verschwindet! 10

Je höher man den Berg hinaufsteigt, desto kürzer, zwerghafter werden die Tannen, sie scheinen immer mehr und mehr zusammen zu schrumpfen, bis nur Heidelbeer- und Rothbeersträuche und Bergkräuter übrig bleiben. Da wird es auch schon fühlbar kälter. Die wunderlichen Gruppen der Granitblöcke werden hier erst recht sichtbar; diese sind oft von erstaunlicher Größe. Das mögen wohl die Spielbälle sein, die sich die bösen Geister einander zuwerfen in der Walpurgisnacht, wenn hier die Hexen auf Besenstielen und Mistgabeln 20 einhergeritten kommen, und die abenteuerlich verruchte Lust beginnt, wie die glaubhafte Amme es erzählt, und wie es zu schauen ist auf den hübschen Faustbildern des Meister Retzsch. Ja, ein junger Dichter, der auf einer Reise von Berlin nach Göttingen in der ersten Mainacht am Brocken vorbei ritt, bemerkte sogar, wie einige belletristische Damen auf einer Bergecke ihre ästhetische Theegesellschaft hielten, sich gemüthlich die „Abendzeitung" vorlasen, ihre poetischen Ziegenböckchen, die meckernd den Theetisch umhüpften, als Universalgenies priesen, und über alle Erscheinungen in der deutschen Literatur 30 ihr Endurtheil fällten; doch als sie auch auf den „Ratcliff, und „Almansor" geriethen, und dem Verfasser alle Frömmig-

keit und Chriſtlichkeit abſprachen, da ſträubte ſich das Haar des
jungen Mannes, Entſetzen ergriff ihn, — ich gab dem Pferde
die Sporen und jagte vorüber.

In der That, wenn man die obere Hälfte des Brockens
Legends   beſteigt, kann man ſich nicht erwehren, an die ergötz=
of the   lichen Blocksberggeſchichten zu denken, und beſonders
Brocken.   an die große, myſtiſche deutſche Nationaltragödie vom
Doktor Fauſt.   Mir war immer, als ob der Pferdefuß neben
mir hinauf klettere, und Jemand humoriſtiſch Athem ſchöpfe.
10   Und ich glaube, auch Mephiſto muß mit Mühe Athem holen,
wenn er ſeinen Lieblingsberg erſteigt; es iſt ein äußerſt
erſchöpfender Weg, und ich war froh, als ich endlich das
langerſehnte Brockenhaus zu Geſicht bekam.

Dieſes Haus, das, wie durch vielfache Abbildungen bekannt
On the   iſt, bloß aus einem Parterre beſteht, und auf der
summit.   Spitze des Berges liegt, wurde erſt 1800 vom Grafen
Stolberg=Wernigerode erbaut, für deſſen Rechnung es auch als
Wirthshaus verwaltet wird.   Die Mauern ſind erſtaunlich
dick, wegen des Windes und der Kälte im Winter; das Dach
20   iſt niedrig, in der Mitte deſſelben ſteht eine thurmartige
Warte, und bei dem Hauſe liegen noch zwei kleine Nebenge=
bäude, wovon das eine in frühern Zeiten den Brockenbeſuchern
zum Obbach diente.

Der Eintritt in das Brockenhaus erregte bei mir eine
The Brock-   etwas ungewöhnliche, märchenhafte Empfindung.
enhaus.   Man iſt nach einem langen, einſamen Umherſteigen
durch Tannen und Klippen plötzlich in ein Wolkenhaus verſetzt;
Städte, Berge und Wälder blieben unten liegen, und oben
findet man eine wunderlich zuſammengeſetzte, fremde Geſell=
30   ſchaft, von welcher man, wie es an dergleichen Orten natürlich
iſt, faſt wie ein erwarteter Genoſſe, halb neugierig und halb
gleichgültig, empfangen wird.   Ich fand das Haus voller

Gäste, und, wie es einem klugen Manne geziemt, dachte ich
schon an die Nacht, an die Unbehaglichkeit eines Strohlagers;
mit hinsterbender Stimme verlangte ich gleich Thee, und der
Herr Brockenwirth war vernünftig genug, einzusehen, daß ich
kranker Mensch für die Nacht ein ordentliches Bett haben
müsse.   Dieses verschaffte er mir in einem engen Zimmerchen,
wo schon ein junger Kaufmann, ein langes Brechpulver in
einem braunen Oberrock, sich etabliert hatte.

In der Wirthsstube fand ich lauter Leben und Bewegung.
Studenten von verschiedenen Universitäten. Die Einen sind 10
kurz vorher angekommen und restaurieren sich, Andere bereiten
sich zum Abmarsch, schnüren ihre Ranzen, schreiben ihre Namen
ins Gedächtnisbuch, erhalten Brockensträuße von den Hausmäd=
chen; da wird in die Wangen gekniffen, gesungen, gesprungen,
gejohlt, man fragt, man antwortet, gut Wetter, Fußweg,
Prosit, Adieu. Einige der Abgehenden sind auch etwas ange=
soffen, und Diese haben von der schönen Aussicht einen doppelten
Genuß, da ein Betrunkener Alles doppelt sieht.

Nachdem ich mich ziemlich rekreiert, bestieg ich die Thurm=
warte, und fand daselbst einen kleinen Herrn mit New 20
zwei Damen, einer jungen und einer ältlichen. Die acquaint-
junge Dame war sehr schön. Eine herrliche Gestalt, ances.
auf dem lockigen Haupte ein helmartiger, schwarzer Atlashut,
mit dessen weißen Federn die Winde spielten, die schlanken
Glieder von einem schwarzseidenen Mantel so fest umschlossen,
daß die edlen Formen hervortraten, und das freie, große Auge,
ruhig hinabschauend in die freie, große Welt.

Als ich noch ein Knabe war, dachte ich an Nichts als an
Zauber= und Wundergeschichten, und jede schöne Dame, die
Straußfedern auf dem Kopfe trug, hielt ich für eine Elfen= 30
königin, und bemerkte ich gar, daß die Schleppe ihres Kleides
naß war, so hielt ich sie für eine Wassernixe. Jetzt denke ich

E

anders, seit ich aus der Naturgeschichte weiß, daß jene sym=
bolischen Federn von dem dümmsten Vogel herkommen, und
daß die Schleppe eines Damenkleides auf sehr natürliche Weise
naß werden kann.   Hätte ich mit jenen Knabenaugen die
erwähnte junge Schöne in erwähnter Stellung auf dem Brocken
gesehen, so würde ich sicher gedacht haben: Das ist die Fee des
Berges, und sie hat eben den Zauber ausgesprochen, wodurch
dort unten Alles so wunderbar erscheint.   Ja, in hohem Grade
wunderbar erscheint uns Alles beim ersten Hinabschauen vom
10 Brocken, alle Seiten unseres Geistes empfangen neue Eindrücke,
und diese, meistens verschiedenartig, sogar sich widersprechend,
verbinden sich in unserer Seele zu einem großen, noch unent=
worrenen, unverstandenen Gefühl.   Gelingt es uns, dieses
Gefühl in seinem Begriff zu erfassen, so erkennen wir den
Charakter des Berges.   Dieser Charakter ist ganz deutsch,
sowohl in Hinsicht seiner Fehler, als auch seiner Vorzüge.
Der Brocken ist ein Deutscher.   Mit deutscher Gründlichkeit
zeigt er uns klar und deutlich, wie ein Riesenpanorama, die
vielen hundert Städte, Städtchen und Dörfer, die meistens
20 nördlich liegen, und ringsum alle Berge, Wälder, Flüsse,
Flächen, unendlich weit.   Aber eben dadurch erscheint Alles
wie eine scharfgezeichnete, rein illuminierte Specialkarte, nir=
gends wird das Auge durch eigentliche schöne Landschaften
erfreut; wie es denn immer geschieht, daß wir deutschen
Kompilatoren wegen der ehrlichen Genauigkeit, womit wir
Alles und Alles hingeben wollen, nie daran denken können, das
Einzelne auf eine schöne Weise zu geben.   Der Berg hat auch
so etwas Deutschruhiges, Verständiges, Tolerantes; eben weil
er die Dinge so weit und klar überschauen kann.   Und wenn
30 solch ein Berg seine Riesenaugen öffnet, mag er wohl noch
Etwas mehr sehen, als wir Zwerge, die wir mit unsern blöden
Äuglein auf ihm herum klettern.   Viele wollen zwar behaup=

ten, der Brocken sei sehr philiströse, und Claudius sang: „Der
Blocksberg ist der lange Herr Philister!" Aber Das ist
Irrthum. Durch seinen Kahlkopf, den er zuweilen mit einer
weißen Nebelkappe bedeckt, giebt er sich zwar den Anstrich von
Philiströsität; aber, wie bei manchen andern großen Deutschen,
geschieht es aus purer Ironie. Es ist sogar notorisch, daß der
Brocken seine burschikosen, phantastischen Zeiten hat, z. B. die
erste Mainacht. Dann wirft er seine Nebelkappe jubelnd in
die Lüfte, und wird, eben so gut wie wir Übrigen, recht
echtdeutsch romantisch verrückt.

Ich suchte gleich die schöne Dame in ein Gespräch zu
verflechten; denn Naturschönheiten genießt man erst recht,
wenn man sich auf der Stelle darüber aussprechen kann. Sie
war nicht geistreich, aber aufmerksam sinnig. Wahrhaft
vornehme Formen. Ich meine nicht die gewöhnliche, steife,
negative Vornehmheit, die genau weiß, was unterlassen werden
muß; sondern jene seltnere, freie, positive Vornehmheit, die
uns genau sagt, was wir thun dürfen, und die uns, bei aller
Unbefangenheit, die höchste gesellige Sicherheit giebt. Ich
entwickelte, zu meiner eigenen Verwunderung, viele geogra=
phische Kenntnisse, nannte der wißbegierigen Schönen alle
Namen der Städte, die vor uns lagen, suchte und zeigte ihr
dieselben auf meiner Landkarte, die ich über den Steintisch, der
in der Mitte der Thurmplatte steht, mit echter Docentenmiene
ausbreitete. Manche Stadt konnte ich nicht finden, vielleicht
weil ich mehr mit den Fingern suchte, als mit den Augen, die
sich unterdessen auf dem Gesicht der holden Dame orientierten,
und dort schönere Partieen fanden, als „Schierke" und
„Elend." Dieses Gesicht gehörte zu denen, die nie reizen,
selten entzücken, und immer gefallen. Ich liebe solche Gesichter,
weil sie mein schlimmbewegtes Herz zur Ruhe lächeln. Die
Dame war noch unverheirathet, obgleich schon in jener

Vollblüthe, die zum Eheſtande hinlänglich berechtigt. Aber
es iſt ja eine tägliche Erſcheinung, juſt bei den ſchönſten
Mädchen hält es ſo ſchwer, daß ſie einen Mann bekommen.
Dies war ſchon im Alterthum der Fall, und, wie bekannt iſt,
alle drei Grazien ſind ſitzen geblieben.

In welchem Verhältnis der kleine Herr, der die Damen
begleitete, zu denſelben ſtehen mochte, konnte ich nicht errathen.
Es war eine dünne, merkwürdige Figur. Ein Köpfchen,
ſparſam bedeckt mit grauen Härchen, die über die kurze Stirn
10 bis an die grünlichen Libellenaugen reichten, die runde Naſe
weit hervortretend, dagegen Mund und Kinn ſich wieder
ängſtlich nach den Ohren zurück ziehend. Dieſes Geſichtchen
ſchien aus einem zarten, gelblichen Thone zu beſtehen, woraus
die Bildhauer ihre erſten Modelle kneten; und wenn die
ſchmalen Lippen zuſammen kniffen, zogen ſich über die Wangen einige tauſend halbkreisartige, feine Fältchen. Der kleine
Mann ſprach kein Wort, und nur dann und wann, wenn die
ältere Dame ihm etwas Freundliches zuflüſterte, lächelte er wie
ein Mops, der den Schnupfen hat.

20 Jene ältere Dame war die Mutter der jüngern, und auch
ſie beſaß die vornehmſten Formen. Ihr Auge verrieth einen
krankhaft ſchwärmeriſchen Tiefſinn, um ihren Mund lag ſtrenge
Frömmigkeit, doch ſchien mir's, als ob er einſt ſehr ſchön
geweſen ſei, und viel gelacht und viele Küſſe empfangen und
viele erwidert habe. Ihr Geſicht glich einem Kodex palimp-
ſeſtus, wo unter der neuſchwarzen Mönchsſchrift eines Kirchen-
vatertextes die halberloſchenen Verſe eines altgriechiſchen
Liebesdichters hervorlauſchen. Beide Damen waren mit ihrem
Begleiter dieſes Jahr in Italien geweſen und erzählten mir
30 allerlei Schönes von Rom, Florenz und Venedig. Die Mutter
erzählte Viel von den Raphael'ſchen Bildern in der Peters-
kirche; die Tochter ſprach mehr von der Oper im Theater

Fenice. Beide waren entzückt von der Kunst der Impro-
visatoren. Nürnberg war der Damen Vaterstadt; doch von
dessen alterthümlicher Herrlichkeit wußten sie mir Wenig zu
sagen. Die holdselige Kunst des Meistergesangs, wovon uns
der gute Wagenseil die letzten Klänge erhalten, ist erloschen,
und die Bürgerinnen Nürnberg's erbauen sich an welschem
Stegreifunsinn. O Sankt Sebaldus, was bist du jetzt für ein
armer Patron!

Derweil wir sprachen, begann es zu dämmern; die Luft
wurde noch kälter, die Sonne neigte sich tiefer, und Sunset
die Thurmplatte füllte sich mit Studenten, Hand- on the
werksburschen und einigen ehrsamen Bürgersleuten, Brocken.
sammt deren Ehefrauen und Töchtern, die Alle den Sonnenuntergang sehen wollten. Es ist ein erhabener Anblick, der
die Seele zum Gebet stimmt. Wohl eine Viertelstunde
standen Alle ernsthaft schweigend, und sahen, wie der schöne
Feuerball im Westen allmählig versank; die Gesichter wurden
vom Abendroth angestrahlt, die Hände falteten sich unwillkürlich; es war, als ständen wir, eine stille Gemeinde, im Schiffe
eines Riesendoms, und der Priester erhöbe jetzt den Leib des
Herrn, und von der Orgel herab ergösse sich Palestrina's ewiger
Choral.

Während ich so in Andacht versunken stehe, höre ich, daß
neben mir Jemand ausruft: „Wie ist die Natur doch im
Allgemeinen so schön!" Diese Worte kamen aus der gefühl-
vollen Brust meines Zimmergenossen, des jungen Kaufmanns.
Ich gelangte dadurch wieder zu meiner Werkeltagsstimmung,
war jetzt im Stande, den Damen über den Sonnenuntergang
recht viel Artiges zu sagen, und sie ruhig, als wäre Nichts
passiert, nach ihrem Zimmer zu führen. Sie erlaubten mir
auch, sie noch eine Stunde zu unterhalten. Wie die Erde
selbst, drehte sich unsre Unterhaltung um die Sonne. Die

Mutter äußerte, die in Nebel versinkende Sonne habe aus=
gesehn wie eine rothglühende Rose, die der galante Himmel
herabgeworfen in den weitausgebreiteten, weißen Brautschleier
seiner geliebten Erde. Die Tochter lächelte und meinte, der
öftere Anblick solcher Naturerscheinungen schwäche ihren Ein=
druck. Die Mutter berichtigte diese falsche Meinung durch
eine Stelle aus Goethe's Reisebriefen, und frug mich, ob ich
den Werther gelesen? Ich glaube, wir sprachen auch von
Angorakatzen, etruskischen Vasen, türkischen Shawls, Makaroni
10 und Lord Byron, aus dessen Gedichten die ältere Dame einige
Sonnenuntergangsstellen, recht hübsch lispelnd und seufzend,
recitierte. Der jüngern Dame, die kein Englisch verstand, und
jene Gedichte kennen lernen wollte, empfahl ich die Übersetzungen
meiner schönen, geistreichen Landsmännin, der Baronin Elise
von Hohenhausen.

Nach diesem Geschäfte ging ich noch auf dem Brocken
spazieren; denn ganz dunkel wird es dort nie. Der
Nebel war nicht stark, und ich betrachtete die Umrisse
der beiden Hügel, die man den Hexenaltar und die
20 Teufelskanzel nennt. Ich schoß meine Pistolen ab, doch es
gab kein Echo. Plötzlich aber höre ich bekannte Stimmen,
und fühle mich umarmt und geküßt. Es waren meine Lands=
leute, die Göttingen vier Tage später verlassen hatten, und
bedeutend erstaunt waren, mich ganz allein auf dem Blocks=
berge wieder zu finden. Da gab es ein Erzählen und
Verwundern und Verabreden, ein Lachen und Erinnern,
und im Geiste waren wir wieder in unserm gelehrten
Sibirien.

Im großen Zimmer wurde eine Abendmahlzeit gehalten.
30 Ein langer Tisch mit zwei Reihen hungriger Stu=
denten. Im Anfange gewöhnliches Universitäts=
gespräch: Duelle, Duelle und wieder Duelle. Die Gesellschaft

Old
acquaint-
ances.

In the inn
parlour.

beſtand meiſtens aus Hallenſern, und Halle wurde daher
Hauptgegenſtand der Unterhaltung.

Während ſolcherlei Geſpräche hin und her flogen, verlor
man doch das Nützliche nicht aus den Augen, und den großen
Schüſſeln, die mit Fleiſch, Kartoffeln u. ſ. w. ehrlich angefüllt
waren, wurde fleißig zugeſprochen. Jedoch das Eſſen war
ſchlecht. Dieſes erwähnte ich leichthin gegen meinen Nachbar,
der aber mit einem Accente, woran ich den Schweizer erkannte,
gar unhöflich antwortete, daß wir Deutſchen, wie mit der
wahren Freiheit, ſo auch mit der wahren Genügſamkeit unbe= 10
kannt ſeien.

Der Sohn der Alpen hatte es gewiß nicht böſe gemeint,
„es war ein dicker Mann, folglich ein guter Mann,“ ſagt
Cervantes. Aber mein Nachbar von der andern Seite, ein
Greifswalder, war durch jene Äußerung ſehr pikiert; er be=
theuerte, daß deutſche Thatkraft und Einfältigkeit noch nicht
erloſchen ſei, ſchlug ſich dröhnend auf die Bruſt, und leerte eine
ungeheure Stange Weißbier. Der Schweizer ſagte: „Nu!
nu!“ Doch je beſchwichtigender er Dieſes ſagte, deſto eifriger
ging der Greifswalder ins Geſchirr. Er trug herabhängend 20
langes Haar, ein ritterliches Barett, einen ſchwarzen altdeut=
ſchen Rock, ein ſchmutziges Hemd, das zugleich das Amt einer
Weſte verſah, und darunter ein Medaillon mit einem Haarbü=
ſchel von Blücher's Schimmel. Er ſah aus wie ein Narr in
Lebensgröße. Ich mache mir gern einige Bewegung beim
Abendeſſen, und ließ mich daher von ihm in einen patriotiſchen
Streit verflechten. Er war der Meinung, Deutſchland müſſe
in 33 Gauen getheilt werden. Ich hingegen behauptete, es
müßten 48 ſein, weil man alsdann ein ſyſtematiſcheres Hand=
buch über Deutſchland ſchreiben könne, und es doch nothwendig 30
ſei, das Leben mit der Wiſſenſchaft zu verbinden. Mein
Greifswalder Freund war auch ein deutſcher Barde, und, wie

er mir vertraute, arbeitete er an einem Nationalheldengedicht
zur Verherrlichung Hermann's und der Hermannsschlacht.
Manchen nützlichen Wink gab ich ihm für die Anfertigung
dieses Epos.   Ich machte ihn darauf aufmerksam, daß er die
Sümpfe und Knüppelwege des teutoburger Waldes sehr ono=
matopöisch durch wässerige und holperige Verse andeuten
könne, und daß es eine patriotische Feinheit wäre, wenn er
den Varus und die übrigen Römer lauter Unsinn sprechen
ließe.   Ich hoffe, dieser Kunstkniff wird ihm, eben so erfolgreich
10 wie andern Berliner Dichtern, bis zur bedenklichsten Illusion
gelingen.

An unserem Tische wurde es immer lauter und traulicher,
der Wein verdrängte das Bier, die Punschbowlen dampften, es
wurde getrunken, smolliert und gesungen.   Herrliche Lieder
von W. Müller, Rückert, Uhland u. s. w. erschollen.   Am
allerbesten erklangen unseres Arndt's deutsche Worte: „Der
Gott, der Eisen wachsen ließ, der wollte keine Knechte!"   Und
draußen brauste es, als ob der alte Berg mitsänge, und einige
schwankende Freunde behaupteten sogar, er schüttle freudig sein
20 kahles Haupt, und unser Zimmer werde dadurch hin und her
bewegt.   Die Flaschen wurden leerer und die Köpfe voller.
Der Eine brüllte, der Andere fistulierte, ein Dritter deklamierte
aus der „Schuld," ein Vierter sprach Latein, ein Fünfter
predigte von der Mäßigkeit, und ein Sechster stellte sich auf
den Stuhl und docierte: „Meine Herren!   Die Erde ist eine
runde Walze, die Menschen sind einzelne Stiftchen darauf,
scheinbar arglos zerstreut; aber die Walze dreht sich, die
Stiftchen stoßen hier und da an und tönen, die einen oft, die
andern selten, Das giebt eine wunderbare, komplicierte Musik,
30 und diese heißt Weltgeschichte.   Wir sprechen also erst von der
Musik, dann von der Welt, und endlich von der Geschichte —"
Und so ging's weiter mit Sinn und Unsinn.

In diesem verworrenen Treiben, wo die Teller tanzen und die Gläser fliegen lernten, saßen mir gegenüber zwei Jünglinge, schön und blaß wie Marmorbilder, der Eine mehr dem Adonis, der Andere mehr dem Apollo ähnlich. Kaum bemerkbar war der leise Rosenhauch, den der Wein über ihre Wangen hinwarf. Mit unendlicher Liebe sahen sie sich einander an, als wenn Einer lesen könnte in den Augen des Andern, und in diesen Augen strahlte es, als wären einige Lichttropfen hineingefallen aus jener Schale voll lodernder Liebe, die ein frommer Engel dort oben von einem Stern zum andern hinüber trägt. Sie sprachen leise mit sehnsuchtbebender Stimme, und es waren traurige Geschichten, aus denen ein wunderschmerzlicher Ton hervor klang. „Die Lore ist jetzt auch todt!" sagte der Eine und seufzte, und nach einer Pause erzählte er von einem Halle'schen Mädchen, das in einen Studenten verliebt war, und, als Dieser Halle verließ, mit Niemand mehr sprach, und wenig aß, und Tag und Nacht weinte, und immer den Kanarienvogel betrachtete, den der Geliebte ihr einst geschenkt hatte. „Der Vogel starb, und bald darauf ist auch die Lore gestorben!" so schloß die Erzählung, und beide Jünglinge schwiegen wieder und seufzten, als wollte ihnen das Herz zerspringen. Endlich sprach der Andere: „Meine Seele ist traurig! Komm mit hinaus in die dunkle Nacht! Einathmen will ich den Hauch der Wolken und die Strahlen des Mondes. Genosse meiner Wehmuth! ich liebe dich, deine Worte tönen wie Rohrgeflüster, wie gleitende Ströme, sie tönen wieder in meiner Brust, aber meine Seele ist traurig!"

Nun erhoben sich die beiden Jünglinge, Einer schlang den Arm um den Nacken des Andern, und sie verließen das tosende Zimmer. Ich folgte ihnen nach und sah, wie sie in eine dunkle Kammer traten, wie der Eine, statt des Fensters, einen großen

A prose idyll.

Kleiderschrank öffnete, wie Beide vor demselben mit sehnsüchtig ausgestreckten Armen stehen blieben und wechselweise sprachen. „Ihr Lüfte der dämmernden Nacht!" rief der Erste, „wie erquickend kühlt ihr meine Wangen! Wie lieblich spielt ihr mit meinen flatternden Locken! Ich steh' auf des Berges wolkigem Gipfel, unter mir liegen die schlafenden Städte der Menschen, und blinken die blauen Gewässer. Horch! dort unten im Thale rauschen die Tannen! Dort über die Hügel ziehen in Nebelgestalten die Geister der Väter. O, könnt' ich mit euch jagen auf dem Wolkenroß durch die stürmische Nacht, über die rollende See, zu den Sternen hinauf! Aber ach! ich bin beladen mit Leib, und meine Seele ist traurig!" — Der andere Jüngling hatte ebenfalls seine Arme sehnsuchtsvoll nach dem Kleiderschrank ausgestreckt, Thränen stürzten aus seinen Augen, und zu einer gelbledernen Hose, die er für den Mond hielt, sprach er mit wehmüthiger Stimme: „Schön bist du, Tochter des Himmels! Holdselig ist deines Antlitzes Ruhe! Du wandelst einher in Lieblichkeit! Die Sterne folgen deinen blauen Pfaden im Osten. Bei deinem Anblick erfreuen sich die Wolken, und es lichten sich ihre düstern Gestalten. Wer gleicht dir am Himmel, Erzeugte der Nacht? Beschämt in deiner Gegenwart sind die Sterne, und wenden ab die grünfunkelnden Augen. Wohin, wenn des Morgens dein Antlitz erbleicht, entfliehst du von deinem Pfade? Hast du gleich mir deine Halle? Wohnst du im Schatten der Wehmuth? Sind deine Schwestern vom Himmel gefallen? Sie, die freudig mit dir die Nacht durchwallten, sind sie nicht mehr? Ja, sie fielen herab, o schönes Licht, und du verbirgst dich oft, sie zu betrauern. Doch einst wird kommen die Nacht, und du, auch du bist vergangen, und hast deine blauen Pfade dort oben verlassen. Dann erheben die Sterne ihre grünen Häupter, die einst deine Gegenwart beschämt, sie werden sich freuen. Doch jetzt bist du

gekleidet in deine Strahlenpracht, und schaust herab aus den
Thoren des Himmels. Zerreißt die Wolken, o Winde, damit
die Erzeugte der Nacht hervor zu leuchten vermag, und die
buschigen Berge erglänzen, und das Meer seine schäumenden
Wogen rolle in Licht!"

Ein wohlbekannter, nicht sehr magerer Freund, der mehr
getrunken als gegessen hatte, obgleich er auch heute Abend, wie
gewöhnlich, eine Portion Rindfleisch verschlungen, wovon sechs
Gardelieutenants und ein unschuldiges Kind satt geworden
wären, dieser kam jetzt in allzugutem Humor, vorbeigerannt, 10
schob die beiden elegischen Freunde etwas unsanft in den
Schrank hinein, polterte nach der Hausthüre, und wirthschaftete
draußen ganz mörderlich. Der Lärm im Saal wurde auch
immer verworrener und dumpfer. Die beiden Jünglinge im
Schranke jammerten und wimmerten, sie lägen zerschmettert am
Fuße des Berges; aus dem Hals strömte ihnen der edle
Rothwein, sie überschwemmten sich wechselseitig, und der Eine
sprach zum Andern: „Lebe wohl! Ich fühle, daß ich verblute.
Warum weckst du mich, Frühlingsluft? Du buhlst und
sprichst: Ich bethaue dich mit Tropfen des Himmels. Doch 20
die Zeit meines Welkens ist nahe, nahe der Sturm, der meine
Blätter herabstört! Morgen wird der Wanderer kommen,
kommen, der mich sah in meiner Schönheit, ringsum wird sein
Auge im Felde mich suchen, und wird mich nicht finden."

Ich kann Viel vertragen — die Bescheidenheit erlaubt mir
nicht, die Bouteillenzahl zu nennen — und ziemlich Visions of
gut konditioniert gelangte ich nach meinem Schlaf- the night.
zimmer. Der junge Kaufmann lag schon im Bette, mit seiner
kreideweißen Nachtmütze und safrangelben Jacke von Gesund-
heitsflanell. Er schlief noch nicht, und suchte ein Gespräch mit 30
mir anzuknüpfen. Er war ein Frankfurt-am-Mainer, und
folglich sprach er gleich von den Juden, die alles Gefühl für

das Schöne und Edle verloren haben, und die englischen
Waaren 25 Procent unter dem Fabrikpreise verkaufen. Es
ergriff mich die Luft, ihn etwas zu myftificieren; deßhalb fagte
ich ihm, ich fei ein Nachtwandler, und müffe im Voraus um
Entschuldigung bitten für den Fall, daß ich ihn etwa im
Schlafe ftören möchte. Der arme Mensch hat deßhalb, wie
er mir den andern Tag geftand, die ganze Nacht nicht geschlafen,
da er die Beforgnis hegte, ich könnte mit meinen Piftolen, die
vor meinem Bette lagen, im Nachtwandlerzuftande ein Malheur
10 anrichten. Im Grunde war es mir nicht viel beffer als ihm
gegangen, ich hatte fehr schlecht geschlafen. Wüfte, beängfti=
gende Phantafiegebilde. Ein Klavierauszug aus Dante's
„Hölle." Am Ende träumte mir gar, ich fähe die Aufführung
einer juriftischen Oper, die Falcidia geheißen, erb=rechtlicher
Text von Gans und Mufik von Spontini. Ein toller Traum.
Das römische Forum leuchtete prächtig; Serv. Afinius
Göschenus als Prätor auf feinem Stuhle, die Toga in ftolze
Falten werfend, ergoß fich in polternden Recitativen; Marcus
Tullius Elverfus, als Prima Donna legataria, all feine holde
20 Weiblichkeit offenbarend, fang die liebeschmelzende Bravourarie
quicunque civis romanus; ziegelroth geschminkte Referendarien
brüllten als Chor der Unmündigen; Privatdocenten, als
Genien in fleischfarbigen Trikot gekleidet, tanzten ein ante=
juftinianisches Ballett und bekränzten mit Blumen die zwölf
Tafeln; unter Donner und Blitz ftieg aus der Erde der
beleibigte Geift der römischen Gefetzgebung; hierauf Pofaunen,
Tamtam, Feuerregen, cum omni causa.

    Aus diesem Lärmen zog mich der Brockenwirth, indem er
mich weckte, um den Sonnenaufgang anzusehen. Auf
Sunrise.
30 dem Thurm fand ich schon einige Harrende, die fich
die frierenden Hände rieben, Andere, noch den Schlaf in den
Augen, taumelten herauf; endlich ftand die ftille Gemeinde

von gestern Abend wieder ganz versammelt, und schweigend
sahen wir, wie am Horizonte die kleine carmoisinrothe Kugel
empor stieg, eine winterlich dämmernde Beleuchtung sich
verbreitete, die Berge wie in einem weißwallenden Meere
schwammen, und bloß die Spitzen derselben sichtbar hervor tra=
ten, so daß man auf einem kleinen Hügel zu stehen glaubte,
mitten auf einer überschwemmten Ebene, wo nur hier und da
eine trockene Erdscholle hervortritt. Um das Gesehene und
Empfundene in Worten fest zu halten, zeichnete ich folgendes
Gedicht:

> Heller wird es schon im Osten
> Durch der Sonne kleines Glimmen,
> Weit und breit die Bergesgipfel
> In dem Nebelmeere schwimmen.

> Hätt' ich Siebenmeilenstiefel,
> Lief' ich mit der Hast des Windes
> Über jene Bergesgipfel,
> Nach dem Haus des lieben Kindes.

> Von dem Bettchen, wo sie schlummert,
> Zög' ich leise die Gardinen,
> Leise küßt' ich ihre Stirne,
> Leise ihres Munds Rubinen.

> Und noch leiser wollt' ich flüstern
> In die kleinen Liljenohren:
> Denk' im Traum, daß wir uns lieben
> Und daß wir uns nie verloren!

Indessen, meine Sehnsucht nach einem Frühstück war eben=
falls groß, und nachdem ich meinen Damen einige Höflichkeiten

gesagt, eilte ich hinab, um in der warmen Stube Kaffe zu
trinken.   Es that noth; in meinem Magen sah es so nüchtern
aus, wie in der Goslar'schen Stephanskirche.   Aber mit dem
arabischen Trunk rieselte mir auch der warme Orient durch die
Glieder, östliche Rosen umdufteten mich, süße Bulbul=Lieder
erklangen, die Studenten verwandelten sich in Kamele, die
Brockenhausmädchen mit ihren Congreve'schen Blicken wurden
zu Houris, die Philisternasen wurden Minarets u. s. w.

Das Buch, das neben mir lag, war aber nicht der Koran.
10   The Brock-   Unsinn enthielt es freilich genug.   Es war das
en book.   sogenannte Brockenbuch, worin alle Reisende, die den
Berg ersteigen, ihre Namen schreiben, und die Meisten noch
einige Gedanken und, in Ermanglung derselben, ihre Gefühle
hinzu notieren.   Viele drücken sich sogar in Versen aus.   In
diesem Buche sieht man, welche Greuel entstehen, wenn der
große Philistertroß bei gebräuchlichen Gelegenheiten, wie hier
auf dem Brocken, sich vorgenommen hat, poetisch zu werden.
Der Pallast des Prinzen von Pallagonia enthält keine so große
Abgeschmacktheiten wie dieses Buch, wo besonders hervor=
20   glänzen die Herren Acciseeinnehmer mit ihren verschimmelten
Hochgefühlen, die Komptoirjünglinge mit ihren pathetischen
Seelenergüssen, die altdeutschen Revolutionsdilettanten mit
ihren Turngemeinplätzen, die Berliner Schullehrer mit ihren
verunglückten Entzückungsphrasen u. s. w.   Herr Johannes
Hagel will sich auch mal als Schriftsteller zeigen.   Hier wird
des Sonnenaufgangs majestätische Pracht beschrieben; dort
wird geklagt über schlechtes Wetter, über getäuschte Erwartun=
gen, über den Nebel, der alle Aussicht versperrt.   „Benebelt
herauf gekommen und benebelt hinunter gegangen!" ist ein
30   stehender Witz, der hier von Hunderten nachgerissen wird.
Eine Karolina schreibt, daß sie bei der Ersteigung des Berges
nasse Füße bekommen.   Ein naives Hannchen hat diese Klage

im Sinn, und schreibt lakonisch: Auch ich bin bei der Geschichte naß geworden. Das ganze Buch riecht nach Käse, Bier und Tabak; man glaubt einen Roman von Clauren zu lesen.

Während ich nun besagtermaßen Kaffe trank und im Brockenbuche blätterte, trat der Schweizer mit hoch= rothen Wangen herein, und voller Begeisterung Departure. erzählte er von dem erhabenen Anblick, den er oben auf dem Thurme genossen, als das reine, ruhige Licht der Sonne, Sinnbild der Wahrheit, mit den nächtlichen Nebelmassen gekampft, daß es ausgesehen habe wie eine Geisterschlacht, wo zürnende Riesen ihre langen Schwerter ausstrecken, geharnischte Ritter auf bäumenden Rossen einher jagen, Streitwagen, flatternde Banner, abenteuerliche Thierbildungen aus dem wildesten Gewühle hervortauchen, bis endlich Alles in den wahnsinnigsten Verzerrungen zusammen kräuselt, blasser und blasser zerrinnt, und spurlos verschwindet. Diese demagogische Naturerscheinung hatte ich versäumt, und ich kann, wenn es zur Untersuchung kommt, eidlich versichern, daß ich von Nichts weiß, als vom Geschmack des guten braunen Kaffes. Ach, Dieser war sogar Schuld, daß ich meine schöne Dame vergessen, und jetzt stand sie vor der Thür mit Mutter und Begleiter, im Begriff den Wagen zu besteigen. Kaum hatte ich noch Zeit, hin zu eilen und ihr zu versichern, daß es kalt sei. Sie schien unwillig, daß ich nicht früher gekommen; doch ich glättete bald die mißmüthigen Falten ihrer schönen Stirn, indem ich ihr eine wunderliche Blume schenkte, die ich den Tag vorher mit halsbrechender Gefahr von einer steilen Felsenwand gepflückt hatte. Die Mutter verlangte den Namen der Blume zu wissen, gleichsam als ob sie es unschicklich fände, daß ihre Tochter eine fremde, unbekannte Blume vor die Brust stecke — denn wirklich, die Blume erhielt diesen beneidenswerthen Platz, was sie sich gewiß gestern auf ihrer einsamen Höhe nicht träumen ließ. Der schweigsame Begleiter öffnete jetzt auf einmal den Mund, zählte die Staubfäden der Blume, und sagte ganz trocken: Sie gehört zur achten Klasse.

Es ärgert mich jedesmal, wenn ich sehe, daß man auch Gottes liebe Blumen, eben so wie uns, in Kasten getheilt hat, und nach ähnlichen Äußerlichkeiten, nämlich nach Staubfäden=Verschiedenheit. Soll doch mal eine Eintheilung statt finden, so folge man dem Vorschlage Theophrast's, der die Blumen mehr nach dem Geiste, nämlich nach ihrem Geruch, eintheilen
10 wollte. Was mich betrifft, so habe ich in der Naturwissenschaft mein eigenes System, und demnach theile ich Alles ein: in Dasjenige, was man essen kann, und in Dasjenige, was man nicht essen kann.

Jedoch der ältern Dame war die geheimnißvolle Natur der Blumen Nichts weniger als verschlossen, und unwillkürlich äußerte sie, daß sie von den Blumen, wenn sie noch im Garten oder im Topfe wachsen, recht erfreut werde, daß hingegen ein leises Schmerzgefühl traumhaft beängstigend ihre Brust durch=zittere, wenn sie eine abgebrochene Blume sehe — da eine solche
20 doch eigentlich eine Leiche sei, und so eine gebrochene, zarte Blumenleiche ihr welkes Köpfchen recht traurig herabhängen lasse, wie ein todtes Kind. Die Dame war fast erschrocken über den trüben Wiederschein ihrer Bemerkung, und es war meine Pflicht, denselben mit einigen Voltaire'schen Versen zu verscheuchen. Wie doch ein paar französische Worte uns gleich in die gehörige Konvenienzstimmung zurück versetzen können! Wir lachten, Hände wurden geküßt, huldreich wurde gelächelt, die Pferde wieherten, und der Wagen holperte langsam und beschwerlich den Berg hinunter.

30 Nun machten auch die Studenten Anstalt zum Abreisen, die Ranzen wurden geschnürt, die Rechnungen, die über alle Erwartung billig ausfielen, berichtigt; die Hausmädchen brach=

ten, wie gebräuchlich ist, die Brockensträußchen, halfen solche
auf die Mützen befestigen, wurden dafür mit einigen Küssen
oder Groschen honoriert, und so stiegen wir Alle den Berg
hinab, indem die Einen, wobei der Schweizer und Greifswalder,
den Weg nach Schierke einschlugen, und die Andern, ungefähr
zwanzig Mann, wobei auch meine Landsleute und ich, angeführt
von einem Wegweiser, durch die sogenannten Schneelöcher hinab
zogen nach Ilsenburg.

Das ging über Hals und Kopf. Halle'sche Studenten
marschieren schneller als die östreichische Landwehr. The Ilse. 10
Ehe ich mich Dessen versah, war die kahle Partie des
Berges mit den darauf zerstreuten Steingruppen schon hinter
uns, und wir kamen durch einen Tannenwald, wie ich ihn den
Tag vorher gesehen. Die Sonne goß schon ihre festlichen
Strahlen herab und beleuchtete die humoristisch buntgekleideten
Burschen, die so munter durch das Dickicht drangen, hier
verschwanden, dort wieder zum Vorschein kamen, bei Sumpf-
stellen über die quergelegten Baumstämme liefen, bei abschüssigen Tiefen an den rankenden Wurzeln kletterten, in den
ergötzlichsten Tonarten empor johlten, und eben so lustige 20
Antwort zurück erhielten von den zwitschernden Waldvögeln,
von den rauschenden Tannen, von den unsichtbar plätschernden
Quellen und von dem schallenden Echo. Wenn frohe Jugend
und schöne Natur zusammen kommen, so freuen sie sich
wechselseitig.

Je tiefer wir hinabstiegen, desto lieblicher rauschte das
unterirdische Gewässer, nur hier und da, unter Gestein und
Gestrüppe, blinkte es hervor, und schien heimlich zu lauschen,
ob es ans Licht treten dürfe, und endlich kam eine kleine Welle
entschlossen hervorgesprungen. Nun zeigt sich die gewöhnliche 30
Erscheinung: ein Kühner macht den Anfang, und der große
Troß der Zagenden wird plötzlich, zu seinem eigenen Erstaunen,

F

von Muth ergriffen, und eilt, sich mit jenem Ersten zu vereini=
gen. Eine Menge anderer Quellen hüpften jetzt hastig aus
ihrem Versteck, verbanden sich mit der zuerst hervorgesprungenen,
und bald bildeten sie zusammen ein schon bedeutendes Bächlein,
das in unzähligen Wasserfällen und in wunderlichen Windungen
das Bergthal hinabrauscht. Das ist nun die Ilse, die liebliche,
süße Ilse. Sie zieht sich durch das gesegnete Ilsethal, an
dessen beiden Seiten sich die Berge allmählig höher erheben,
und diese sind bis zu ihrem Fuße meistens mit Buchen, Eichen
und gewöhnlichem Blattgesträuche bewachsen, nicht mehr mit
Tannen und anderm Nadelholz. Denn jene Blätterholzart
wächst vorherrschend auf dem „Unterharze," wie man die
Ostseite des Brockens nennt, im Gegensatz zur Westseite desselben,
die der „Oberharz" heißt, und wirklich viel höher ist, also auch
viel geeigneter zum Gedeihen der Nadelhölzer.

Es ist unbeschreibbar, mit welcher Fröhlichkeit, Naivetät
und Anmuth die Ilse sich hinunter stürzt über die abenteuerlich
gebildeten Felsstücke, die sie in ihrem Laufe findet, so daß das
Wasser hier wild empor zischt oder schäumend überläuft, dort
aus allerlei Steinspalten, wie aus vollen Gießkannen, in reinen
Bögen sich ergießt, und unten wieder über die kleinen Steine
hintrippelt, wie ein munteres Mädchen. Ja, die Sage ist
wahr, die Ilse ist eine Prinzessin, die lachend und blühend den
Berg hinabläuft. Wie blinkt im Sonnenschein ihr weißes
Schaumgewand! Wie flattern im Winde ihre silbernen
Busenbänder! Wie funkeln und blitzen ihre Diamanten!
Die hohen Buchen stehen dabei gleich ernsten Vätern, die
verstohlen lächelnd dem Muthwillen des lieblichen Kindes
zusehen; die weißen Birken bewegen sich tantenhaft vergnügt,
und doch zugleich ängstlich über die gewagten Sprünge; der
stolze Eichbaum schaut drein wie ein verdrießlicher Oheim, der
das schöne Wetter bezahlen soll; die Vögelein in den Lüften

jubeln ihren Beifall, die Blumen am Ufer flüstern zärtlich:
O, nimm uns mit, nimm uns mit, lieb' Schwesterchen!—aber
das lustige Mädchen springt unaufhaltsam weiter, und plötzlich
ergreift sie den träumenden Dichter, und es strömt auf mich
herab ein Blumenregen von klingenden Strahlen und strahlenden Klängen, und die Sinne vergehen mir vor lauter Herrlichkeit, und ich höre nur noch die flötensüße Stimme:

Ich bin die Prinzessin Ilse,
Und wohne im Ilsenstein;
Komm mit nach meinem Schlosse,
Wir wollen selig sein.

Dein Haupt will ich benetzen
Mit meiner klaren Well',
Du sollst deine Schmerzen vergessen
Du sorgenkranker Gesell!

In meinen weißen Armen,
An meiner weißen Brust,
Da sollst du liegen und träumen
Von alter Märchenlust.

Ich will dich küssen und herzen,
Wie ich geherzt und geküßt
Den lieben Kaiser Heinrich,
Der nun gestorben ist.

Es bleiben todt die Todten,
Und nur der Lebendige lebt;
Und ich bin schön und blühend,
Mein lachendes Herze bebt.

Und bebt mein Herz dort unten,
So klingt mein kryſtallenes Schloß,
Es tanzen die Fräulein und Ritter,
Es jubelt der Knappentroß.

Es rauſchen die ſeidenen Schleppen,
Es klirren die Eiſenspor'n,
Die Zwerge trompeten und pauken
Und fiedeln und blaſen das Horn.

Doch dich ſoll mein Arm umſchlingen,
Wie er Kaiſer Heinrich umſchlang;
Ich hielt ihm zu die Ohren,
Wenn die Trompet' erklang.

Unendlich ſelig iſt das Gefühl, wenn die Erſcheinungswelt
mit unſerer Gemüthswelt zuſammenrinnt, und grüne Bäume,
Gedanken, Vögelgeſang, Wehmuth, Himmelsbläue, Erinnerung
und Kräuterduft ſich in ſüßen Arabesken verſchlingen. Die
Frauen kennen am beſten dieſes Gefühl, und darum mag auch
ein ſo holdſelig ungläubiges Lächeln um ihre Lippen ſchweben,
wenn wir mit Schulſtolz unſere logiſchen Thaten rühmen, wie
wir Alles ſo hübſch eingetheilt in objektiv und ſubjektiv, wie
wir unſere Köpfe apothekenartig mit tauſend Schubladen
verſehen, wo in der einen Vernunft, in der andern Verſtand,
in der dritten Wiß, in der vierten ſchlechter Wiß, und in der
fünften gar Nichts, nämlich die Idee, enthalten iſt.

Wie im Traume fortwandelnd, hatte ich faſt nicht bemerkt,
daß wir die Tiefe des Ilſethales verlaſſen und wieder bergauf
ſtiegen. Dies ging ſehr ſteil und mühſam, und Mancher von
uns kam außer Athem. Doch wie unſer ſeliger Vetter, der
zu Mölln begraben liegt, dachten wir im Voraus ans Bergab=

steigen, und waren um so vergnügter. Endlich gelangten wir
auf den Ilsenstein.

Das ist ein ungeheurer Granitfelsen, der sich lang und keck
aus der Tiefe erhebt. Von drei Seiten umschließen The
ihn die hohen, waldbedeckten Berge, aber die vierte, Ilsenstein.
die Nordseite, ist frei, und hier schaut man über das unten
liegende Ilsenburg und die Ilse weit hinab ins niedere Land.
Auf der thurmartigen Spitze des Felsens steht ein großes,
eisernes Kreuz, und zur Noth ist da noch Platz für vier
Menschenfüße.   10

Wie nun die Natur durch Stellung und Form den Ilsen=
stein mit phantastischen Reizen geschmückt, so hat auch die Sage
ihren Rosenschein darüber ausgegossen. Gottschalk berichtet:
„Man erzählt, hier habe ein verwünschtes Schloß gestanden,
in welchem die reiche schöne Prinzessin Ilse gewohnt, die sich
noch jetzt jeden Morgen in der Ilse bade; und wer so glücklich
ist, den rechten Zeitpunkt zu treffen, werde von ihr in den
Felsen, wo ihr Schloß sei, geführt und königlich belohnt.‟
Andere erzählen von der Liebe des Fräuleins Ilse und des
Ritters von Westenberg eine hübsche Geschichte, die einer 20
unserer bekanntesten Dichter romantisch in der „Abendzeitung‟
besungen hat. Andere wieder erzählen anders: Es soll der
altsächsische Kaiser Heinrich gewesen sein, der mit Ilse, der
schönen Wasserfee, in ihrer verzauberten Felsenburg die kaiser=
lichsten Stunden genossen. Ein neuerer Schriftsteller, Herr
Niemann, Wohlgeb., der ein Harzreisebuch geschrieben, worin
er die Gebirgshöhen, Abweichungen der Magnetnadel, Schulden
der Städte und Dergleichen mit löblichem Fleiße und genauen
Zahlen angegeben, behauptet indeß: „Was man von der
schönen Prinzessin Ilse erzählt, gehört dem Fabelreiche an.‟ 30
So sprechen alle diese Leute, denen eine solche Prinzessin
niemals erschienen ist, wir aber, die wir von schönen Damen

besonders begünstigt werden, wissen Das besser.   Auch Kaiser
Heinrich wußte es.   Nicht umsonst hingen die altsächsischen
Kaiser so sehr an ihrem heimischen Harze.   Man blättere nur
in der hübschen Lüneburger Chronik, wo die guten, alten
Herren in wunderlich treuherzigen Holzschnitten abkonterfeit
sind, wohlgeharnischt, hoch auf ihrem gewappneten Schlacht=
roß, die heilige Kaiserkrone auf dem theuren Haupte, Scepter
und Schwert in festen Händen; und auf den lieben, knebelbär=
tigen Gesichtern kann man deutlich lesen, wie oft sie sich nach
10 den süßen Herzen ihrer Harzprinzessinnen und dem traulichen
Rauschen der Harzwälder zurück sehnten, wenn sie in der
Fremde weilten, wohl gar in dem citronen= und giftreichen
Welschland, wohin sie und ihre Nachfolger so oft verlockt
wurden von dem Wunsche, römische Kaiser zu heißen, einer
echtdeutschen Titelsucht, woran Kaiser und Reich zu Grunde
gingen.

Ich rathe aber Jedem, der auf der Spitze des Ilsensteins
steht, weder an Kaiser und Reich, noch an die schöne Ilse,
sondern bloß an seine Füße zu denken.   Denn als ich dort
20 stand, in Gedanken verloren, hörte ich plötzlich die unterirdische
Musik des Zauberschlosses, und ich sah, wie sich die Berge
ringsum auf die Köpfe stellten, und die rothen Ziegeldächer zu
Ilsenburg anfingen zu tanzen, und die grünen Bäume in der
blauen Luft herum flogen, daß es mir blau und grün vor den
Augen wurde, und ich sicher, vom Schwindel erfaßt, in den
Abgrund gestürzt wäre, wenn ich mich nicht in meiner Seelen=
noth ans eiserne Kreuz festgeklammert hätte.   Daß ich, in so
mißlicher Stellung, dieses Letztere gethan habe, wird mir gewiß
Niemand verdenken.

Die „Harzreise" ist und bleibt Fragment, und die bunten Fäden, die so hübsch hineingesponnen sind, um sich im Ganzen harmonisch zu verschlingen, werden plötz= lich, wie von der Scheere der unerbittlichen Parze, abgeschnit= ten. Vielleicht verwebe ich sie weiter in künftigen Liedern, und was jetzt kärglich verschwiegen ist, wird alsdann vollauf gesagt. Am Ende kommt es auch auf Eins heraus, wann und wo man Etwas ausgesprochen hat, wenn man es nur überhaupt einmal ausspricht. Mögen die einzelnen Werke immerhin Fragmente bleiben, wenn sie nur in ihrer Vereinigung ein Ganzes bilden. 10 Durch solche Vereinigung mag hier und da das Mangelhafte ergänzt, das Schroffe ausgeglichen und das Allzuherbe gemil= dert werden. Dieses würde vielleicht schon bei den ersten Blättern der Harzreise der Fall sein, und sie könnten wohl einen minder sauern Eindruck hervorbringen, wenn man ander= weitig erführe, daß der Unmuth, den ich gegen Göttingen im Allgemeinen hege, obschon er noch größer ist, als ich ihn ausgesprochen, doch lange nicht so groß ist wie die Verehrung, die ich für einige Individuen dort empfinde. Und warum sollte ich es verschweigen, ich meine hier ganz besonders jenen 20 viel theueren Mann, der schon in frühern Zeiten sich so freund= lich meiner annahm, mir schon damals eine innige Liebe für das Studium der Geschichte einflößte, mich späterhin in dem Eifer für dasselbe bestärkte, und dadurch meinen Geist auf ruhigere Bahnen führte, meinem Lebensmuthe heilsamere Richt= ungen anwies, und mir überhaupt jene historischen Tröstungen bereitete, ohne welche ich die qualvollen Erscheinungen des Tages nimmermehr ertragen würde. Ich spreche von Georg Sartorius, dem großen Geschichtsforscher und Menschen, de= ssen Auge ein klarer Stern ist in unserer dunkeln Zeit, und 30 dessen gastliches Herz offen steht für alle fremde Leiden und Freuden, für die Besorgnisse des Bettlers und des Königs, und für die letzten Seufzer untergehender Völker und ihrer Götter. —

Ich kann nicht umhin, hier ebenfalls anzudeuten, daß der Oberharz, jener Theil des Harzes, den ich bis zum Anfang des Ilsethals beschrieben habe, bei Weitem keinen so erfreulichen Anblick wie der romantisch malerische Unterharz gewährt, und in seiner wildschroffen, tannendüstern Schönheit gar sehr mit demselben kontrastiert; sowie ebenfalls die drei, von der Ilse, von der Bode und von der Selke gebildeten Thäler des Unter-
10 harzes gar anmuthig unter einander kontrastieren, wenn man den Charakter jedes Thales zu personificieren weiß. Es sind drei Frauengestalten, wovon man nicht so leicht zu unterscheiden vermag, welche die Schönste sei.

Von der lieben, süßen Ilse, und wie süß und lieblich sie mich empfangen, habe ich schon gesagt und gesungen. Die düstere Schöne, die Bode, empfing mich nicht so gnädig, und als ich sie im schmiedebunkeln Rübeland zuerst erblickte, schien sie gar mürrisch und verhüllte sich in einen silbergrauen Regen-
schleier: aber mit rascher Liebe warf sie ihn ab, als ich auf die
20 Höhe der Roßtrappe gelangte, ihr Antlitz leuchtete mir entgegen in sonnigster Pracht, aus allen Zügen hauchte eine kolossale Zärtlichkeit, und aus der bezwungenen Felsenbrust drang es hervor wie Sehnsuchtseufzer und schmelzende Laute der Weh-
muth. Minder zärtlich, aber fröhlicher zeigte sich mir die schöne Selke, die schöne, liebenswürdige Dame, deren edle Einfalt und heitere Ruhe alle sentimentale Familiarität entfernt hält, die aber doch durch ein halbverstecktes Lächeln ihren neckenden Sinn verräth; und Diesem möchte ich es wohl zuschreiben, daß mich im Selkethal gar mancherlei kleines
30 Ungemach heimsuchte, daß ich, indem ich über das Wasser springen wollte, just in die Mitte hineinplumpste, daß nachher, als ich das nasse Fußzeug mit Pantoffeln vertauscht hatte, einer

derſelben mir abhanden, ober vielmehr abfüßen kam, daß
mir ein Windſtoß die Müße entführte, daß mir Waldbornen
die Beine zerfeßten, und leider ſo weiter. Doch all dieſes
Ungemach verzeihe ich gern der ſchönen Dame, denn ſie iſt
ſchön. Und jeßt ſteht ſie vor meiner Einbildung mit all ihrem
ſtillen Liebreiz, und ſcheint zu ſagen: Wenn ich auch lache, ſo
meine ich es doch gut mit Ihnen, und ich bitte Sie, beſingen
Sie mich! Die herrliche Bode tritt ebenfalls hervor in meiner
Erinnerung, und ihr bunkles Auge ſpricht: Du gleichſt mir im
Stolze und im Schmerze, und ich will, daß Du mich liebſt. 10
Auch die ſchöne Ilſe kommt herangeſprungen, zierlich und
bezaubernd in Miene, Geſtalt und Bewegung; ſie gleicht ganz
dem holden Weſen, das meine Träume beſeligt, und ganz, wie
Sie, ſchaut ſie mich an, mit unwiderſtehlicher Gleichgültigkeit
und doch zugleich ſo innig, ſo ewig, ſo durchſichtig wahr. —
Nun, ich bin Paris, die drei Göttinnen ſtehen vor mir, und den
Apfel gebe ich der ſchönen Ilſe.

Norderney.

(1826.)

(Geſchrieben auf der Inſel Norderney.)

— — — Die Eingeborenen ſind meiſtens blutarm und leben
vom Fiſchfang, der erſt im nächſten Monat, im
Oktober, bei ſtürmiſchem Wetter ſeinen Anfang
nimmt.   Viele dieſer Inſulaner dienen auch als
Matroſen auf fremden Kauffahrteiſchiffen und bleiben

Inhabit-
ants of
Norder-
ney.

jahrelang von Hauſe entfernt, ohne ihren Angehörigen irgend
eine Nachricht von ſich zukommen zu laſſen.   Nicht ſelten
finden ſie ben Tod auf dem Waſſer.   Ich habe einige arme
Weiber auf der Inſel gefunden, deren ganze männliche Familie
10   ſolcherweiſe umgekommen, was ſich leicht ereignet, da der Vater
mit ſeinen Söhnen gewöhnlich auf demſelben Schiffe zur See
fährt.

Das Seefahren hat für dieſe Menſchen einen großen Reiz ;
und dennoch, glaube ich, daheim iſt ihnen Allen am wohlſten
zu Muthe.   Sind ſie auch auf ihren Schiffen ſogar nach jenen
ſüblichen Ländern gekommen, wo die Sonne blühender und der
Mond romantiſcher leuchtet, ſo können doch alle Blumen dort
nicht ben Leck ihres Herzens ſtopfen, und mitten in der buftigen
Heimat des Frühlings ſehnen ſie ſich wieder zurück nach ihrer
20   Sandinſel, nach ihren kleinen Hütten, nach dem flackernden
Herde, wo die Ihrigen, wohlverwahrt in wollenen Jacken,
herumkauern, und einen Thee trinken, der ſich von gekochtem
Seewaſſer nur durch den Namen unterſcheidet, ·und eine

Sprache schwatzen, wovon kaum begreiflich scheint, wie es
ihnen selber möglich ist, sie zu verstehen.

Was diese Menschen so fest und genügsam zusammenhält,
ist nicht so sehr das innig mystische Gefühl der Liebe, *Cottage
als vielmehr die Gewohnheit, das naturgemäße life: a
Ineinander=Hinüberleben, die gemeinschaftliche Un= contrast.
mittelbarkeit. Gleiche Geisteshöhe oder, besser gesagt, Geistes=
niedrigkeit, daher gleiche Bedürfnisse und gleiches Streben;
gleiche Erfahrungen und Gesinnungen, daher leichtes Ver=
ständniß unter einander; und sie sitzen verträglich am Feuer in 10
den kleinen Hütten, rücken zusammen, wenn es kalt wird, an
den Augen sehen sie sich ab, was sie denken, die Worte lesen sie
sich von den Lippen, ehe sie gesprochen worden, alle gemeinsamen
Lebensbeziehungen sind ihnen im Gedächtnisse, und durch einen
einzigen Laut, eine einzige Miene, eine einzige stumme Beweg=
ung erregen sie unter einander so viel Lachen oder Weinen oder
Andacht, wie wir bei unseres Gleichen erst durch lange Exposi=
tionen, Expektorationen und Deklamationen hervorbringen kön=
nen. Denn wir leben im Grunde geistig einsam; durch eine
besondere Erziehungsmethode oder zufällig gewählte besondere 20
Lektüre hat Jeder von uns eine verschiedene Charakterrichtung
empfangen; Jeder von uns, geistig verlarvt, denkt, fühlt und
strebt anders als die Andern, und des Mißverständnisses wird
so Viel, und selbst in weiten Häusern wird das Zusammenleben
so schwer, und wir sind überall beengt, überall fremd, und
überall in der Fremde.

In jenem Zustande der Gedanken= und Gefühlsgleichheit,
wie wir ihn bei unsern Insulanern sehen, lebten oft *Mediæval
ganze Völker, und haben oft ganze Zeitalter gelebt. life.
Die römisch=christliche Kirche im Mittelalter hat *The 30
vielleicht einen solchen Zustand in den Korporationen *Church.
des ganzen Europa begründen wollen, und nahm deßhalb alle

Lebensbeziehungen, alle Kräfte und Erscheinungen, den ganzen
physischen und moralischen Menschen unter ihre Vormundschaft.
Es läßt sich nicht läugnen, daß viel ruhiges Glück dadurch
gegründet ward, und das Leben warm=inniger blühte, und die
Künste, wie still hervorgewachsene Blumen, jene Herrlichkeit
entfalteten, die wir noch jetzt anstaunen, und mit all unserem
haftigen Wissen nicht nachahmen können.   Aber der Geist hat
seine ewigen Rechte, er läßt sich nicht eindämmen durch Satzun=
gen und nicht einlullen durch Glockengeläute; er zerbrach seinen
Kerker und zerriß das eiserne Gängelband, woran ihn die
Mutterkirche leitete, und er jagte im Befreiungstaumel über
die ganze Erde, erstieg die höchsten Gipfel der Berge, jauchzte
vor Übermuth, gedachte wieder uralter Zweifel, grübelte über
die Wunder des Tages, und zählte die Sterne der Nacht.
Wir kennen noch nicht die Zahl der Sterne, die Wunder des
Tages haben wir noch nicht enträthselt, die alten Zweifel sind
mächtig geworden in unserer Seele — ist jetzt mehr Glück
darin, als ehemals?   Wir wissen, daß diese Frage, wenn sie
den großen Haufen betrifft, nicht leicht bejaht werden kann;
aber wir wissen auch, daß ein Glück, das wir der Lüge
verdankten, kein wahres Glück ist, und daß wir in den ein=
zelnen zerrissenen Momenten eines gottgleicheren Zustandes,
einer höheren Geisteswürde, mehr Glück empfinden können,
als in den lang hinvegetierten Jahren eines dumpfen Köhler=
glaubens.

Auf jeden Fall war jene Kirchenherrschaft eine Unterjochung
der schlimmsten Art.   Wer bürgte uns für die gute Absicht,
wie ich sie eben ausgesprochen?   Wer kann beweisen, daß sich
nicht zuweilen eine schlimme Absicht beimischte?   Rom wollte
immer herrschen, und als seine Legionen fielen, sandte es
Dogmen in die Provinzen.   Wie eine Riesenspinne saß Rom
im Mittelpunkte der lateinischen Welt und überzog sie mit

seinem unendlichen Gewebe. Generationen der Völker lebten
darunter ein beruhigtes Leben, indem sie das für einen nahen
Himmel hielten, was bloß römisches Gewebe war; nur der
höherstrebende Geist, der dieses Gewebe durchschaute, fühlte
sich beengt und elend, und wenn er hindurch brechen wollte,
erhaschte ihn leicht die schlaue Weberin, und sog ihm das kühne
Blut aus dem Herzen; — und war das Traumglück der blöden
Menge nicht zu theuer erkauft für solches Blut? Die Tage
der Geistesknechtschaft sind vorüber; altersschwach zwischen den
gebrochenen Pfeilern ihres Koliseums, sitzt die alte Kreuzspinne, 10
und spinnt noch immer das alte Gewebe, aber es ist matt und
morsch, und es verfangen sich darin nur Schmetterlinge und
Fledermäuse, und nicht mehr die Steinadler des Nordens.

— Es ist doch wirklich belächelnswerth, während ich im
Begriff bin, mich so recht wohlwollend über die Absichten der
römischen Kirche zu verbreiten, erfaßt mich plötzlich der
angewöhnte protestantische Eifer, der ihr immer das Schlimmste
zumuthet; und eben dieser Meinungszwiespalt in mir selbst
giebt mir wieder ein Bild von der Zerrissenheit der Denkweise
unserer Zeit. Was wir gestern bewundert, hassen wir heute, 20
und morgen vielleicht verspotten wir es mit Gleichgültigkeit.

Der hannövrische Adel ist mit Goethe sehr unzufrieden und
behauptet, er verbreite Irreligiosität, und diese könne
leicht auch falsche politische Ansichten hervorbringen,
Goethe.
und das Volk müsse doch durch den alten Glauben zur alten
Bescheidenheit und Mäßigung zurückgeführt werden. Auch
hörte ich in der letzten Zeit viel diskutieren, ob Goethe größer
sei als Schiller, oder umgekehrt. Ich stand neulich hinter dem
Stuhle einer Dame, der man schon von hinten ihre vier und
sechzig Ahnen ansehen konnte, und hörte über jenes Thema 30
einen eifrigen Diskurs zwischen ihr und zwei hannövrischen
Nobilis, deren Ahnen schon auf dem Zodiakus von Dendera

abgebildet sind, und wovon der Eine, ein langmagerer, queck=
silbergefüllter Jüngling, der wie ein Barometer aussah, die
Schiller'sche Tugend und Reinheit pries, während der Andere,
ebenfalls ein langaufgeschossener Jüngling, einige Verse aus
der „Würde der Frauen" hinlispelte und dabei so süß lächelte,
wie ein Esel, der den Kopf in ein Sirupfaß gesteckt hatte und
sich wohlgefällig die Schnauze ableckt. Beide Jünglinge
verstärkten ihre Behauptungen beständig mit dem betheuernden
Refrain: „Er ist doch größer, Er ist wirklich größer, wahrhaf=
10 tig, Er ist größer, ich versichere Sie auf Ehre, Er ist größer."
Die Dame war so gütig, auch mich in dieses ästhetische
Gespräch zu ziehen, und fragte: „Doktor, was halten Sie von
Goethe?" Ich aber legte meine Arme kreuzweis auf die
Brust, beugte gläubig das Haupt, und sprach: „La illah ill
allah, wamohammed rasul allah!"

Die Dame hatte, ohne es selbst zu wissen, die allerschlaueste
Frage gethan. Man kann ja einen Mann nicht gradezu
fragen: Was denkst du von Himmel- und Erde? was sind
deine Ansichten über Menschen und Menschenleben? bist du
20 ein vernünftiges Geschöpf oder ein dummer Teufel? Diese
delikaten Fragen liegen aber alle in den unverfänglichen
Worten: Was halten Sie von Goethe? Denn, indem uns
Allen Goethe's Werke vor Augen liegen, so können wir das
Urtheil, das Jemand darüber fällt, mit dem unsrigen schnell
vergleichen, wir bekommen dadurch einen festen Maßstab, wo=
mit wir gleich alle seine Gedanken und seine Gefühle messen
können, und er hat unbewußt sein eignes Urtheil gesprochen.
Wie aber Goethe auf diese Weise, weil er eine gemeinschaftliche
Welt ist, die der Betrachtung eines Jeden offen liegt, uns das
30 beste Mittel wird, um die Leute kennen zu lernen, so können
wir wiederum Goethe selbst am besten kennen lernen durch sein
eigenes Urtheil über Gegenstände, die uns Allen vor Augen

liegen, und worüber uns schon die bedeutendsten Menschen ihre Ansicht mitgetheilt haben. In dieser Hinsicht möchte ich am liebsten auf Goethe's italienische Reise hindeuten, indem wir alle, entweder durch eigene Betrachtung oder durch fremde Vermittelung, das Land Italien kennen, und dabei so leicht bemerken, wie Jeder dasselbe mit subjektiven Augen ansieht, Dieser mit Archenhölzern unmuthigen Augen, die nur das Schlimme sehen, Jener mit begeisterten Corinnaaugen, die überall nur das Herrliche sehen, während Goethe mit seinem klaren Griechenauge Alles sieht, das Dunkle und das Helle, nirgends die Dinge mit seiner Gemüthsstimmung koloriert, und uns Land und Menschen schildert in den wahren Umrissen und wahren Farben, womit sie Gott umkleidet.

Das ist ein Verdienst Goethe's, das erst spätere Zeiten erkennen werden; denn wir, die wir meist alle krank sind, stecken viel zu sehr in unseren kranken, zerrissenen, romantischen Gefühlen, die wir aus allen Ländern und Zeitaltern zusam= mengelesen, als daß wir unmittelbar sehen könnten, wie gesund, einheitlich und plastisch sich Goethe in seinen Werken zeigt. Er selbst merkt es eben so wenig; in seiner naiven Unbewußt= heit des eignen Vermögens wundert er sich, wenn man ihm „ein gegenständliches Denken" zuschreibt, und indem er durch seine Selbstbiographie uns selbst eine kritische Beihülfe zum Beurtheilen seiner Werke geben will, liefert er doch keinen Maßstab der Beurtheilung an und für sich, sondern nur neue Fakta, woraus man ihn beurtheilen kann, wie es ja natürlich ist, daß kein Vogel über sich selbst hinauszufliegen vermag.

Spätere Zeiten werden, außer jenem Vermögen des plasti= schen Anschauens, Fühlens und Denkens, noch Vieles in Goethe entdecken, wovon wir jetzt keine Ahnung haben. Die Werke des Geistes sind ewig feststehend, aber die Kritik ist

etwas Wandelbares, sie geht hervor aus den Ansichten der Zeit
hat nur für diese ihre Bedeutung, und wenn sie nicht selbst
kunstwerthlicher Art ist, wie z. B. die Schlegel'sche, so geht
sie mit ihrer Zeit zu Grabe.   Jedes Zeitalter, wenn es neue
Ideen bekömmt, bekömmt auch neue Augen, und sieht gar viel
Neues in den alten Geisteswerken.   Ein Schubarth sieht jetzt
in der Ilias etwas Anderes und Viel mehr, als sämmtliche
Alexandriner; dagegen werden einst Kritiker kommen, die Viel
mehr als Schubarth in Goethe sehen.

10   So hätte ich mich dennoch an Goethe festgeschwatzt!
Aber solche Abschweifungen sind sehr natürlich, wenn Einem,
wie auf dieser Insel, beständig das Meergeräusch in die Ohren
dröhnt und den Geist nach Belieben stimmt.

Es geht ein starker Nordostwind, und die Hexen haben

A storm.   wieder viel Unheil im Sinne.   Man hegt hier näm=
Folk-lore.   lich wunderliche Sagen von Hexen, die den Sturm
zu beschwören wissen; wie es denn überhaupt auf allen nordi=
schen Meeren viel Aberglauben giebt.   Die Seeleute be=
haupten, manche Insel stehe unter der geheimen Herrschaft
20 ganz besonderer Hexen, und dem bösen Willen derselben sei
es zuzuschreiben, wenn den vorbeifahrenden Schiffen allerlei
Widerwärtigkeiten begegnen.   Als ich voriges Jahr einige
Zeit auf der See lag, erzählte mir der Steuermann unseres
Schiffes, die Hexen wären besonders mächtig auf der Insel
Wight, und suchten jedes Schiff, das bei Tage dort vorbeifahren
wolle, bis zur Nachtzeit aufzuhalten, um es alsdann an Klippen
oder an die Insel selbst zu treiben.   In solchen Fällen höre
man diese Hexen so laut durch die Luft sausen und um das
Schiff herumheulen, daß der Klabotermann ihnen nur mit
30 vieler Mühe widerstehen könne.   Als ich nun fragte, wer der
Klabotermann sei, antwortete der Erzähler sehr ernsthaft:
Das ist der gute, unsichtbare Schutzpatron der Schiffe, der da

verhütet, daß den treuen und ordentlichen Schiffern Unglück
begegne, der da überall selbst nachsieht, und sowohl für die
Ordnung, wie für die gute Fahrt sorgt. Der wackere Steuer=
mann versicherte mit etwas heimlicherer Stimme, ich könne ihn
selber sehr gut im Schiffsraume hören, wo er die Waaren gern
noch besser nachstaue, daher das Knarren der Fässer und Kisten,
wenn das Meer hoch gehe, daher bisweilen das Dröhnen
unserer Balken und Bretter; oft hämmere der Klabotermann
auch außen am Schiffe, und Das gelte dann dem Zimmermann,
der dadurch gemahnt werde, eine schadhafte Stelle ungesäumt 10
auszubessern; am liebsten aber setze er sich auf das Bramsegel,
zum Zeichen, daß guter Wind wehe oder sich nahe. Auf
meine Frage, ob man ihn nicht sehen könne, erhielt ich zur
Antwort: nein, man sähe ihn nicht, auch wünsche Keiner ihn
zu sehen, da er sich nur dann zeige, wenn keine Rettung mehr
vorhanden sei. Einen solchen Fall hatte zwar der gute Steuer=
mann noch nicht selbst erlebt, aber von Andern wollte er wissen,
den Klabotermann höre man alsdann vom Bramsegel herab
mit den Geistern sprechen, die ihm unterthan sind; doch wenn
der Sturm zu stark und das Scheitern unvermeidlich würde, 20
setze er sich auf das Steuer, zeige sich da zum erstenmal und
verschwinde, indem er das Steuer zerbräche. Diejenigen aber,
die ihn in diesem furchtbaren Augenblick sähen, fänden un=
mittelbar darauf den Tod in den Wellen.

Der Schiffskapitän, der dieser Erzählung mit zugehört
hatte, lächelte so fein, wie ich seinem rauhen, wind= und wetter=
dienenden Gesichte nicht zugetraut hätte, und nachher versicherte
er mir, vor funfzig oder gar vor hundert Jahren sei auf dem
Meere der Glaube an den Klabotermann so stark gewesen, daß
man bei Tische immer auch ein Gedeck für Denselben aufgelegt, 30
und von jeder Speise etwa das Beste auf seinen Teller gelegt
habe, ja, auf einigen Schiffen geschähe Das noch jetzt.—

Ich gehe hier oft am Strande spazieren und gedenke solcher

On the sea-shore. seemännischen Wundersagen. Die anziehendste der=
selben ist wohl die Geschichte vom fliegenden Holländ=
der, den man im Sturm mit aufgespannten Segeln vorbeifahren
sieht, und der zuweilen ein Boot aussetzt, um den begegnenden
Schiffern allerlei Briefe mitzugeben, die man nachher nicht zu
besorgen weiß, da sie an längst verstorbene Personen adressiert
sind. Manchmal gedenke ich auch des alten, lieben Märchens
von dem Fischerknaben, der am Strande den nächtlichen Rei=
10 gen der Meernixen belauscht hatte, und nachher mit seiner
Geige die ganze Welt durchzog und alle Menschen zauberhaft
entzückte, wenn er ihnen die Melodie des Nixenwalzers vor=
spielte. Diese Sage erzählte mir einst ein lieber Freund, als
wir im Koncerte zu Berlin solch einen wundermächtigen Knaben,
den Felix Mendelssohn=Bartholdy, spielen hörten.

Einen eigenthümlichen Reiz gewährt das Kreuzen um die

On the sea. Insel. Das Wetter muß aber schön sein, die
Wolken müssen sich ungewöhnlich gestalten, und man
muß rücklings auf dem Verdecke liegen und in den Himmel
20 sehen und allenfalls auch ein Stückchen Himmel im Herzen
haben. Die Wellen murmeln alsdann allerlei wunderliches
Zeug, allerlei Worte, woran liebe Erinnerungen flattern,
allerlei Namen, die wie süße Ahnung in der Seele wiederklingen
— „Evelina!" Dann kommen auch Schiffe vorbeigefahren,
und man grüßt, als ob man sich alle Tage wiedersehen könnte.
Nur des Nachts hat das Begegnen fremder Schiffe auf dem
Meer etwas Unheimliches; man will sich dann einbilden, die
besten Freunde, die wir seit Jahren nicht gesehen, führen
schweigend vorbei, und man verlöre sie auf immer.

30 Ich liebe das Meer wie meine Seele.

Oft wird mir sogar zu Muthe, als sei das Meer eigentlich
meine Seele selbst; und wie es im Meere verborgene Wasser=

pflanzen giebt, die nur im Augenblick des Aufblühens an dessen
Oberfläche heraufschwimmen, und im Augenblick des Verblü=
hens wieder hinabtauchen, so kommen zuweilen auch wunderbare
Blumenbilder heraufgeschwommen aus der Tiefe meiner Seele,
und duften und leuchten und verschwinden wieder — „Evelina!"

　　　Man sagt, unfern dieser Insel, wo jetzt Nichts als Wasser
ist, hätten einst die schönsten Dörfer und Städte Lost
gestanden, das Meer habe sie plötzlich alle über= villages.
schwemmt, und bei klarem Wetter sähen die Schiffer noch die
leuchtenden Spitzen der versunkenen Kirchthürme, und mancher 10
habe dort, in der Sonntagsfrühe, sogar ein frommes Glocken=
geläute gehört.　　Die Geschichte ist wahr; denn das Meer ist
meine Seele —

　　　　　„Eine schöne Welt ist da versunken,
　　　　　　Ihre Trümmer blieben unten stehn,
　　　　　　Lassen sich als goldne Himmelsfunken
　　　　　　Oft im Spiegel meiner Träume sehn."
　　　　　　　　　　—　　　　　　　　（W. Müller.）

Erwachend höre ich dann ein verhallendes Glockengeläute und
Gesang heiliger Stimmen — „Evelina!"

　　　Geht man am Strande spazieren, so gewähren die vorbei= 20
fahrenden Schiffe einen schönen Anblick.　Haben sie die blendend
weißen Segel aufgespannt, so sehen sie aus wie vorbeiziehende
große Schwäne.　Gar besonders schön ist dieser Anblick, wenn
die Sonne hinter dem vorbeisegelnden Schiffe untergeht, und
dieses wie von einer riesigen Glorie umstrahlt wird.

　　　Die Jagd am Strande soll ebenfalls ein großes Vergnügen
gewähren.　Was mich betrifft, so weiß ich es nicht
sonderlich zu schätzen.　Der Sinn für das Edle, Sport.
Schöne und Gute läßt sich oft durch Erziehung den Menschen
beibringen, aber der Sinn für die Jagd liegt im Blute. 30

Wenn die Ahnen schon seit undenklichen Zeiten Rehböcke
geschossen haben, so findet auch der Enkel ein Vergnügen an
dieser legitimen Beschäftigung. Meine Ahnen gehörten aber
nicht zu den Jagenden, viel eher zu den Gejagten, und soll ich
auf die Nachkömmlinge ihrer ehemaligen Kollegen losdrücken,
so empört sich dawider mein Blut. Ja, aus Erfahrung weiß
ich, daß, nach abgesteckter Mensur, es mir weit leichter wird,
auf einen Jäger loszudrücken, der die Zeiten zurückwünscht, wo
auch Menschen zur hohen Jagd gehörten. Gottlob, diese Zeiten
10 sind vorüber! Gelüstet es jetzt solche Jäger, wieder einem
Menschen zu jagen, so müssen sie ihn dafür bezahlen, wie z. B.
den Schnelläufer, den ich vor zwei Jahren in Göttingen sah.
Der arme Mensch hatte sich schon in der schwülen Sonntags=
hitze ziemlich müde gelaufen, als einige hannövrische Junker,
die dort Humaniora studierten, ihm ein paar Thaler boten,
wenn er den zurückgelegten Weg nochmals laufen wolle; und
der Mensch lief, und er war todtblaß und trug eine rothe
Jacke, und dicht hinter ihm im wirbelnden Staube galoppierten
die wohlgenährten, edlen Jünglinge auf hohen Rossen, deren
20 Hufe zuweilen den gehetzten, keuchenden Menschen trafen, und
es war ein Mensch.

Des Versuchs halber, denn ich muß mein Blut besser
gewöhnen, ging ich gestern auf die Jagd. Ich schoß nach
einigen Möwen, die gar zu sicher umherflatterten, und doch
nicht bestimmt wissen konnten, daß ich schlecht schieße. Ich
wollte sie nicht treffen und sie nur warnen, sich ein andermal
vor Leuten mit Flinten in Acht zu nehmen: aber mein Schuß
ging fehl, und ich hatte das Unglück, eine junge Möwe todt zu
schießen. Es ist gut, daß es keine alte war; denn was wäre
30 dann aus den armen, kleinen Möwchen geworden, die, noch
unbefiedert, im Sandneste der großen Düne liegen, und ohne
die Mutter verhungern müßten. Mir ahndete schon vorher,

daß mich auf der Jagd ein Mißgeschick treffen würde; ein
Hase war mir über den Weg gelaufen.

Gar besonders wunderbar wird mir zu Muthe, wenn ich
allein in der Dämmerung am Strande wandle, — hinter mir flache Dünen, vor mir das wogende, unermeßliche Meer, über mir der Himmel wie eine riesige Krystallkuppel — ich erscheine mir dann selbst sehr ameisenklein, und dennoch dehnt sich meine Seele so welten=
weit. Die hohe Einfachheit der Natur, wie sie mich hier
umgiebt, zähmt und erhebt mich zu gleicher Zeit, und zwar in
stärkerem Grade als jemals eine andere erhabene Umgebung.
Nie war mir ein Dom groß genug; meine Seele mit ihrem
alten Titanengebet strebte immer höher als die gothischen
Pfeiler, und wollte immer hinausbrechen durch das Dach. Auf
der Spitze der Roßtrappe haben mir, beim ersten Anblick, die
kolossalen Felsen in ihren kühnen Gruppierungen ziemlich im=
poniert; aber dieser Eindruck dauerte nicht lange, meine Seele
war nur überrascht, nicht überwältigt, und jene ungeheuren
Steinmassen wurden in meinen Augen allmählig kleiner, und
am Ende erschienen sie mir nur wie geringe Trümmer eines
zerschlagenen Riesenpallastes, worin sich meine Seele vielleicht
komfortabel befunden hätte.

Mag es immerhin lächerlich klingen, ich kann es dennoch
nicht verhehlen, das Mißverhältnis zwischen Körper
und Seele quält mich einigermaßen, und hier am Meere, in großartiger Naturumgebung, wird es mir zuweilen recht deutlich, und die Metempsychose ist oft der
Gegenstand meines Nachdenkens. Wer kennt die große Got=
tesironie, die allerlei Widersprüche zwischen Seele und Körper
hervorzubringen pflegt? Wer kann wissen, in welchem Schnei=
der jetzt die Seele eines Plato's, und in welchem Schulmeister
die Seele eines Cäsar's wohnt. Die Seele Dschingischan's

Twilight on the shore.

Pytha-gorean fancies.

wohnt vielleicht jetzt in einem Recensenten, der täglich, ohne es
zu wissen, die Seelen seiner treuesten Baschkiren und Kalmucken
in einem kritischen Journale niedersäbelt. Wer weiß! wer weiß!
die Seele des Pythagoras ist vielleicht in einen armen Kandi=
daten gefahren, der durch das Examen fällt, weil er den
pythagoräischen Lehrsatz nicht beweisen konnte, während in
seinen Herren Examinatoren die Seelen jener Ochsen wohnen,
die einst Pythagoras, aus Freude über die Entdeckung seines
Satzes, den ewigen Göttern geopfert hatte.   Die Hindus sind
10 so dumm nicht, wie unsere Missionäre glauben, sie ehren die
Thiere wegen der menschlichen Seele, die sie in ihnen ver=
muthen, und wenn sie Lazarethe für invalide Affen stiften, in
der Art unserer Akademien, so kann es wohl möglich sein, daß
in jenen Affen die Seelen großer Gelehrten wohnen, da es
hingegen bei uns ganz sichtbar ist, daß in einigen großen
Gelehrten nur Affenseelen stecken.

  Wer doch mit der Allwissenheit des Vergangenen auf das
Treiben der Menschen von oben herabsehen könnte! Wenn
ich des Nachts, am Meere wandelnd, den Wellengesang höre,
20 und allerlei Ahnung und Erinnerung in mir erwacht, so ist
mir, als habe ich einst solchermaßen von oben herabgesehen
und sei vor schwindelndem Schrecken zur Erde heruntergefallen;
es ist mir dann auch, als seien meine Augen so teleskopisch
scharf gewesen, daß ich die Sterne in Lebensgröße am Himmel
wandeln gesehen, und durch all den wirbelnden Glanz
geblendet worden; — wie aus der Tiefe eines Jahrtausends
kommen mir dann allerlei Gedanken in den Sinn, Gedanken
uralter Weisheit, aber sie sind so neblicht, daß ich nicht erkenne,
was sie wollen.   Nur so Viel weiß ich, daß all unser kluges
30 Wissen, Streben und Hervorbringen irgend einem höheren
Geiste eben so klein und nichtig erscheinen muß, wie mir jene
Spinne erschien, die ich in der Göttinger Bibliothek so oft

betrachtete. Auf den Folianten der Weltgeschichte saß sie
emsig webend, und sie blickte so philosophisch sicher auf ihre
Umgebung, und hatte ganz den göttingischen Gelahrtheits=
dünkel, und schien stolz zu sein auf ihre mathematischen
Kenntnisse, auf ihre Kunstleistungen, auf ihr einsames Nach=
denken — und doch wußte sie Nichts von all den Wundern,
die in dem Buche stehen, worauf sie geboren worden, worauf
sie ihr ganzes Leben verbracht hatte, und worauf sie auch
sterben wird, wenn der schleichende Dr. L.*) sie nicht verjagt.
Und wer ist der schleichende Dr. L? Seine Seele wohnte 10
vielleicht einst in eben einer solchen Spinne, und jetzt hütet er
die Folianten, worauf er einst saß — und wenn er sie auch liest,
er erfährt doch nicht ihren wahren Inhalt.

Es ist jetzt so öde auf der Insel, daß ich mir vorkomme wie
Napoleon auf Sankt Helena. Nur daß ich hier eine
Unterhaltung gefunden, die Jenem dort fehlte. Es   Napoleon.
ist nämlich der große Kaiser selbst, womit ich mich hier beschäf=
tige. Ein junger Engländer hat mir das eben erschienene
Buch des Maitland mitgetheilt. Dieser Seemann berichtet die
Art und Weise, wie Napoleon sich ihm ergab und auf dem 20
Bellerophon sich betrug, bis er auf Befehl des englischen
Ministeriums an Bord des Northumberland gebracht wurde.
Aus diesem Buche ergiebt sich sonnenklar, daß der Kaiser im
romantischen Vertrauen auf brittische Großmuth, und um der
Welt endlich Ruhe zu schaffen, zu den Engländern ging, mehr
als Gast, denn als Gefangener. Das war ein Fehler, den
gewiß kein Anderer, und am allerwenigsten ein Wellington,
begangen hätte. Die Geschichte aber wird sagen, dieser Fehler
ist so schön, so erhaben, so herrlich, daß dazu mehr Seelengröße

---

*) „Der alte schleichende Bibliothekar Stiefel" steht in der französ=
ischen Ausgabe der „Reisebilder."   Anm. des Herausgebers.

gehörte, als wir Anderen zu allen unseren Großthaten ersch=
wingen können.

Die Ursache, weßhalb Capt. Maitland jetzt sein Buch
herausgiebt, scheint keine andere zu sein, als das
moralische Reinigungsbedürfnis, das jeder ehrliche
Mann fühlt, den ein böses Geschick in eine zweideutige Handlung
verflochten hat.   Das Buch selbst ist aber ein unschätzbarer
Gewinn für die Gefangenschaftsgeschichte Napoleon's, die den
letzten Akt seines Lebens bildet, alle Räthsel der früheren Akte
wunderbar löst, und, wie es eine ächte Tragödie thun soll, die
Gemüther erschüttert, reinigt und versöhnt.   Der Charakter=
unterschied der vier Hauptschriftsteller, die uns von dieser
Gefangenschaft berichten, besonders wie er sich in Stil und
Anschauungsweise bekundet, zeigt sich erst recht durch ihre
Zusammenstellung.

Captain Maitland.

Maitland, der sturmkalte, englische Seemann, verzeichnet
die Begebenheiten vorurtheilslos und bestimmt, als
wären es Naturerscheinungen, die er in sein Logbook
einträgt; Las Cases, ein enthusiastischer Kammerherr,
liegt in jeder Zeile, die er schreibt, zu den Füßen des
Kaisers, nicht wie ein russischer Sklave, sondern wie ein freier
Franzose, dem die Bewunderung einer unerhörten Heldengröße
und Ruhmeswürde unwillkürlich die Kniee beugt; O'Meara,
der Arzt, obgleich in Irland geboren, dennoch ganz Engländer,
als Solcher ein ehemaliger Feind des Kaisers, aber jetzt aner=
kennend die Majestätsrechte des Unglücks, schreibt freimüthig,
schmucklos, thatbeständlich, fast im Lapidarstil; hingegen kein
Stil, sondern ein Stilett ist die spitzige, zustoßende Schreibart
des französischen Arztes Autommarchi, eines Italieners, der
ganz besonnentrunken ist von dem Ingrimm und der Poesie
seines Landes.

Las Cases, O'Meara, and Autom- marchi.

Beide Völker, Britten und Franzosen, lieferten von jeder

Seite zwei Männer, gewöhnlichen Geistes, und unbestochen von der herrschenden Macht, und diese Jury hat den Kaiser gerichtet, und verurtheilet: ewig zu leben, ewig bewundert, ewig bedauert.

Es sind schon viele große Männer über diese Erde geschritten, hier und da sehen wir die leuchtenden Spuren ihrer Fußstapfen, und in heiligen Stunden treten sie wie Nebelgebilde vor unsre Seele; aber ein ebenfalls großer Mann sieht seine Vorgänger weit deutlicher; aus einzelnen Funken ihrer irdischen Lichtspur erkennt er ihr geheimstes Thun, aus einem einzigen hinterlassenen Worte erkennt er alle Falten ihres Herzens; und solchermaßen, in einer mystischen Gemeinschaft, leben die großen Männer aller Zeiten, über die Jahrtausende hinweg nicken sie einander zu, und sehen sich an bedeutungsvoll, und ihre Blicke begegnen sich auf den Gräbern untergegangener Geschlechter, die sich zwischen sie gedrängt hatten, und sie verstehen sich und haben sich lieb. Wir Kleinen aber, die wir nicht so intimen Umgang pflegen können mit den Großen der Vergangenheit, wovon wir nur selten die Spur und Nebelformen sehen, für uns ist es vom höchsten Werthe, wenn wir über einen solchen Großen so Viel erfahren, daß es uns leicht wird, ihn ganz lebensklar in unsere Seele aufzunehmen, und dadurch unsere Seele zu erweitern. Ein Solcher ist Napoleon Bonaparte. Wir wissen von ihm, von seinem Leben und Streben, mehr als von den andern Großen dieser Erde, und täglich erfahren wir davon noch mehr und mehr. Wir sehen, wie das verschüttete Götterbild langsam ausgegraben wird, und mit jeder Schaufel Erdschlamm, die man von ihm abnimmt, wächst unser freudiges Erstaunen über das Ebenmaß und die Pracht der edlen Formen, die da hervortreten, und die Geistesblitze der Feinde, die das große Bild

Great men and their contemporaries.

zerschmettern wollen, dienen nur dazu, es desto glanzvoller zu beleuchten. Solches geschieht namentlich durch die Äußerungen der Frau von Staël, die in all ihrer Herbheit doch nichts Anderes sagt, als daß der Kaiser kein Mensch war wie die Andern, und daß sein Geist mit keinem vorhandenen Maßstab gemessen werden kann.

Ein solcher Geist ist es, worauf Kant hindeutet, wenn er sagt, daß wir uns einen Verstand denken können, der, weil er nicht wie der unsrige diskursiv, sondern intuitiv ist, vom synthetisch Allgemeinen, der Anschauung eines Ganzen als eines solchen, zum Besonderen geht, das ist, von dem Ganzen zu den Theilen. Ja, was wir durch langsames analytisches Nach=denken und lange Schlußfolgen erkennen, Das hatte jener Geist im selben Momente angeschaut und tief begriffen. Daher sein Talent, die Zeit, die Gegenwart zu verstehen, ihren Geist zu kajolieren, ihn nie zu beleidigen und immer zu benutzen.

Da aber dieser Geist der Zeit nicht bloß revolutionär ist, sondern durch den Zusammenfluß beider Ansichten, der re=volutionären und der kontrerevolutionären, gebildet worden, so handelte Napoleon nie ganz revolutionär und nie ganz kon=trerevolutionär, sondern immer im Sinne beider Ansichten, beider Principien, beider Bestrebungen, die in ihm ihre Vereini=gung fanden, und demnach handelte er beständig naturgemäß, einfach, groß, nie krampfhaft barsch, immer ruhig milde. Daher intriguierte er nie im Einzelnen, und seine Schläge geschahen immer durch seine Kunst, die Massen zu begreifen und zu lenken. Zur verwickelten, langsamen Intrigue neigen sich kleine, analytische Geister, hingegen synthetische, intuitive Geister wissen auf wunderbar geniale Weise die Mittel, die ihnen die Gegenwart bietet, so zu verbinden, daß sie dieselben zu ihrem Zwecke schnell benutzen können. Erstere scheitern sehr oft, da keine menschliche Klugheit alle Vorfallenheiten des

Lebens voraussehen kann, und die Verhältnisse des Lebens nie lange stabil sind; Letzteren hingegen, den intuitiven Menschen, gelingen ihre Vorsätze am leichtesten, da sie nur einer richtigen Berechnung des Vorhandenen bedürfen, und so schnell handeln, daß dieses durch die Bewegung der Lebenswogen keine plötz= liche, unvorhergesehene Veränderung erleiden kann.

Es ist ein glückliches Zusammentreffen, daß Napoleon gerade zu einer Zeit gelebt hat, die ganz besonders viel Sinn hat für Geschichte, ihre Erforschung und Darstellung. Es werden uns daher durch die Me= moiren der Zeitgenossen wenige Notizen über Na= poleon vorenthalten werden, und täglich vergrößert sich die Zahl der Geschichtsbücher, die ihn mehr oder minder im Zusammenhang mit der übrigen Welt schildern wollen. Die Ankündigung eines solchen Buches aus Walter Scott's Feder erregt daher die neugierigste Erwartung.

Walter Scott and the life of Napoleon.

Alle Verehrer Scott's müssen für ihn zittern; denn ein solches Buch kann leicht der russische Feldzug jenes Ruhmes werden, den er mühsam erworben durch eine Reihe historischer Romane, die mehr durch ihr Thema, als durch ihre poetische Kraft alle Herzen Europa's bewegt haben. Dieses Thema ist aber nicht bloß eine elegische Klage über Schottlands volksthümliche Herrlichkeit, die allmählich ver= drängt wurde von fremder Sitte, Herrschaft und Denkweise; sondern es ist der große Schmerz über den Verlust der Na= tionalbesonderheiten, die in der Allgemeinheit neuerer Kultur verloren gehen, ein Schmerz, der jetzt in den Herzen aller Völker zuckt. Denn Nationalerinnerungen liegen tiefer in der Menschen Brust, als man gewöhnlich glaubt. Man wage es nur, die alten Bilder wieder auszugraben, und über Nacht blüht hervor auch die alte Liebe mit ihren Blumen. Das ist nicht figürlich gesagt, sondern es ist eine Thatsache; als Bullock

Scott's Poems.

vor einigen Jahren ein altheidnisches Steinbild in Mexiko
ausgegraben, fand er den andern Tag, daß es nächtlicher
Weile mit Blumen bekränzt worden — und doch hatte Spanien
mit Feuer und Schwert den alten Glauben der Mexikaner
zerstört, und seit drei Jahrhunderten ihre Gemüther gar stark
umgewühlt und gepflügt und mit Christenthum besäet. Solche
Blumen aber blühen auch in den Walter Scott'schen Dichtungen, diese Dichtungen selbst wecken die alten Gefühle, und
wie einst in Granada Männer und Weiber mit dem Geheul
10 der Verzweiflung aus den Häusern stürzten, wenn das Lied
vom Einzug des Maurenkönigs auf den Straßen erklang,
dergestalt, daß bei Todesstrafe verboten wurde, es zu singen:
so hat der Ton, der in den Scott'schen Dichtungen herrscht,
eine ganze Welt schmerzhaft erschüttert. Dieser Ton klingt
wieder in den Herzen unseres Adels, der seine Schlösser und
Wappen verfallen sieht, er klingt wieder in den Herzen des
Bürgers, dem die behaglich enge Weise der Altvordern ver-
drängt wird durch weite, unerfreuliche Modernität; er klingt
wieder in katholischen Domen, woraus der Glaube entflohen,
20 und in rabbinischen Synagogen, woraus sogar die Gläubigen
fliehen; er klingt über die ganze Erde, bis in die Bananen-
wälder Hindostans, wo der seufzende Bramine das Absterben
seiner Götter, die Zerstörung ihrer uralten Weltordnung und
den ganzen Sieg der Engländer voraussieht.

    Dieser Ton, der gewaltigste, den der schottische Barde auf
The   seiner Riesenharfe anzuschlagen weiß, paßt aber
Napoleonic nicht zu dem Kaiserliede von dem Napoleon, dem
Epos.   neuen Manne, dem Manne der neuen Zeit, dem
Manne, worin diese neue Zeit so leuchtend sich abspiegelt, daß
30 wir dadurch fast geblendet werden, und unterdessen nimmermehr
denken an die verschollene Vergangenheit und ihre verblichene
Pracht. Es ist wohl zu vermuthen, daß Scott, seiner Vornei-

gung gemäß, jenes angedeutete stabile Element im Charakter Napoleon's, die kontrerevolutionäre Seite seines Geistes, vorzugsweise auffassen wird, statt daß andere Schriftsteller bloß das revolutionäre Princip in ihm erkennen. Von dieser letzteren Seite würde ihn Byron geschildert haben, der in seinem ganzen Streben den Gegensatz zu Scott bildete, und statt, gleich Diesem, den Untergang der alten Formen zu beklagen, sich sogar von denen, die noch stehen geblieben sind, verdrießlich beengt fühlt, sie mit revolutionärem Lachen und Zähnefletschen niederreißen möchte, und in diesem Ärger die heiligsten Blumen des Lebens mit seinem melodischen Gifte beschädigt, und sich wie ein wahnsinniger Harlekin den Dolch ins Herz stößt, um mit dem hervorströmenden schwarzen Blute Herren und Damen neckisch zu bespritzen.

Wahrlich, in diesem Augenblicke fühle ich sehr lebhaft, daß ich kein Nachbeter oder, besser gesagt, Nachfrevler Byron's bin, mein Blut ist nicht so spleenisch schwarz, meine Bitterkeit kömmt nur aus den Galläpfeln meiner Dinte, und wenn Gift in mir ist, so ist es doch nur Gegengift, Gegengift wider jene Schlangen, die im Schutte der alten Dome und Burgen so bedrohlich lauern. Von allen großen Schriftstellern ist Byron just derjenige, dessen Lektüre mich am unleidlichsten berührt; wohingegen Scott mir in jedem seiner Werke das Herz erfreut, beruhigt und erkräftigt. Mich erfreut sogar die Nachahmung derselben, wie wir sie bei Willibald Alexis, Bronikowski und Cooper finden, welcher Erstere, im ironischen Walladmor, seinem Vorbilde am nächsten steht, und uns auch in einer späteren Dichtung so viel Gestalten- und Geistesreichthum gezeigt hat, daß er wohl im Stande wäre, mit poetischer Ursprünglichkeit, die sich nur der Scottischen Form bedient, uns die theuersten Momente deutscher Geschichte in einer Reihe historischer Novellen vor die Seele zu führen.

Aber keinem wahren Genius lassen sich bestimmte Bahnen
vorzeichnen, diese liegen außerhalb aller kritischen Berechnung,
und so mag es auch als ein harmloses Gedankenspiel betrachtet
werden, wenn ich über Walter Scott's Kaisergeschichte mein
Vorurtheil aussprach. „Vorurtheil" ist hier der umfassendste
Ausdruck. Nur Eins läßt sich mit Bestimmtheit sagen: das
Buch wird gelesen werden vom Aufgang bis zum Niedergang,
und wir Deutschen werden es übersetzen*).

Wir haben auch den Ségur übersetzt. Nicht wahr, es ist ein
hübsches episches Gedicht? Wir Deutschen schreiben
auch epische Gedichte, aber die Helden derselben
existieren bloß in unserem Kopfe. Hingegen die
Helden des französischen Epos sind wirkliche Helden,
die viel größere Thaten vollbracht, und viel größere Leiden
gelitten, als wir in unseren Dachstübchen ersinnen können.
Und wir haben doch viel Phantasie, und die Franzosen haben
nur wenig. Vielleicht hat deßhalb der liebe Gott den Fran=

10 Segur.
The
Russian
Campaign.

---

*) Die vorhergehenden Seiten wurden 1826 geschrieben, und im
folgenden Jahre im zweiten Band der „Reisebilder" abgedruckt. 1828
erschien die „Geschichte Napoleon Bonaparte's" von Walter Scott, und
zu meinem großen Schmerze sah ich, daß das Prognostikon, welches ich
dem Buche gestellt, in Erfüllung gegangen war; auch machte es ein
vollständiges Fiasko, und seit diesem traurigen Ereigniß ist der literarische
Stern des großen Unbekannten erloschen. Das Übermaß von Arbeit,
welches er sich aufgebürdet, um den Ansprüchen seiner Gläubiger gerecht
zu werden, hatte die Gesundheit Walter Scott's untergraben; nichts desto
weniger mußte er sich noch einige langweilige, fast alberne Romane zu
schreiben, und bald darauf starb er. Zu der Zeit, als sein Buch über
Napoleon, diese zwölfbändige Blasphemie, erschien, befand ich mich in
München, wo ich eine Monatsschrift, die „Politischen Annalen," heraus=
gab, und für dies Journal schrieb ich den Aufsatz über das Buch, welchen
ich später, 1830, in den vierten Band der „Reisebilder" (Englische
Fragmente, V) aufnahm.

Anmerkung Heine's zur französischen Ausgabe.

zofen auf eine andere Art nachgeholfen, und fie brauchen
nur treu zu erzählen, was fie in den letzten dreißig Jahren
gefehen und gethan, und fie haben eine erlebte Literatur,
wie noch kein Volk und keine Zeit fie hervorgebracht. Diefe
Memoiren von Staatsleuten, Soldaten und edlen Frauen, wie
fie in Frankreich täglich erfcheinen, bilden einen Sagenkreis,
woran die Nachwelt genug zu denken und zu fingen hat, und
worin als deffen Mittelpunkt das Leben des großen Kaifers
wie ein Riefenbaum emporragt. Die Segur'fche Gefchichte
des Rußlandszuges ift ein Lied, ein franzöfifches Volkslied, 10
das zu diefem Sagenkreife gehört, und in feinem Tone und
Stoffe den epifchen Dichtungen aller Zeiten gleicht und gleich=
fteht. Ein Heldengefchlecht, das durch den Zauberfpruch
„Freiheit und Gleichheit" aus dem Boden Frankreichs emporge=
fchoffen, hat wie im Triumphzug, beraufcht von Ruhm und
geführt von dem Gotte des Ruhmes felbft, die Welt durchzogen,
erfchreckt und verherrlicht, tanzt endlich den raffelnden Waffen=
tanz auf den Eisfeldern des Nordens, und diefe brechen ein, und
die Söhne des Feuers und der Freiheit gehen zu Grunde durch
Kälte und Sklaven. 20
Solche Befchreibung oder Prophezeiung des Untergangs
einer Heldenwelt ift Grundton und Stoff der epifchen National
Dichtungen aller Völker. Auf den Felfen von Ellore Epics.
und anderer indifcher Grottentempel fteht folche epifche Kata=
trophe eingegraben mit Riefenhieroglyphen, deren Schlüffel im
Mahabarata zu finden ift; der Norden hat in nicht minder
fteinernen Worten, in feiner Edda, diefen Götteruntergang
ausgefprochen; das Lied der Nibelungen befingt daffelbe
tragifche Verderben, und hat in feinem Schluffe noch ganz
befondere Ähnlichkeit mit der Segur'fchen Befchreibung des 30
Brandes von Moskau; das Rolandslied von der Schlacht bei
Roncisval, deffen Worte verfchollen, deffen Sage aber noch

H

nicht erloschen, und noch unlängst von einem der größten
Dichter des Vaterlandes, von Immermann, heraufbeschworen
worden, ist ebenfalls der alte Unglücksgesang; und gar
das Lied von Ilion verherrlicht am schönsten das alte
Thema, und ist doch nicht großartiger und schmerzlicher
als das französische Volkslied, worin Segur den Unter=
gang seiner Heroenwelt besungen hat. Ja, dieses ist ein
wahres Epos, Frankreichs Heldenjugend ist der schöne Heros,
der früh dahinsinkt, wie wir solches Leid schon sahen in dem
Tode Baldur's, Siegfried's, Roland's und Achilles', die ebenso
durch Unglück und Verrath gefallen; und jene Helden, die wir
in der Ilias bewundert, wir finden sie wieder im Liede des
Segur, wir sehen sie rathschlagen, zanken und kämpfen, wie
einst vor dem skäischen Thore; ist auch die Jacke des Königs
von Neapel etwas allzubuntscheckig modern, so ist doch sein
Schlachtmuth und Übermuth eben so groß, wie der des Peliden;
ein Hektor an Milde und Tapferkeit, steht vor uns Prinz
Eugèn, der edle Ritter; Ney kämpft wie ein Ajax, Berthier
ist ein Nestor ohne Weisheit, Davoust, Daru, Caulincourt
u. s. w., in ihnen wohnen die Seelen des Menelaos, des
Odysseus, des Diomedes — nur der Kaiser selbst findet nicht
seines Gleichen, in seinem Haupte ist der Olymp des Gedichtes,
und wenn ich ihn in seiner äußern Herrschererscheinung mit
dem Agamemnon vergleiche, so geschieht Das, weil ihn, eben so
wie den größten Theil seiner herrlichen Kampfgenossen, ein
tragisches Schicksal erwartete, und weil sein Orestes noch lebt.

Wie die Scott'schen Dichtungen hat auch das Segur'sche
Epos einen Ton, der unsere Herzen bezwingt. Aber dieser
Ton weckt nicht die Liebe zu längst verschollenen Tagen der
Vorzeit, sondern es ist ein Ton, dessen Klangfigur uns die
Gegenwart giebt, ein Ton, der uns für eben diese Gegenwart
begeistert.

Wir Deutschen sind doch wahre Peter Schlemihle! Wir
haben auch in der letzten Zeit Viel gesehen, Viel State of
ertragen, z. B. Einquartierung und Adelsstolz; und Germany.
wir haben unser edelstes Blut hingegeben, z. B. an England,
das noch jetzt jährlich eine anständige Summe für abgeschossene
deutsche Arme und Beine ihren ehemaligen Eigenthümern zu
bezahlen hat; und wir haben im Kleinen so viel Großes
gethan, dass, wenn man es zusammenrechnete, die größten
Thaten herauskämen, z. B. in Tyrol; und wir haben Viel
verloren, z. B. unsern Schlagschatten, den Titel des lieben 10
heiligen römischen Reichs — und dennoch, mit allen Verlusten,
Opfern, Entbehrungen, Malheurs und Großthaten hat unsere
Literatur kein einziges solcher Denkmäler des Ruhmes ge=
wonnen, wie sie bei unseren Nachbarn, gleich ewigen Trophäen,
täglich emporsteigen. Unsere Leipziger Messen haben wenig
profitiert durch die Schlacht bei Leipzig. Ein Gothaer, höre
ich, will sie noch nachträglich in epischer Form besingen; da er
aber noch nicht weiß, ob er zu den 100,000 Seelen gehört, die
Hildburghausen bekömmt, oder zu den 150,000, die Meinigen
bekömmt, oder zu den 160,000, die Altenburg bekömmt, so 20
kann er sein Epos noch nicht anfangen, er müsste denn be=
ginnen: „Singe, unsterbliche Seele, hildburghäusische Seele,
— meiningsche Seele, oder auch altenburgische Seele — gleich=
viel, singe, singe der sündigen Deutschen Erlösung!" Dieser
Seelenschacher im Herzen des Vaterlandes und dessen blutende
Zerrissenheit lässt keinen stolzen Sinn, und noch viel weniger
ein stolzes Wort aufkommen, unsere schönsten Thaten werden
lächerlich durch den dummen Erfolg, und während wir uns
unmuthig einhüllen in den Purpurmantel des deutschen Helden=
blutes, kömmt ein politischer Schalk und setzt uns die Schellen= 30
kappe aufs Haupt.
Eben die Literaturen unserer Nachbarn jenseits des Rheins

und des Kanals muß man mit unserer Bagatell=Literatur ver=
News-
papers.
gleichen, um das Leere und Bedeutungslose unseres
Bagatell=Lebens zu begreifen. Oft, wenn ich die
Morgen=Chronicle lese, und in jeder Zeile das englische Volk mit
seiner Nationalität erblicke, mit seinem Pferderennen, Boxen,
Hahnenkämpfen, Assisen, Parlamentsdebatten u. s. w., dann
nehme ich wieder betrübten Herzens ein deutsches Blatt zur
Hand, und suche darin die Momente eines Volkslebens, und finde
Nichts als literarische Fraubasereien und Theatergeklätsche.

10   Und doch ist es nicht anders zu erwarten. Ist in einem
Literature.
Volke alles öffentliche Leben unterdrückt, so sucht es
dennoch Gegenstände für gemeinsame Besprechung,
und dazu dienen ihm in Deutschland seine Schriftsteller und
Komödianten. Statt Pferderennen haben wir ein Bücherren=
nen nach der Leipziger Messe. Statt Boxen haben wir
Mystiker und Rationalisten, die sich in ihren Pamphlets herum=
balgen, bis die Einen zur Vernunft kommen, und den Andern
Hören und Sehen vergeht und der Glaube bei ihnen Eingang
findet. Statt Hahnenkämpfe haben wir Journale, worin
20 arme Teufel, die man dafür füttert, sich einander den guten
Namen. zerreißen, während die Philister freudig ausrufen:
Sieh, Das ist ein Haupthahn! Dem dort schwillt der Kamm.
Der hat einen scharfen Schnabel! Das junge Hähnchen muß
seine Federn erst ausschreiben, man muß es anspornen u. s. w.
In solcher Art haben wir auch unsere öffentlichen Assisen, und
Das sind die löschpapiernen sächsischen Literaturzeitungen, worin
jeder Dummkopf von seines Gleichen gerichtet wird, nach den
Grundsätzen eines literarischen Kriminalrechts, das der Ab=
schreckungstheorie huldigt, und als ein Verbrechen jedes Buch
30 bestraft. Zeigt der Verfasser desselben etwas Geist, so ist das
Verbrechen qualificiert. Kann er aber sein Geistesalibi be=
weisen, so wird die Strafe gemildert.

Ideen.

Das Buch Le Grand.

(1826.)

Kapitel I.

Ja, Madame, dort bin ich geboren, und ich bemerke Dieses ausdrücklich für den Fall, daß etwa nach meinem Heine's Tode sieben Städte — Schilda, Krähwinkel, Polk-Birthplace. witz, Bockum, Dülken, Göttingen und Schöppenstedt — sich um die Ehre streiten, meine Vaterstadt zu sein. Düsseldorf ist eine Stadt am Rhein, es leben da sechzehntausend Menschen, und viele hunderttausend Menschen liegen noch außerdem da begraben. Und darunter sind Manche, von denen meine Mutter sagt, es wäre besser, sie lebten noch, z. B. mein Großvater und mein Oheim, der alte Herr v. Geldern und der junge Herr v. Geldern, die Beide so berühmte Doktoren waren, und so viele Menschen vom Tode kuriert, und doch selber sterben mußten. Und die fromme Ursula, die mich als Kind auf den Armen getragen, liegt auch dort begraben, und es wächst ein Rosenstrauch auf ihrem Grab — Rosenduft liebte sie so sehr im Leben, und ihr Herz war lauter Rosenduft und Güte. Auch der alte kluge Kanonikus liegt dort begraben. Gott, wie elend sah er aus, als ich ihn zuletzt sah! Er bestand nur noch aus Geist und Pflastern, und studierte dennoch Tag und Nacht, als wenn er besorgte, die Würmer möchten einige Ideen zu wenig in seinem Kopfe finden. Auch der kleine Wilhelm liegt dort, und daran bin ich schuld. Wir waren Schulkameraden im Franziskanerkloster und spielten auf jener Seite desselben, wo zwischen steinernen Mauern die Düssel fließt, und ich sagte: „Wilhelm, hol' doch das Kätzchen, das

eben hineingefallen" — und lustig stieg er hinab auf das Brett,
das über dem Bach lag, riß das Kätzchen aus dem Wasser, fiel
aber selbst hinein, und als man ihn herauszog, war er naß
und todt.   Das Kätzchen hat noch lange Zeit gelebt.

Die Stadt Düsseldorf ist sehr schön, und wenn man in der
Ferne an sie denkt, und zufällig dort geboren ist, wird

Düssel-
dorf and
Heine; a
prophecy.

Einem wunderlich zu Muthe.   Ich bin dort geboren,
und es ist mir, als müßte ich gleich nach Hause gehn.
Und wenn ich sage, nach Hause gehn, so meine ich die

10 Bolkerstraße und das Haus, worin ich geboren bin.   Dieses
Haus wird einst sehr merkwürdig sein, und der alten Frau, die
es besitzt, habe ich sagen lassen, daß sie bei Leibe das Haus
nicht verkaufen solle.   Für das ganze Haus bekäme sie jetzt
doch kaum so Viel, wie schon allein das Trinkgeld betragen
wird, das einst die grünverschleierten, vornehmen Engländerinnen dem Dienstmädchen geben, wenn es ihnen die Stube zeigt,
worin ich das Licht der Welt erblickt, und den Hühnerwinkel,
worin mich Vater gewöhnlich einsperrte, wenn ich Trauben
genascht, und auch die braune Thür, worauf Mutter mich die

20 Buchstaben mit Kreide schreiben lehrte — ach Gott! Madame,
wenn ich ein berühmter Schriftsteller werde, so hat Das meiner
armen Mutter genug Mühe gekostet.

Aber mein Ruhm schläft jetzt noch in den Marmorbrüchen
von Carrara, der Makulatur=Lorber, womit man

Boyhood.

meine Stirne geschmückt, hat seinen Duft noch nicht
durch die ganze Welt verbreitet, und wenn jetzt die grünverschleierten, vornehmen Engländerinnen nach Düsseldorf kommen, so lassen sie das berühmte Haus noch unbesichtigt und
gehen direkt nach dem Marktplatze, und betrachten die dort in

30 der Mitte stehende schwarze, kolossale Reiterstatue.   Diese soll
den Kurfürsten Jan Wilhelm vorstellen.   Er trägt einen
schwarzen Harnisch, eine tiefherabhängende Allongeperücke. —

Als Knabe hörte ich die Sage, der Künstler, der diese Statue gegossen, habe während des Gießens mit Schrecken bemerkt, daß sein Metall nicht dazu ausreiche, und da wären die Bürger der Stadt herbeigelaufen, und hätten ihm ihre silbernen Löffel gebracht, um den Guß zu vollenden — und nun stand ich stundenlang vor dem Reiterbilde, und zerbrach mir den Kopf, wie viel' silberne Löffel wohl darin stecken mögen, und wie viel Apfeltörtchen man wohl für all das Silber bekommen könnte? Apfeltörtchen waren nämlich damals meine Passion — jetzt ist es Liebe, Wahrheit, Freiheit und Krebssuppe — und eben 10
unweit des Kurfürstenbildes, an der Theaterecke, stand gewöhn=
lich der wunderlich gebackene, säbelbeinige Kerl mit der weißen Schürze und dem umgehängten Korbe voll lieblich dampfender Apfeltörtchen, die er mit einer unwiderstehlichen Diskantstimme anzupreisen wußte: „Die Apfeltörtchen sind ganz frisch, eben aus dem Ofen, riechen so delikat."

Der Kurfürst soll ein braver Herr gewesen sein, und sehr kunstliebend, und selbst sehr geschickt. Er stiftete die Gemäl=
begalerie in Düsseldorf, und auf dem dortigen Observatorium zeigt man noch einen überaus künstlichen Einschachtelungsbecher 20
von Holz, den er selbst in seinen Freistunden — er hatte deren täglich vier und zwanzig — geschnitzelt hat.

Damals waren die Fürsten noch keine geplagte Leute wie jetzt, und die Krone war ihnen am Kopfe festge=　The Abdi-
wachsen, und des Nachts zogen sie noch eine　cation.
Schlafmütze darüber, und schliefen ruhig, und ruhig zu ihren Füßen schliefen die Völker, und wenn Diese des Morgens erwachten, so sagten sie: „Guten Morgen, Vater!" und Jene antworteten: „Guten Morgen, liebe Kinder!"

Aber es wurde plötzlich anders. Als wir eines Morgens 30
zu Düsseldorf erwachten, und „Guten Morgen Vater!" sagen wollten, da war der Vater abgereist, und in der ganzen Stadt

war Nichts als stumpfe Beklemmung, es war überall eine Art Begräbnißstimmung, und die Leute schlichen schweigend nach dem Markte, und lasen den langen papiernen Anschlag auf der Thür des Rathhauses. Es war ein trübes Wetter, und der dünne Schneider Kilian stand dennoch in seiner Nankingjacke, die er sonst nur im Hause trug, und die blauwollnen Strümpfe hingen ihm herab, daß die nackten Beinchen betrübt hervorguckten, und seine schmalen Lippen bebten, während er das angeschlagene Plakat vor sich hinmurmelte. Ein alter pfälzischer Invalide las etwas lauter, und bei manchem Worte träufelte ihm eine klare Thräne in den weißen, ehrlichen Schnauzbart. Ich stand neben ihm und weinte mit, und frug ihn, warum wir weinten. Und da antwortete er: „Der Kurfürst läßt sich bedanken." Und dann las er wieder, und bei den Worten: „für die bewährte Unterthanstreue" „und entbinden euch eurer Pflichten" da weinte er noch stärker. — Es ist wunderlich anzusehen, wenn so ein alter Mann, mit verblichener Uniform und vernarbtem Soldatengesicht, plötzlich so stark weint. Während wir lasen, wurde auch das kurfürstliche Wappen vom Rathhause heruntergenommen, Alles gestaltete sich so beängstigend öde, es war, als ob man eine Sonnenfinsterniß erwarte, die Herren Rathsherren gingen so abgedankt und langsam umher, sogar der allgewaltige Gassenvogt sah aus, als wenn er Nichts mehr zu befehlen hätte, und stand da so friedlich=gleichgültig, obgleich der tolle Aloysius sich wieder auf ein Bein stellte und mit närrischer Grimasse die Namen der französischen Generale herschnatterte, während der besoffene krumme Gumpertz sich in der Gosse herumwälzte und ça ira, ça ira! sang.

Ich aber ging nach Hause, und weinte und klagte: „Der Kurfürst läßt sich bedanken." Meine Mutter hatte ihre liebe Noth, ich wußte, was ich wußte, ich ließ mir Nichts ausreden,

ich ging weinend zu Bette, und in der Nacht träumte mir, die
Welt habe ein Ende — die schönen Blumengärten und grünen
Wiesen wurden wie Teppiche vom Boden aufgenommen und
zusammengerollt, der Gassenvogt stieg auf eine hohe Leiter und
nahm die Sonne vom Himmel herab, der Schneider Kilian
stand dabei und sprach zu sich selber: „Ich muß nach Hause
gehen und mich hübsch anziehen, denn ich bin todt und soll noch
heute begraben werden" — und es wurde immer dunkler, spär=
lich schimmerten oben einige Sterne, und auch diese fielen herab
wie gelbe Blätter im Herbste, allmählich verschwanden die   10
Menschen, ich armes Kind irrte ängstlich umher, stand endlich
vor der Weidenhecke eines wüsten Bauernhofes und sah dort
einen Mann, der mit dem Spaten die Erde aufwühlte, und
neben ihm ein häßlich hämisches Weib, das Etwas wie einen
abgeschnittenen Menschenkopf in der Schürze hielt, und Das
war der Mond, und sie legte ihn ängstlich sorgsam in die
offene Grube — und hinter mir stand der pfälzische Invalide
und schluchzte und buchstabierte: „Der Kurfürst läßt sich
bedanken."

Als ich erwachte, schien die Sonne wieder wie gewöhnlich   20
durch das Fenster, auf der Straße ging die Trom= The new
mel, und als ich in unsere Wohnstube trat und Grand
Duke.
meinem Vater, der im weißen Pudermantel saß,
einen guten Morgen bot, hörte ich, wie der leichtfüßige Friseur
ihm während des Frisierens haarklein erzählte, daß heute auf
dem Rathhause dem neuen Großherzog Joachim gehuldigt
werde, und daß Dieser von der besten Familie sei, und die
Schwester des Kaisers Napoleon zur Frau bekommen, und auch
wirklich viel Anstand besitze, und sein schönes schwarzes Haar
in Locken trage, und nächstens seinen Einzug halten und sicher   30
allen Frauenzimmern gefallen müsse.   Unterdessen ging das
Getrommel auf der Straße immer fort, und ich trat vor die

Hausthür und besah die einmarschierenden französischen Trup=
pen, das freudige Volk des Ruhmes, das singend und klingend
die Welt durchzog, die heiter=ernsten Grenadiergesichter, die
Bärenmützen, die dreifarbigen Kokarden, die blinkenden Ba=
jonette, die Voltigeurs voll Lustigkeit und Point d'honneur,
und den allmächtig großen, silbergestickten Tambourmajor, der
seinen Stock mit dem vergoldeten Knopf bis an die erste Etage
werfen konnte und seine Augen sogar bis zur zweiten Etage,
wo ebenfalls schöne Mädchen am Fenster saßen.   Ich freute
10 mich, daß wir Einquartierung bekämen — meine Mutter freute
sich nicht — und ich eilte nach dem Marktplatz. Da sah es
jetzt ganz anders aus, es war, als ob die Welt neu angestrichen
worden, ein neues Wappen hing am Rathhause, das Eisenge=
länder an dessen Balkon war mit gestickten Sammetdecken
überhängt, französische Grenadiere standen Schildwache, die
alten Herren Rathsherren hatten neue Gesichter angezogen
und trugen ihre Sonntagsröcke, und sahen sich an auf Franzö=
sisch und sprachen bon jour, aus allen Fenstern guckten Damen,
neugierige Bürgersleute und blanke Soldaten füllten den
20 Platz, und ich nebst andern Knaben wir kletterten auf das
große Kurfürstenpferd und schauten davon herab in das bunte
Marktgewimmel.

Nachbars Pitter und der lange Kunz hätten bei dieser
Gelegenheit beinah den Hals gebrochen, und Das wäre gut
gewesen; denn der Eine entlief nachher seinen Eltern, ging
unter die Soldaten, desertierte, und wurde in Mainz todtge=
schossen, der Andere aber machte späterhin geographische
Untersuchungen in fremden Taschen, wurde deßhalb wir=
kendes Mitglied einer öffentlichen Spinnanstalt, zerriß die
30 eisernen Bande, die ihn an diese und an das Vaterland fessel=
ten, kam glücklich über das Wasser, und starb in London
durch eine allzuenge Kravatte, die sich von selbst zugezogen,

als ihm ein königlicher Beamter das Brett unter den Beinen wegriß.

Der lange Kunz sagte uns, daß heute keine Schule sei, wegen der Huldigung. Wir mußten lange warten, bis diese losgelassen wurde. Endlich füllte sich der The entry. Balkon des Rathhauses mit bunten Herren, Fahnen und Trompeten, und der Herr Bürgermeister, in seinem berühmten rothen Rock, hielt eine Rede, die sich etwas in die Länge zog, wie Gummi elasticum, oder wie eine gestrickte Schlafmütze, in die man einen Stein geworfen — nur nicht den Stein der Weisen — und manche Redensarten konnte ich ganz deutlich vernehmen, z. B. daß man uns glücklich machen wolle — und beim letzten Worte wurden die Trompeten geblasen, und die Fahnen geschwenkt, und die Trommel gerührt, und Vivat gerufen — und während ich selber Vivat rief, hielt ich mich fest an den alten Kurfürsten. Und Das that noth, denn mir wurde ordentlich schwindlich, ich glaubte schon, die Leute ständen auf den Köpfen, weil sich die Welt, herumgedreht, das Kurfürsten= haupt mit der Allongeperücke nickte und flüsterte: „Halt fest an mir!" — und erst durch das Kanonieren, das jetzt auf dem Walle losging, ernüchterte ich mich, und stieg vom Kurfürsten= pferd langsam wieder herab.

Als ich nach Hause ging, sah ich wieder, wie der tolle Aloysius auf einem Beine tanzte, während er die Namen der französischen Generale herschnarrte, und wie sich der krumme Gumpertz besoffen in der Gosse herumwälzte, und ça ira, ça ira brüllte — und zu meiner Mutter sagte ich: Man will uns glücklich machen, und deßhalb ist heute keine Schule.

Kapitel II.

Den andern Tag war die Welt wieder ganz in Ordnung, und es war wieder Schule nach wie vor, und es wurde wieder auswendig gelernt nach wie vor — die römischen Könige, die Jahreszahlen, die nomina auf im, die verba irregularia, Griechisch, Hebräisch, Geographie, deutsche Sprache, Kopfrechnen — Gott! der Kopf schwindelt mir noch davon — Alles mußte auswendig gelernt werden. Und Manches davon kam mir in der Folge zu Statten. Denn hätte ich nicht die römischen Könige auswen= dig gewußt, so wäre es mir ja späterhin ganz gleichgültig gewesen, ob Niebuhr bewiesen oder nicht bewiesen hat, daß sie niemals wirklich existiert haben. Und wußte ich nicht jene Jahreszahlen, wie hätte ich mich späterhin zurecht finden wollen in dem großen Berlin, wo ein Haus dem andern gleicht wie ein Tropfen Wasser oder wie ein Grenadier dem andern, und wo man seine Bekannten nicht zu finden vermag, wenn man ihre Hausnummer nicht im Kopfe hat; ich dachte mir damals bei jedem Bekannten zugleich eine historische Begebenheit, deren Jahreszahl mit seiner Hausnummer übereinstimmte, so daß ich mich dieser leicht erinnern konnte, wenn ich jener gedachte, und daher kam mir auch immer eine historische Begebenheit in den Sinn, sobald ich einen Bekannten erblickte. So z. B. wenn mir mein Schneider begegnete, dachte ich gleich an die Schlacht bei Marathon; begegnete mir der wohlgeputzte Bankier Christian Gumpel, so dachte ich gleich an die Zerstörung

The day after the entry. School again.

Jerusalem's; erblickte ich einen stark verschuldeten portugiesischen Freund, so dachte ich gleich an die Flucht Mahomed's; sah ich den Universitätsrichter, einen Mann, dessen strenge Rechtlichkeit bekannt ist, so dachte ich gleich an den Tod Haman's. Wie gesagt, die Jahreszahlen sind durchaus nöthig, ich kenne Menschen, die gar Nichts als ein paar Jahreszahlen im Kopfe hatten, und damit in Berlin die rechten Häuser zu finden wußten, und jetzt schon ordentliche Professoren sind. Ich aber hatte in der Schule meine Noth mit den vielen Zahlen! Mit dem eigentlichen Rechnen ging es noch schlechter. 10 Am besten begriff ich das Subtrahieren, und da giebt es eine sehr praktische Hauptregel: „Vier von drei geht nicht, da muß ich Eins borgen" — ich rathe aber Jedem, in solchen Fällen immer einige Groschen mehr zu borgen; denn man kann nicht wissen —

Was aber das Lateinische betrifft, so haben Sie gar keine Idee davon, Madame, wie Das verwickelt ist. Den The Latin language. Römern würde gewiß nicht Zeit genug übrig geblieben sein, die Welt zu erobern, wenn sie das Latein erst hätten lernen sollen. Diese glücklichen Leute wußten schon in der 20 Wiege, welche Nomina den Accusativ auf im haben. Ich hingegen mußte sie im Schweiße meines Angesichts auswendig lernen; aber es ist doch immer gut, daß ich sie weiß. Denn hätte ich z. B. den 20sten Juli 1825, als ich öffentlich in der Aula zu Göttingen lateinisch disputierte — Madame, es war der Mühe werth zuzuhören — hätte ich da sinapem statt sinapim gesagt, so würden es vielleicht die anwesenden Füchse gemerkt haben, und Das wäre für mich eine ewige Schande gewesen. Vis, buris, sitis, tussis, cucumis, amussis, cannabis, sinapis — Diese Wörter die so viel Aufsehen in der Welt 30 gemacht haben, bewirkten dieses, indem sie sich zu einer bestimmten Klasse schlugen und dennoch eine Ausnahme blieben; deßhalb achte ich sie sehr, und daß ich sie bei der Hand habe, wenn ich sie etwa plötzlich brauchen sollte, Das giebt mir in manchen trüben Stunden des Lebens viel innere Beruhigung und Trost.   Aber, Madame, die verba irregularia — sie unterscheiden sich von den verbis regularibus dadurch, daß man bei ihnen noch mehr Prügel bekömmt — sie sind gar entsetzlich schwer.   In den dumpfen Bogengängen des Francis= kanerklosters, unfern der Schulstube, hing damals ein großer, gekreuzigter Christus von grauem Holze, ein wüstes Bild, das noch jetzt zuweilen des Nachts durch meine Träume schreitet, und mich traurig ansieht mit starren, blutigen Augen — vor diesem Bilde stand ich oft und betete: O du armer, ebenfalls gequälter Gott, wenn es dir nur irgend möglich ist, so sieh doch zu, daß ich die verba irregularia im Kopfe behalte.

Vom Griechischen will ich gar nicht sprechen, ich ärgere

Greek and Hebrew.

mich sonst zu viel.   Die Mönche im Mittelalter hatten so ganz Unrecht nicht, wenn sie behaupteten, daß das Griechische eine Erfindung des Teufels sei.   Gott kennt die Leiden, die ich dabei ausgestanden.   Mit dem Hebräischen ging es besser, denn ich hatte immer eine große Vorliebe für die Juden, obgleich sie, bis auf diese Stunde, meinen guten Namen kreuzigen; aber ich konnte es doch im Hebräischen nicht so weit bringen wie meine Taschenuhr, die viel intimen Umgang mit Pfandverleihern hatte, und dadurch manche jüdische Sitte annahm — z. B. des Sonnabends ging sie nicht — und die heilige Sprache lernte, und sie auch später= hin grammatisch trieb; wie ich denn oft in schlaflosen Nächten mit Erstaunen hörte, daß sie beständig vor sich hin pickerte: katal, katalta, katalti — kittel, kittalta, kittalti — — pokat, pokadeti — pikat — pik — pik — —

Indessen von der deutschen Sprache begriff ich Viel mehr, und die ist doch nicht so gar kinderleicht.   Denn wir armen

Deutschen, die wir schon mit Einquartierungen, Militärpflich= ten, Kopfsteuern und tausenderlei Abgaben genug geplagt sind, wir haben uns noch obendrein den Adelung aufgesackt und quälen uns einander mit dem Accusativ und Dativ. Viel deutsche Sprache lernte ich vom alten Rektor Schallmeyer, einem braven . geistlichen Herrn, der sich meiner von Kind auf annahm. Aber ich lernte auch Etwas der Art von dem Professor Schramm, einem Manne, der ein Buch über den ewigen Frieden gesch= rieben hat, und in dessen Klasse sich meine Mitbuben am 10 meisten rauften.

Während ich in einem Zuge fortschrieb und Allerlei dabei dachte, habe ich mich unversehens in die alten Schulgeschichten hineingeschwatzt, und ich ergreife diese Gelegenheit, um Ihnen zu zeigen, Madame, wie es nicht meine Schuld war, wenn ich von der Geographie so Wenig lernte, daß ich mich späterhin nicht in der Welt zurecht zu finden wußte. Damals hatten nämlich die Franzosen alle Grenzen verrückt, alle Tage wurden die Länder neu illuminiert; die sonst blau gewesen, wurden jetzt plötzlich grün, manche 20 wurden sogar blutroth, die bestimmten Lehrbuchseelen wurden so sehr vertauscht und vermischt, daß kein Teufel sie mehr erkennen konnte, die Landesprodukte änderten sich ebenfalls, Cichorien und Runkelrüben wuchsen jetzt, wo sonst nur Hasen und hinterherlaufende Landjunker zu sehen waren, auch die Charaktere der Völker änderten sich, die Deutschen wurden gelenkig, die Franzosen machten keine Komplimente mehr, die Engländer warfen das Geld nicht mehr zum Fenster hinaus, und die Venetianer waren nicht schlau genug, unter den Fürst= en gab es viel Avancement, die alten Könige bekamen neue 30 Uniformen, neue Königthümer wurden gebacken und hatten Absatz wie frische Semmel, manche Potentaten hingegen

I

wurden von Haus und Hof gejagt, und mußten auf andere
Art ihr Brot zu verdienen suchen, und einige legten sich daher
früh auf ein Handwerk, und machten z. B. Siegellack oder —
Madame, diese Periode hat endlich ein Ende, der Athem wollte
mir ausgehen — kurz und gut, in solchen Zeiten kann man
es in der Geographie nicht weit bringen.

Da hat man es doch besser in der Naturgeschichte, da
können nicht so viele Veränderungen vorgehen, und da giebt
es bestimmte Kupferstiche von Affen, Känguruhs, Zebras,
Nashornen u. s. w. Weil mir solche Bilder im Gedächtnisse
blieben, geschah es in der Folge sehr oft, daß mir manche
Menschen beim ersten Anblick gleich wie alte Bekannte vor=
kamen.

Am allerbesten aber erging es mir in der französischen
Klasse des Abbé d'Aulnoi, eines emigrierten Fran=
zosen, der eine Menge Grammatiken geschrieben,
und eine rothe Perücke trug, und gar pfiffig umher=
sprang, wenn er seine Art poétique und seine Histoire
allemande vortrug. — Er war im ganzen Gymnasium der
Einzige, welcher deutsche Geschichte lehrte. Indessen auch das
Französische hat seine Schwierigkeiten, und zur Erlernung
desselben gehört viel Einquartierung, viel Getrommel, viel
apprendre par cœur, und vor Allem darf man keine Bête
allemande sein. Da gab es manches saure Wort. Ich
erinnere mich noch so gut, als wäre es erst gestern geschehen,
daß ich durch la réligion viel Unannehmlichkeiten erfahren.
Wohl sechsmal erging an mich die Frage: Henry, wie heißt
der Glaube auf Französisch? Und sechsmal und immer
weinerlicher antwortete ich: Er heißt le crédit. Und beim
siebenten Male, kirschbraun im Gesichte, rief der wüthende
Examinator: Er heißt la réligion — und es regnete Prügel,
und alle Kameraden lachten.

The French Language.

Parbleu, Madame! ich habe es im Französischen weit gebracht! Ich verstehe nicht nur Patois, sondern sogar abliges Bonnenfranzösisch. Noch unlängst in einer noblen Gesellschaft verstand ich fast die Hälfte von dem Diskurs zweier deutschen Komtessen, wovon jede über vier und sechzig Jahr' und eben so viele Ahnen zählte. Ja, im Café-Royal zu Berlin hörte ich einmal den Monsieur Hans Michel Martens Französisch parlieren und verstand jedes Wort, obschon kein Verstand darin war. Man muß den Geist der Sprache kennen, und diesen lernt man am besten durch Trommeln. Parbleu! wie Viel verdanke ich nicht dem französischen Tambour, der so lange bei uns in Quartier lag, und wie ein Teufel aussah, und doch von Herzen so engelgut war, und so ganz vorzüglich trommelte.

Le Grand the Drummer.

Es war eine kleine, bewegliche Figur mit einem fürchterlichen, schwarzen Schnurrbarte, worunter sich die rothen Lippen trotzig hervorbäumten, während die feurigen Augen hin und her schossen.

Ich kleiner Junge hing an ihm wie eine Klette, und half ihm seine Knöpfe spiegelblank putzen und seine Weste mit Kreide weißen — denn Monsieur Le Grand wollte gerne gefallen — und ich folgte ihm auch auf die Wache, nach dem Appell, nach der Parade — da war Nichts als Waffenglanz und Lustigkeit — les jours de fête sont passés! · Monsieur Le Grand wußte nur wenig gebrochenes Deutsch, nur die Hauptausdrücke — Brot, Kuß, Ehre — doch konnte er sich auf der Trommel sehr gut verständlich machen; z. B. wenn ich nicht wußte, was das Wort „liberté" bedeute, so trommelte er den Marseiller Marsch — und ich verstand ihn. Wußte ich nicht die Bedeutung des Wortes „égalité", so trommelte er den Marsch „ça ira, ça ira — — — les aristocrats à la lanterne!" — und ich verstand ihn. Wußte ich nicht, was „bêtise" sei, so trommelte er den Dessauer Marsch, den wir Deutschen, wie auch Goethe berichtet, in der Champagne getrommelt — und ich verstand ihn. Er wollte mir mal das Wort „l'Allemagne" erklären, und er trommelte jene allzu einfache Urmelodie, die man oft an Markttagen bei tanzenden Hunden hört, nämlich Dum — Dum — Dum — ich ärgerte mich, aber ich verstand ihn doch.

Auf ähnliche Weise lehrte er mich auch die neuere Geschichte. Ich verstand zwar nicht die Worte, die er sprach, aber da er während des Sprechens beständig trommelte, so wußte ich doch, was er sagen wollte. Im Grunde ist Das die beste Lehrmethode. Die Geschichte von der Bestürmung der Bastille, der Tuilerien u. s. w. begreift man erst recht, wenn man weiß, wie bei solchen Gelegenheiten getrommelt wurde. In unseren Schulkompendien liest man bloß: — „Ihre Excellenzen die Barone und Grafen und hochbero Gemahlinnen wurden geköpft — Ihre Altessen die Herzöge und Prinzen und höchstbero Gemahlinnen wurden geköpft — Ihre Majestät der König und allerhöchstbero Gemahlin wurden geköpft —" aber wenn man den rothen Guillotinenmarsch trommeln hört, so begreift man Dieses erst recht, und man erfährt das Warum und das Wie. Madame, Das ist ein gar wunderlicher Marsch! Er durchschauerte mir Mark und Bein, als ich ihn zuerst hörte, und ich war froh, daß ich ihn vergaß. — Man vergißt so Etwas, wenn man älter wird, ein junger Mann hat jetzt so viel anderes Wissen im Kopf zu behalten — Whist, Boston, genealogische Tabellen, Bundestagsbeschlüsse, Dramaturgie, Liturgie, Vorschneiden — und wirklich, trotz allem Stirnreiben konnte ich mich lange Zeit nicht mehr auf jene gewaltige Melodie besinnen. Aber denken Sie sich, Madame! unlängst sitze ich an der Tafel mit einer ganzen Menagerie von Grafen, Prinzen, Prinzessinnen, Kam-

History well drummed in.

merherren, Hofmarschallinnen, Hofschenken, Oberhofmeisterin=
nen, Hofsilberbewahrern, Hofjägermeisterinnen, und wie diese
vornehmen Domestiken noch außerdem heißen mögen, und ihre
Unterdomestiken liefen hinter ihren Stühlen und schoben ihnen
die gefüllten Teller vors Maul — ich aber, der übergangen
und übersehen wurde, saß müßig, ohne die mindeste Kinnbacken=
beschäftigung, und ich knetete Brotkügelchen, und trommelte
vor Langeweile mit den Fingern, und zu meinem Entsetzen
trommelte ich plötzlich den rothen, längstvergessenen Guillo=
tinenmarsch.

10

„Und was geschah?" Madame, diese Leute lassen sich im
Essen nicht stören, und wissen nicht, daß andere Leute, wenn
sie Nichts zu essen haben, plötzlich anfangen zu trommeln, und
zwar gar kuriose Märsche, die man längst vergessen glaubte.

Ist nun das Trommeln ein angeborenes Talent, oder hab'
ich es frühzeitig ausgebildet, genug, es liegt mir in Effects in
den Gliedern, in Händen und Füßen, und äußert sich later life.
oft unwillkürlich. Zu Berlin saß ich einst im Kollegium des
Geheimraths Schmalz, eines Mannes, der den Staat gerettet
durch sein Buch über die Schwarzmäntel und Rothmäntelgefahr. 20
— Sie erinnern sich, Madame, aus dem Pausanias, daß einst
durch das Geschrei eines Esels ein eben so gefährliches Kom=
plott entdeckt wurde, auch wissen Sie aus dem Livius oder aus
Becker's Weltgeschichte, daß die Gänse das Kapitol gerettet,
und aus dem Sallust wissen Sie ganz genau, daß durch eine
geschwätzige Putaine, die Frau Fulvia, jene fürchterliche Ver=
schwörung des Catilina an den Tag kam. — Doch um wieder
auf besagten Hammel zu kommen, im Kollegium des Herrn
Geheimraths Schmalz hörte ich das Völkerrecht, und es war
ein langweiliger Sommernachmittag, und ich saß auf der Bank 30
und hörte immer weniger — der Kopf war mir eingeschlafen
— doch plötzlich ward ich aufgeweckt durch das Geräusch meiner

eigenen Füße, die wach geblieben waren, und wahrscheinlich
zugehört hatten, daß just das Gegentheil vom Völkerrecht
vorgetragen und auf Konstitutionsgesinnung geschimpft wurde,
und meine Füße, die mit ihren kleinen Hühneraugen das
Treiben der Welt besser durchschauen, als der Geheimrath mit
seinen großen Juno=Augen, diese armen, stummen Füße, un=
fähig, durch Worte ihre unmaßgebliche Meinung auszusprechen,
wollten sich durch Trommeln verständlich machen, und trommelten
so stark, daß ich dadurch schier ins Malheur kam.

10   Verdammte, unbesonnene Füße! sie spielten mir einen
ähnlichen Streich, als ich einmal in Göttingen bei Professor
Saalfeld hospitierte, und Dieser mit seiner steifen Beweglich=
keit auf dem Katheder hin und her sprang, und sich echauffierte,
um auf den Kaiser Napoleon recht ordentlich schimpfen zu
können — nein, arme Füße, ich kann es euch nicht verdenken,
daß ihr damals getrommelt, ja ich würde es euch nicht mal
verdacht haben, wenn ihr, in eurer stummen Naivetät, euch
noch fußtrittdeutlicher ausgesprochen hättet.   Wie darf ich,
der Schüler Le Grand's, den Kaiser schmähen hören?   Den
20 Kaiser! den Kaiser! den großen Kaiser!

     Denke ich an den großen Kaiser, so wird es in meinem
The Em-
peror: a
drum lec-
ture by
Le Grand. Gedächtnisse wieder recht sommergrün und goldig,
eine lange Lindenallee taucht blühend empor, auf den
laubigen Zweigen sitzen singende Nachtigallen, der
Wasserfall rauscht, auf runden Beeten stehen Blumen
und bewegen traumhaft ihre schönen Häupter — ich stand mit
ihnen in wunderlichem Verkehr, die geschminkten Tulpen
grüßten mich bettelstolz herablassend, die nervenkranken Lilien
nickten wehmüthig zärtlich, die trunkenrothen Rosen lachten
30 mir schon von Weitem entgegen, die Nachtviolen seufzten —
mit den Myrten und Lorberen hatte ich damals noch keine
Bekanntschaft, denn sie lockten nicht durch schimmernde Blüthe,

aber mit den Reseden, womit ich jetzt so schlecht stehe, war ich ganz besonders intim. — Ich spreche vom Hofgarten zu Düsseldorf, wo ich oft auf dem Rasen lag, und andächtig zuhörte, wenn mir Monsieur Le Grand von den Kriegsthaten des großen Kaisers erzählte, und dabei die Märsche schlug, die während jener Thaten getrommelt wurden, so daß ich Alles lebendig sah und hörte. Ich sah den Zug über den Simplon — der Kaiser voran und hinterdrein klimmend die braven Grenadiere, während aufgescheuchtes Gevögel sein Krächzen erhebt und die Gletscher in der Ferne donnern — ich sah den 10 Kaiser, die Fahne im Arm, auf der Brücke von Lodi — ich sah den Kaiser im grauen Mantel bei Marengo — ich sah den Kaiser zu Roß in der Schlacht bei den Pyramiden — Nichts als Pulverdampf und Mamelucken — ich sah den Kaiser in der Schlacht bei Austerlitz — hui! wie pfiffen die Kugeln über die glatte Eisbahn! — ich sah, ich hörte die Schlacht bei Jena — dum, dum, dum — ich sah, ich hörte die Schlacht bei Eilau, Wagram — — — — nein, kaum konnt' ich es aus= halten! Monsieur Le Grand trommelte, daß fast mein eignes Trommelfell dadurch zerrissen wurde.   20

Kapitel III.

Aber, wie ward mir erſt, als ich ihn ſelber ſah, mit hoch=
begnadigten, eigenen Augen, ihn ſelber, den Kaiſer.

The
Emperor
himſelf.

Es war eben in der Allee des Hofgartens zu
Düſſeldorf. Als ich mich durch das gaffende Volk
brängte, dachte ich an die Thaten und Schlachten, die mir
Monſieur Le Grand vorgetrommelt hatte, mein Herz ſchlug
den Generalmarſch — und dennoch dachte ich zu gleicher Zeit
an die Polizeiverordnung, daß man bei fünf Thaler Strafe
nicht mitten durch die Allee reiten dürfe. Und der Kaiſer mit
10 ſeinem Gefolge ritt mitten durch die Allee, die ſchauernden
Bäume beugten ſich vorwärts, wo er vorbeikam, die Sonnen=
ſtrahlen zitterten furchtſam neugierig durch das grüne Laub,
und am blauen Himmel oben ſchwamm ſichtbar ein goldner
Stern. Der Kaiſer trug ſeine ſcheinloſe grüne Uniform und
das kleine welthiſtoriſche Hütchen. Er ritt ein weißes Röſs=
lein, und das ging ſo ruhig ſtolz, ſo ſicher, ſo ausgezeichnet,
— wär' ich damals Kronprinz von Preußen geweſen, ich hätte
dieſes Röſslein, beneidet. Nachläſſig, faſt hängend, ſaß der
Kaiſer, die eine Hand hielt hoch den Zaum, die andere klopfte
20 gutmüthig den Hals des Pferdchens. — Es war eine ſonnig
marmorne Hand, eine mächtige Hand, eine von den beiden
Händen, die das vielköpfige Ungeheuer der Anarchie gebändigt
und den Völkerzweikampf geordnet hatten — und ſie klopfte
gutmüthig den Hals des Pferdes. Auch das Geſicht hatte
jene Farbe, die wir bei marmornen Griechen= und Römerköpfen

finden, die Züge desselben waren ebenfalls edelgemessen, wie die der Antiken, und auf diesem Gesichte stand geschrieben: Du sollst keine Götter haben außer mir. Ein Lächeln, das jedes Herz erwärmte und beruhigte, schwebte um die Lippen — und doch wußte man, diese Lippen brauchten nur zu pfeifen, — et la Prusse n'existait plus — diese Lippen brauchten nur zu pfeifen — und die ganze Klerisei hatte ausgeklingelt — diese Lippen brauchten nur zu pfeifen — und das ganze heilige römische Reich tanzte. Und diese Lippen lächelten und auch das Auge lächelte — Es war ein Auge, klar wie der Himmel, es konnte lesen im Herzen der Menschen, es sah rasch auf einmal alle Dinge dieser Welt, während wir Anderen sie nur nach einander und nur ihre gefärbten Schatten sehen. Die Stirne war nicht so klar, es nisteten darauf die Geister zukünftiger Schlachten, und es zuckte bisweilen über dieser Stirn, und Das waren die schaffenden Gedanken, die großen Siebenmeilenstiefel-Gedanken, womit der Geist des Kaisers unsichtbar über die Welt hinschritt — und ich glaube, jeder dieser Gedanken hätte einem deutschen Schriftsteller Zeit seines Lebens vollauf Stoff zum Schreiben gegeben.

Der Kaiser ritt ruhig mitten durch die Allee, kein Polizeidiener widersetzte sich ihm; hinter ihm, stolz auf schnaubenden Rossen und belastet mit Gold und Geschmeide, ritt sein Gefolge, die Trommeln wirbelten, die Trompeten erklangen, neben mir drehte sich der tolle Aloysius und schnarrte die Namen seiner Generale, unferne brüllte der besoffene Gumpertz, und das Volk rief tausendstimmig: Es lebe der Kaiser!

Kapitel IV.

Der Kaiser ist todt. Auf einer öden Insel des atlantischen
A hero's   Meeres ist sein einsames Grab, und Er, dem die
fate.   Erde zu eng war, liegt ruhig unter dem kleinen
Hügel, wo fünf Trauerweiden gramvoll ihre grünen Haare
herabhängen lassen und ein frommes Bächlein wehmüthig
klagend vorbeirieselt. Es steht keine Inschrift auf seinem
Leichensteine; aber Klio, mit dem gerechten Griffel, schrieb
unsichtbare Worte darauf, die wie Geistertöne durch die
Jahrtausende klingen werden.

10   Britannia! dir gehört das Meer. Doch das Meer hat
England's   nicht Wasser genug, um von dir abzuwaschen die
shame.   Schande, die der große Todte dir sterbend vermacht
hat. Nicht dein windiger Sir Hudson, nein, du selbst warst
der sicilianische Häscher, den die verschworenen Könige gedungen,
um an dem Manne des Volkes heimlich abzurächen, was das
Volk einst öffentlich an einem der ihrigen verübt hatte. — Und
er war dein Gast und hatte sich gesetzt an deinen Herd —

        Bis in die spätesten Zeiten werden die Knaben Frankreichs
singen und sagen von der schrecklichen Gastfreundschaft des
20 Bellerophon, und wenn diese Spott= und Thränenlieder den
Kanal hinüber klingen, so erröthen die Wangen aller ehrsamen
Britten. Einst aber wird dieses Lied hinüber klingen, und es
giebt kein Britannien mehr, zu Boden geworfen ist das Volk
des Stolzes, Westminster's Grabmäler liegen zertrümmert,
vergessen ist der königliche Staub, den sie verschlossen — Und

Sankt Helena ist das heilige Grab, wohin die Völker des Orients und Occidents wallfahren in buntbewimpelten Schiffen und ihr Herz stärken durch große Erinnerung an die Thaten des weltlichen Heilands.

Seltsam! die drei größten Widersacher des Kaisers hat schon ein schreckliches Schicksal getroffen: Londonderry hat sich die Kehle abgeschnitten, Ludwig XVIII. ist auf seinem Throne verfault, und Professor Saalfeld ist noch immer Professor in Göttingen.

Kapitel V.

Es war ein klarer, fröstelnder Herbsttag, als ein junger
Mensch von studentischem Ansehen durch die Allee
des Düsseldorfer Hofgartens langsam wanderte,
manchmal, wie aus kindischer Lust, das raschelnde Laub, das den
Boden bedeckte, mit den Füßen aufwarf, manchmal aber auch
wehmüthig hinaufblickte nach den dürren Bäumen, woran nur
noch wenige Goldblätter hingen.   Wenn er so hinaufsah,
dachte er an die Worte des Glaukos.

„Gleich wie Blätter im Walde, so sind die Geschlechter der
                                        Menschen;
10 Blätter verweht zur Erde der Wind nun, andere treibt dann
Wieder der knospende Wald, wenn neu auflebet der Frühling:
So der Menschen Geschlecht, dies wächst, und jenes versch=
                                                    windet.‟

In früheren Tagen hatte der junge Mensch mit ganz
andern Gedanken an eben dieselben Bäume hinaufgesehen, und
er war damals ein Knabe und suchte Vogelnester oder Som=
merkäfer, die ihn gar sehr ergötzten, wenn sie lustig dahin=
summten, sich der hübschen Welt erfreuten, und zufrieden
waren mit einem saftig grünen Blättchen, mit einem Tröpfchen
Thau, mit einem warmen Sonnenstrahl, und mit dem süßen
20 Kräuterduft.   Damals war des Knaben Herz eben so verg=
nügt wie die flatternden Thierchen.   Jetzt aber war sein Herz
älter geworden, die kleinen Sonnenstrahlen waren darin
erloschen, alle Blumen waren darin abgestorben, sogar der

schöne Traum der Liebe war darin verblichen, im armen
Herzen war Nichts als Muth und Gram, und damit ich das
Schmerzlichste sage — es war mein Herz.

Denselben Tag war ich zur alten Vaterstadt zurückgekehrt,
aber ich wollte nicht darin übernachten und sehnte Prussian
mich nach Godesberg, um zu den Füßen meiner rule.
Freundin mich niederzusetzen und von der kleinen Veronika zu
erzählen. Ich hatte die lieben Gräber besucht. Von allen
lebenden Freunden und Verwandten hatte ich nur einen Ohm
und eine Muhme wiedergefunden. Fand ich auch sonst noch 10
bekannte Gestalten auf der Straße, so kannte mich doch Niemand
mehr, und die Stadt selbst sah mich an mit fremden Augen,
viele Häuser waren unterdessen neu angestrichen worden, aus
den Fenstern guckten fremde Gesichter, um die alten Schorn=
steine flatterten abgelebte Spatzen, Alles sah so todt und doch
so frisch aus, wie Salat, der auf einem Kirchhofe wächst; wo
man sonst Französisch sprach, ward jetzt Preußisch gesprochen,
sogar ein kleines preußisches Höfchen hatte sich unterdessen
dort angesiedelt, und die Leute trugen Hoftitel, die ehemalige
Friseurin meiner Mutter war Hoffriseurin geworden, und es 20
gab jetzt dort Hofschneider, Hofschuster, Hofschnapsläden, die
ganze Stadt schien ein Hoflazareth für Hofgeisteskranke. Nur
der alte Kurfürst erkannte mich, er stand noch auf dem alten
Platz, aber er schien magerer geworden zu sein. Eben weil er
immer mitten auf dem Markte stand, hatte er alle Misère der
Zeit mit angesehen, und von solchem Anblick wird man nicht
fett. Ich war wie im Traume, und dachte an das Märchen
von den verzauberten Städten, und ich eilte zum Thore hinaus,
damit ich nicht zu früh erwachte. Im Hofgarten vermißte ich
manchen Baum, und mancher war verkrüppelt, und die vier 30
großen Pappeln, die mir sonst wie grüne Riesen erschienen,
waren klein geworden. Einige hübsche Mädchen gingen.

ſpazieren, buntgeputzt, wie wandelnde Tulpen. Und dieſe
Tulpen hatte ich gekannt, als ſie noch kleine Zwiebelchen
waren; denn ach! es waren ja Nachbarskinder, womit ich einſt
„Prinzeſſin im Thurme" geſpielt hatte. Aber die ſchönen
Jungfrauen, die ich ſonſt als blühende Roſen gekannt, ſah ich
jetzt als verwelkte Roſen, und in manche hohe Stirne, deren
Stolz mir einſt das Herz entzückte, hatte Saturn mit ſeiner
Senſe tiefe Runzeln eingeſchnitten. Jetzt erſt, aber ach! viel
zu ſpät, entdeckte ich, was der Blick bedeuten ſollte, den ſie einſt
10 dem ſchon jünglinghaften Knaben zugeworfen; ich hatte unter=
deſſen in der Fremde manche Parallelſtellen in ſchönen Augen
bemerkt. Tief bewegte mich das demüthige Hutabnehmen
eines Mannes, den ich einſt reich und vornehm geſehen, und
der ſeitdem zum Bettler herabgeſunken war; wie man denn
überall ſieht, daß die Menſchen, wenn ſie einmal im Sinken
ſind, wie nach dem Newton'ſchen Geſetze, immer entſetzlich
ſchneller und ſchneller ins Elend herabfallen. Wer mir aber
gar nicht verändert ſchien, das war der kleine Baron, der
luſtig wie ſonſt durch den Hofgarten tänzelte, mit der einen
20 Hand den linken Rockſchoß in der Höhe haltend, mit der andern
Hand ſein dünnes Rohrſtöckchen hin und der ſchwingend; es
war noch immer daſſelbe freundliche Geſichtchen, deſſen Roſen=
röthe ſich nach der Naſe hin koncentriert, es war noch immer
das alte Kegelhütchen, es war noch immer das alte
Zöpfchen, nur daß aus dieſem jetzt einige weiße Härchen,
ſtatt der ehemaligen ſchwarzen Härchen, hervorkamen. Aber
ſo vergnügt er auch ausſah, ſo wußte ich dennoch, daß der
arme Baron unterdeſſen viel Kummer ausgeſtanden hatte,
ſein Geſichtchen wollte es mir verbergen, aber die weißen
30 Härchen ſeines Zöpfchens haben es mir hinter ſeinem Rücken
verrathen. Und das Zöpfchen ſelber hätte es gerne wieder
abgeleugnet und wackelte gar wehmüthig luſtig.

Ich war nicht müde, aber ich bekam doch Luft, mich noch einmal auf die hölzerne Bank zu setzen, in die ich Reminiscences. einft den Namen meines Mädchens eingeschnitten. Ich konnte ihn kaum wiederfinden, es waren so viele neue Namen darüber hingeschnitzelt. Ach! einft war ich auf dieser Bank eingeschlafen und träumte von Glück und Liebe. „Träume sind Schäume." Auch die alten Kinderspiele kamen mir wieder in den Sinn, auch die alten, hübschen Märchen! aber ein neues falsches Spiel, und ein neues häßliches Märchen klang immer hindurch, und es war die Geschichte von zwei armen Seelen, die einander untreu wurden, und es nachher in der Treulosigkeit so weit brachten, daß sie sogar dem lieben Gotte die Treue brachen. Es ist eine böse Geschichte, und wenn man juft nichts Besseres zu thun weiß, kann man darüber weinen. O Gott! einft war die Welt so hübsch, und die Vögel sangen dein ewiges Lob, und die kleine Veronika sah mich an mit stillen Augen, und wir saßen vor der marmornen Statue auf dem Schloßplatz — auf der einen Seite liegt das alte, verwüftete Schloß, worin es spukt und Nachts eine schwarzseidene Dame ohne Kopf mit langer, rauschender Schleppe herumwandelt; auf der andern Seite ist ein hohes weißes Gebäude, in dessen oberen Gemächern die bunten Gemälde mit goldnen Rahmen wunderbar glänzten, und in dessen Untergeschosse so viele tausend mächtige Bücher standen, die ich und die kleine Veronika oft mit Neugier betrachteten, wenn uns die fromme Ursula an die großen Fenster hinanhob — Späterhin, als ich ein großer Knabe geworden, erkletterte ich dort täglich die höchften Leiterſproſſen, und holte die höchften Bücher herab und las darin so lange, bis ich mich vor Nichts mehr, am wenigften vor Damen ohne Kopf, fürchtete, und ich wurde so gescheit, daß ich alle alten Spiele und Märchen und Bilder und die kleine Veronika und sogar ihren Namen vergaß.

Während ich aber, auf der alten Bank des Hofgartens
ſitzend, in die Vergangenheit zurückträumte, hörte ich
hinter mir verworrene Menſchenſtimmen, welche das
Schickſal der armen Franzoſen beklagten, die, im ruſſiſchen
Kriege als Gefangene nach Sibirien geſchleppt, dort mehre
lange Jahre, obgleich ſchon Frieden war, zurückgehalten worden
und jetzt erſt heimkehrten. Als ich aufſah, erblickte ich wirklich
dieſe Waiſenkinder des Ruhmes; durch die Riſſe ihrer zer=
lumpten Uniformen lauſchte das nackte Elend, in ihren ver=
witterten Geſichtern lagen tiefe, klagende Augen, und obgleich
verſtümmelt, ermattet und meiſtens hinkend, blieben ſie doch
noch immer in einer Art militäriſchen Schrittes, und, ſeltſam
genug! ein Tambour mit einer Trommel ſchwankte voran;
und mit innerem Grauen ergriff mich die Erinnerung an die
Sage von den Soldaten, die des Tags in der Schlacht gefallen
und des Nachts wieder vom Schlachtfelde aufſtehen und mit
dem Tambour an der Spitze nach ihrer Vaterſtadt marſchieren,
und wovon das alte Volkslied ſingt:

„Er ſchlug die Trommel auf und nieder,
Sie ſind vorm Nachtquartier ſchon wieder,
Ins Gäſslein hell hinaus,
Tralleri, trallerei, trallera,
Sie ziehn vor Schätzels Haus.

Da ſtehen Morgens die Gebeine
In Reih' und Glied wie Leichenſteine,
Die Trommel geht voran,
Tralleri, trallerei, trallera,
Daß ſie ihn ſehen kann.“

Wahrlich, der arme franzöſiſche Tambour ſchien halb
verweſt aus dem Grabe geſtiegen zu ſein, es war nur ein kleiner

Schatten in einer schmutzig zerfetzten grauen Kapotte, ein verstorben gelbes Gesicht mit einem großen Schnurr= barte, der wehmüthig herabhing über die verblichenen Lippen, die Augen waren wie verbrannter Zünder, worin nur noch wenige Fünkchen glimmen, und dennoch, an einem einzigen dieser Fünkchen erkannte ich Monsieur Le Grand.

Monsieur Le Grand.

Er erkannte auch mich, und zog mich nieder auf den Rasen, und da saßen wir wieder wie sonst, als er mir auf der Trommel die französische Sprache und die neuere Geschichte docirte. Es war noch immer die wohlbe= kannte, alte Trommel, und ich konnte mich nicht genug wundern, wie er sie vor russischer Habsucht geschützt hatte. Er trom= melte jetzt wieder wie sonst, jedoch ohne dabei zu sprechen. Waren aber die Lippen unheimlich zusammengekniffen, so sprachen desto mehr seine Augen, die sieghaft aufleuchteten, indem er die alten Märsche trommelte. Die Pappeln neben uns erzitterten, als er wieder den rothen Guillotinenmarsch erdröhnen ließ. Auch die alten Freiheitskämpfe, die alten Schlachten, die Thaten des Kaisers trommelte er wie sonst, und es schien, als sei die Trommel selber ein lebendiges Wesen, das sich freute, seine innere Lust aussprechen zu können. Ich hörte wieder den Kanonendonner, das Pfeifen der Kugeln, den Lärm der Schlacht, ich sah wieder den Todesmuth der Garde, ich sah wieder die flatternden Fahnen, ich sah wieder den Kaiser zu Roß — aber allmählig schlich sich ein trüber Ton in jene freudigsten Wirbel, aus der Trommel drangen Laute, worin das wildeste Jauchzen und das entsetzlichste Trauern unheimlich gemischt waren, es schien ein Siegesmarsch und zugleich ein Todtenmarsch, die Augen Le Grand's öffneten sich geisterhaft weit, und ich sah darin Nichts als ein weites, weißes Eisfeld, bedeckt mit Leichen — es war die Schlacht bei der Moskwa.

The last drum lec- ture.

10

20

30

Ich hätte nie gedacht, daß die alte, harte Trommel so

K

schmerzliche Laute von sich geben könnte, wie jetzt Monsieur Le Grand daraus hervorzulocken wußte. Es waren getrommelte Thränen, und sie tönten immer leiser, und wie ein trübes Echo brachen tiefe Seufzer aus der Brust Le Grand's. Und Dieser wurde immer matter und gespenstischer, seine dürren Hände zitterten vor Frost, er saß wie im Traume, und bewegte mit seinen Trommelstöcken nur die Luft, und horchte wie auf ferne Stimmen, und endlich schaute er mich an mit einem tiefen, abgrundtiefen, flehenden Blick — ich verstand ihn — und dann sank sein Haupt herab auf die Trommel.

Monsieur Le Grand hat in diesem Leben nie mehr getrom=

Death.

melt. Auch seine Trommel hat nie mehr einen Ton von sich gegeben, sie sollte keinem Feinde der Freiheit zu einem servilen Zapfenstreich dienen, ich hatte den letzten, flehenden Blick Le Grand's sehr gut verstanden, und zog sogleich den Degen aus meinem Stock und zerstach die Trommel.

Kapitel VI.

Du sublime au ridicule il n'y a qu'un pas, Madame!

Aber das Leben ist im Grunde so fatal ernsthaft, daß es nicht zu ertragen wäre ohne solche Verbindung des Pathetischen mit dem Komischen. Das wissen unsere Poeten. Die grauenhaftesten Bilder des menschlichen Wahnsinns zeigt uns Aristophanes nur im lachenden Spiegel des Witzes, den großen Denkerschmerz, der seine eigene Nichtigkeit begreift, wagt Goethe nur mit den Knittelversen eines Puppenspiels auszusprechen, und die tödlichste Klage über den Jammer der Welt legt Shakespeare in den Mund eines Narren, während er dessen Schellenkappe ängstlich schüttelt.

From the sublime to the ridiculous.

Sie haben's Alle dem großen Urpoeten abgesehen, der in seiner tausendaktigen Welttragödie den Humor aufs Höchste zu treiben weiß, wie wir es täglich sehen: — nach dem Abgang der Helden kommen die Clowns und Graziosos mit ihren Narrenkolben und Pritschen, nach den blutigen Revolutionsscenen und Kaiseraktionen kommen wieder herangewatschelt die dicken Bourbonen mit ihren alten abgestandenen Späßchen und zartlegitimen Bonmots, und graziöse hüpft herbei die alte Noblesse mit ihrem verhungerten Lächeln, und hintendrein wallen die frommen Kapuzen mit Lichtern, Kreuzen und Kirchenfahnen; — sogar in das höchste Pathos der Welttragödie pflegen sich komische Züge einzuschleichen, der verzweifelnde Republikaner, der sich wie ein Brutus das Messer ins Herz stieß, hat vielleicht

zuvor daran gerochen, ob auch kein Hering damit geschnitten
worden, und auf dieser großen Weltbühne geht es auch außer=
dem ganz wie auf unsern Lumpenbrettern, auch auf ihr giebt
es besoffene Helden, und Könige, die ihre Rolle vergessen.

Du sublime au ridicule il n'y a qu'un pas, Madame!
Während ich das Ende des vorigen Kapitels schrieb, und
Ihnen erzählte, wie Monsieur Le Grand starb, und wie ich
das testamentum militare, das in seinem letzten Blicke lag,
gewissenhaft exekutierte, da klopfte es an meine Stubenthüre,
und herein trat eine arme, alte Frau, die mich freundlich frug,
ob ich ein Doktor sei.   Und als ich Dies bejahte, bat sie mich
recht freundlich, mit ihr nach Hause zu gehen, um dort ihrem
Manne die Hühneraugen zu schneiden.

Kapitel VII.

Die deutschen Censoren — — — — — —
— — — — — — — . — —
— — — — — — — — —
— — — — — — — — —

— — — — — — — —

— Dummköpfe — — — — — —
— — — — — — — —
— — — — — — — — 10
— — — —

Censorship
of the
Press.

THE EXISTENCE OF GOD.

Schon daß ich Jemanden das Dasein Gottes diskutieren sehe, erregt in mir eine so sonderbare Angst, eine so unheimliche Beklemmung, wie ich sie einst in London zu New-Bedlam empfand, als ich, umgeben von lauter Wahnsinnigen, meinen Führer aus den Augen verlor. „Gott ist Alles, was da ist," und Zweifel an ihm ist Zweifel an dem Leben selbst, es ist der Tod.—*Deutschland*, Book III.

GOETHE'S DEATH.

Les dieux s'en vont. Goethe ist todt. Er starb den 22. März des verflossenen Jahrs, des bedeutungsvollen Jahrs, wo
10 unsere Erde ihre größten Renomméen verloren hat. Es ist, als sei der Tod in diesem Jahre plötzlich aristokratisch geworden, als habe er die Notabilitäten dieser Erde besonders auszeichnen wollen, indem er sie gleichzeitig ins Grab schickte. Vielleicht gar hat er jenseits, im Schattenreich, eine Pairie stiften wollen, und in diesem Falle wäre seine fournée sehr gut gewählt. Oder hat der Tod im Gegentheil im verflossenen Jahr die Demokratie zu begünstigen gesucht, indem er mit den großen Renomméen auch ihre Autoritäten vernichtete, und die geistige Gleichheit beförderte? War es Respekt oder Insolenz, weßhalb
20 der Tod im vorigen Jahre die Könige verschont hat? Aus Zerstreuung hatte er nach dem König von Spanien schon die Sense erhoben, aber er besann sich zur rechten Zeit, und er ließ ihn leben. In dem verflossenen Jahr ist kein einziger König gestorben. Les dieux s'en vont — aber die Könige behalten wir.—*Die Romantische Schule*, Book I.

STERNE.

Hierin gleicht Jean Paul ganz dem großen Irländer, womit man ihn oft verglichen. Auch der Verfasser des „Tristram Shandy" wenn er sich in den rohesten Trivialitäten verloren, weiß uns plötzlich durch erhabene Übergänge an seine fürstliche Würde, an seine Ebenbürtigkeit mit Shakspeare zu erinnern. Wie Lorenz Sterne hat auch Jean Paul in seinen Schriften seine Persönlichkeit preisgegeben, er hat sich ebenfalls in menschlichster Blöße gezeigt, aber doch mit einer gewissen unbeholfenen Scheu. Lorenz Sterne zeigt sich dem Publikum ganz entkleidet, er ist ganz nackt; Jean Paul hingegen hat nur Löcher in der Hose. Mit Unrecht glauben einige Kritiker, Jean Paul habe mehr wahres Gefühl besessen als Sterne, weil Dieser, sobald der Gegenstand den er behandelt, eine tragische Höhe erreicht plötz= lich in den scherzhaftesten, lachendsten Ton überspringt; statt daß Jean Paul, wenn der Spaß nur im mindesten ernsthaft wird, allmählich zu flennen beginnt und ruhig seine Thränen= drüsen austräufen läßt. Nein, Sterne fühlte vielleicht noch tiefer als Jean Paul, denn er ist ein größerer Dichter. Er ist, wie ich schon erwähnt, ebenbürtig mit William Shakspeare, und auch ihn, den Lorenz Sterne, haben die Musen erzogen auf dem Parnaß. Aber nach Frauenart haben sie ihn beson= ders durch ihre Liebkosungen schon frühe verdorben. Er war das Schoßkind der bleichen tragischen Göttin. Einst, in einem Anfall von grausamer Zärtlichkeit, küßte Diese ihm das junge Herz so gewaltig, so liebestark, so inbrünstig saugend, daß das Herz zu bluten begann und plötzlich alle Schmerzen dieser Welt verstand, und von unendlichem Mitleid erfüllt wurde. Armes junges Dichterherz! Aber die jüngere Tochter Mnemosyne's, die rosige Göttin des Scherzes, hüpfte schnell hinzu und nahm

den leidenden Knaben in ihre Arme, und suchte ihn zu erheitern
mit Lachen und Singen, und gab ihm als Spielzeug die komische
Larve und die närrischen Glöckchen, und küßte begütigend seine
Lippen, und küßte ihm darauf all ihren Leichtsinn, all ihre
trotzige Lust, all ihre witzige Neckerei. Und seitdem geriethen
Sterne's Herz und Sterne's Lippen in einen sonderbaren
Widerspruch; wenn sein Herz manchmal ganz tragisch bewegt
ist, und er seine tiefsten blutenden Herzensgefühle aussprechen
will, dann, zu seiner eignen Verwunderung flattern von seinen
10 Lippen die lachend ergötzlichsten Worte. — *Die Romantische
Schule*, Book III.

THE NIBELUNGENLIED.

Es war lange Zeit von nichts Anderem als vom Nibelun=
genlied bei uns die Rede, und die klassischen Philologen wurden
nicht wenig geärgert, wenn man dieses Epos mit der Ilias
verglich oder wenn man gar darüber stritt, welches von beiden
Gedichten das vorzüglichere sei? Und das Publikum sah dabei
aus wie ein Knabe, den man ernsthaft fragt: Hast du lieber
ein Pferd oder einen Pfefferkuchen? Jedenfalls ist aber dieses
Nibelungenlied von großer gewaltiger Kraft. Ein Franzose
20 kann sich schwerlich einen Begriff davon machen. Und gar von
der Sprache, worin es gedichtet ist. Es ist eine Sprache von
Stein, und die Verse sind gleichsam gereimte Quadern. Hie
und da aus den Spalten quellen rothe Blumen hervor, wie
Blutstropfen, oder zieht sich der lange Epheu herunter, wie
grüne Thränen. Von den Riesenleidenschaften, die sich in
diesem Gedichte bewegen, könnt ihr kleinen artigen Leutchen
euch noch viel weniger einen Begriff machen. Denkt euch, es
wäre eine helle Sommernacht, die Sterne, bleich wie Silber,

aber groß wie Sonnen, träten hervor am blauen Himmel, und
alle gothischen Dome von Europa hätten sich ein Rendezvous
gegeben auf einer ungeheuer weiten Ebene, und da kämen nun
ruhig herangeschritten der Straßburger Münster, der Glocken=
thurm von Florenz, die Kathedrale von Rouen u. s. w., und
diese machten der schönen Notre=Dame=de=Paris ganz artig
die Kour. Es ist wahr, daß ihr Gang ein bischen unbeholfen
ist, daß einige darunter sich sehr linkisch benehmen, und daß
man über ihr verliebtes Wackeln manchmal lachen könnte.
Aber dieses Lachen hätte doch ein Ende, sobald man sähe, wie   10
sie in Wuth gerathen, wie sie sich untereinander würgen, wie
Notre=Dame=de=Paris verzweiflungsvoll ihre beiden Steinarme
gen Himmel erhebt, und plötzlich ein Schwert ergreift, und
dem größten aller Dome das Haupt vom Rumpfe herunter=
schlägt. Aber nein, ihr könnt euch auch dann von den Haupt=
personen des Nibelungliebs keinen Begriff machen; kein Thurm
ist so hoch und kein Stein ist so hart wie der grimme Hagen
und die rachgierige Chriemhilde. Wer hat aber dieses Lied
verfaßt? Eben so wenig wie von den Volksliedern weiß man
den Namen des Dichters, der das Nibelungenlied geschrieben.   20
Sonderbar! von den vortrefflichsten Büchern, Gedichten,
Bauwerken und sonstigen Denkmälern der Kunst weiß man
selten den Urheber. Wie hieß der Baumeister, der den Kölner
Dom erdacht? Wer hat dort das Altarbild gemalt, worauf
die schöne Gottesmutter und die heiligen drei Könige so
erquicklich abkonterfeit sind? Wer hat das Buch Hiob
gedichtet, das so viele leidende Menschengeschlechter getröstet
hat? Die Menschen vergessen nur zu leicht die Namen ihrer
Wohlthäter; die Namen des Guten und Edlen, der für das
Heil seiner Mitbürger gesorgt, finden wir selten im Munde der   30
Völker, und ihr dickes Gedächtnis bewahrt nur die Namen
ihrer Dränger und grausamen Kriegshelden. Der Baum der

Menschheit vergißt des stillen Gärtners, der ihn gepflegt in
der Kälte, getränkt in der Dürre und vor schädlichen Thieren
geschützt hat; aber er bewahrt treulich die Namen, die man
ihm in seine Rinde unbarmherzig eingeschnitten mit scharfem
Stahl, und er überliefert sie in immer wachsender Größe den
spätesten Geschlechtern.—*Die Romantische Schule*, Book III.

NAPOLEON.

Von Napoleon ist in diesem Augenblicke keine Rede
mehr; hier denkt Niemand mehr an seine Asche, und Das ist
eben sehr bedenklich.   Denn die Begeisterung, die durch das
10 beständige Gerätsche am Ende in eine sehr bescheidene Wärme
übergegangen war, wird nach fünf Monden, wenn der kaiser-
liche Leichenzug anlangt, mit erneueten Bränden aufflammen.
Werden aldann die emporsprühenden Funken großen Schaden
anstiften?   Es hängt Alles von der Witterung ab.   Vielleicht,
wenn die Winterkälte frühe eintritt und viel Schnee fällt, wird
der Todte sehr kühl begraben.—*Bürgerkönigthum.*

NAPOLEON.

Es ist wahr, es ist tausendmal wahr, daß Napoleon ein
Feind der Freiheit war, ein Despot, gekrönte Selbstsucht, und
daß seine Verherrlichung ein böses, gefährliches Beispeil.   Es
20 ist wahr, ihm fehlten die Bürgertugenden eines Bailey, eines
Lafayette, und er trat die Gesetze mit Füßen und sogar die
Gesetzgeber, wovon noch jetzt einige lebende Zeugnisse im
Hospital des Luxembourg.   Aber es ist nicht dieser liberticide
Napoleon, nicht der Held des 18. Brumaire, nicht der Donner-
gott des Ehrgeizes, dem ihr die glänzendsten Leichenspiele und
Denkmale widmen sollt!   Nein, es ist der Mann, der das

junge Frankreich dem alten Europa gegenüber repräsentierte,
deſſen Verherrlichung in Frage ſteht; in ſeiner Perſon ſiegte
das franzöſiſche Volk, in ſeiner Perſon ward es gedemüthigt,
in ſeiner Perſon ehrt und feiert es ſich ſelber — und Das fühlt
jeder Franzoſe, und deſßhalb vergißt man alle Schattenſeiten
des Verſtorbenen und huldigt ihm quand même, und die
Kammer beging einen großen Fehler durch ihre unzeitige
Knickerei. — Die Rede des Herrn von Lamartine war ein
Meiſterſtück, voll von perfiden Blumen, deren feines ·Gift
manchen ſchwachen Kopf betäubte; doch der Mangel an 10
Ehrlichkeit wird ſpärlich bedeckt von den ſchönen Worten, und
das Miniſterium darf ſich eher freuen als betrüben, daß ſeine
Feinde ihre antinationalen Gefühle ſo ungeſchickt verrathen
haben.—*Bürgerkönigthum.*

NAPOLEON'S FUNERAL.

Die kriegeriſchen Gelüſte, die bei den Franzoſen ſeit den
Zeiten der Gallier ſo ſtürmiſch loderten und brodelten, ſind
nachgerade ziemlich erloſchen, und wie wenig die militäriſche
furor francese jetzt bei ihnen vorherrſchend, zeigte ſich bei der
Leichenfeier des Kaiſers Napoleon Bonaparte. Ich kann
nicht mit den Berichterſtattern übereinſtimmen, die in dem 20
Schauſpiel jenes wunderbaren Begräbniſſes nur Pomp und
Gepränge ſahen. Sie hatten kein Auge für die Gefühle, die
das franzöſiſche Volk bis in ſeine Tiefen erſchütterten. Dieſe
Gefühle waren aber nicht die des ſoldatiſchen Ehrgeizes und
Stolzes, den ſiegreichen Imperator begleitete nicht .jener
Prätorianerjubel, jene lärmige Ruhm=und Raubſucht, deren
man ſich in Deutſchland noch ſehr gut erinnert aus den Tagen
des Empire. Die alten Eroberer haben ſeitdem das Zeitliche
geſegnet, und (es war eine ganz neue Generation, die dem

Leichenbegängniſſe zuſchaute, und wenn nicht mit brennendem
Zorn, doch gewiß mit der Wehmuth der Pietät ſah ſie auf
dieſen goldenen Katafalk, worin gleichſam alle Freuden, Leiden,
glorreiche Irrthümer und gebrochene Hoffnungen ihrer Väter,
die eigentliche Seele ihrer Väter eingeſargt lag! Da gab's
mehr ſtumme Thränen als lautes Geſchrei. Und dann war
die ganze Erſcheinung ſo fabelhaft, ſo märchenartig, daß man
kaum ſeinen Augen traute, daß man zu träumen glaubte.
Denn dieſer Napoleon Bonaparte, denn man begraben ſah,
10 war für das heutige Geſchlecht ſchon längſt dahingeſchwunden
in das Reich der Sage, zu den Schatten Alexander's von
Macedonien und Karl's des Großen, und jetzt, ſiehe! eines
kalten Wintertags erſcheint er mitten unter uns Lebenden, auf
einem goldenen Siegeswagen, der geiſterhaft dahinrollt in den
weiſſen Morgennebeln.—*Bürgerkönigthum.*

LAFAYETTE.

Aber was auch die verblendeten Freunde und die heuch=
leriſchen Feinde ſagen mögen, Lafayette iſt nächſt Robeſpierre
der reinſte Charakter der franzöſiſchen Revolution, und nächſt
Napoleon iſt er ihr populärſter Held. Napoleon und Lafayette
20 ſind die. beiden Namen, die jetzt in Frankreich am ſchönſten
blühen. Freilich, ihr Ruhm iſt verſchiedener Art; Dieſer
kämpfte mehr für den Frieden als für den Sieg, und Jener
kämpfte mehr um den Lorbeer als um den Eichenkranz.
Freilich, es wäre lächerlich, wenn man die Größe beider Helden
meſſen wollte mit demſelben Maßſtabe, und den Einen hinſtellen
wollte auf das Poſtament des Andern. Es wäre lächerlich,
wenn man das Standbild des Lafayette auf die Vendomeſäule
ſetzen wollte, auf jene Säule, die aus den erbeuteten Kanonen

so vieler Schlachten gegoſſen worden, und deren Anblick, wie
Barbier ſingt, keine franzöſiſche Mutter ertragen kann. Auf
dieſe eiſerne Säule ſtellt den Napoleon, den eiſernen Mann, hier
wie im Leben fußend auf ſeinem Kanonenruhm, und ſchauerlich
iſoliert emporragend in den Wolken, ſo daß jedem ehrgeizigen
Soldaten, wenn er ihn dort oben, den Unerreichbaren, erblickt,
das gedemüthigte Herz geheilt wird von der eiteln Ruhm=
ſucht, und ſolchermaßen dieſe koloſſale Metallſäule, als ein
Gewitterableiter des erobernden Heldenthums, den fried=
lichſten Nutzen ſtifte in Europa. Lafayette gründete ſich ein 10
beſſere Säule als die des Vendomeplatzes, und ein beſſeres
Standbild als von Metall oder Marmor. Wo giebt es
Marmor ſo rein wie das Herz, wo giebt es Metall ſo feſt wie
die Treue des alten Lafayette? Freilich, er war immer
einſeitig, aber einſeitig wie die Magnetnadel, die immer nach
Norden zeigt, niemals zur Abwechslung einmal nach Süden
oder Oſten. So ſagt Lafayette ſeit vierzig Jahren täglich
Daſſelbe und zeigt beſtändig nach Nordamerika; er iſt es, der
die Revolution eröffnete mit der Erklärung der Menſchenrechte;
noch zu dieſer Stunde beharrt er auf dieſer Erklärung, ohne 20
welche kein Heil zu erwarten ſei — der einſeitige Mann mit
ſeiner einſeitigen Himmelsgegend der Freiheit! Freilich er iſt
kein Genie, wie Napoleon war, in deſſen Haupte die Adler der
Begeiſterung horſteten, während in ſeinem Herzen die Schlangen
des Kalkuls ſich ringelten; aber er hat ſich doch nie von Adlern
einſchüchtern oder von Schlangen verführen laſſen. Als Jüng=
ling weiſe wie ein Greis, als Greis feurig wie ein Jüngling,
ein Schützer des Volks gegen die Liſt der Großen, ein Schützer
der Großen gegen die Wuth des Volkes, mitleidend und mit=
kämpfend, nie übermüthig und nie verzagend, ebenmäßig ſtreng 30
und milde, ſo blieb Lafayette ſich immer gleich. — *Bürger-*
königthum.

PRUSSIA.

Er ist wahr, noch vor Kurzem haben viele Freunde des Vaterlands die Vergrößerung Preußens gewünscht und in seinen Königen die Oberherren eines vereinigten Deutschlands zu sehen gehofft, und man hat die Vaterlandsliebe zu ködern gewußt, und es gab einen preußischen Liberalismus, und die Freunde der Freiheit blickten schon vertrauungsvoll nach den Linden von Berlin. Was mich betrifft, ich habe mich nie zu solchem Vertrauen verstehen wollen. Ich betrachtete vielmehr mit Besorgnis diesen preußischen Adler, und während Andere
10 rühmten, wie kühn er in die Sonne schaue, war ich desto aufmerksamer auf seine Krallen. Ich traute nicht diesem Preußen, diesem langen frömmelnden Kamaschenheld mit dem weiten Magen und mit dem grossen Maule und mit dem Korporalstock, den er erst in Weihwasser taucht, ehe er damit zuschlägt. Mir missfiel dieses philosophisch christliche Solda-tenthum, dieses Gemengsel von Weißbier, Lüge und Sand. Widerwärtig, tief widerwärtig war mir dieses Preußen, dieses steife, heuchlerische, schein heilige Preußen, dieser Tartüffe unter den Staaten.—*Briefe aus Frankreich.*

HEGEL.

20 Überhaupt war das Gespräch von Hegel immer eine Art von Monolog, stoßweis hervorgeseufzt mit klangloser Stimme; das Barocke der Ausdrücke frappierte mich oft, und von letztern blieben mir viele im Gedächtnis. Eines schönen, hellgestirnten Abends standen wir Beide neben einander am Fenster, und ich, ein zweiundzwanzigjähriger junger Mensch, ich hatte eben gut gegessen und Kaffe getrunken, und ich sprach mit Schwärmerei von den Sternen und nannte sie den Aufenthalt der Seligen.

Der Meister aber brummelte vor sich hin: „Die Sterne, hum!
hum! die Sterne sind nur ein leuchtender Aussatz am Himmel."
Um Gotteswillen, rief ich, es giebt also droben kein glückliches
Lokal, um dort die Tugend nach dem Tode zu belohnen?
Jener aber, indem er mich mit seinem bleichen Augen stier
ansah, sagte schneidend: „Sie wollen also noch ein Trinkgeld
dafür haben, daß Sie Ihre kranke Mutter gepflegt und Ihren
Herrn Bruder nicht vergiftet haben?" Bei diesen Worten
sah er sich ängstlich um, doch er schien gleich wieder beruhigt,
als er bemerkte, daß nur Heinrich Beer herangetreten war, 10
um ihn zu einer Partie Whist einzuladen.—*Die Romantische
Schule.*

PAN IS DEAD.

Zur Zeit des Tiberius fuhr ein Schiff nahe an den Inseln
Pará, welche an der Küste von Ätolien liegen, des Abends
vorüber. Die Leute, die sich darauf befanden, waren noch
nicht schlafen gegangen, und viele saßen nach dem Nachtessen
beim Trinken, als man auf einmal von der Küste her eine
Stimme vernahm, welche den Namen des Thamus (so hieß
nämlich der Steuermann) so laut rief, daß Alle in die größte
Verwunderung geriethen. Beim ersten und zweiten Rufe 20
schwieg Thamus, beim dritten antwortete er; worauf dann
die Stimme mit noch verstärktem Tone diese Worte zu ihm
sagte: „Wenn du auf die Höhe von Palodes anlangst, so
verkündige, daß der große Pan gestorben ist!" Als er nun
diese Höhe erreichte, vollzog Thamus den Auftrag, und rief
vom Hintertheil des Schiffes nach dem Lande hin: „Der große
Pan ist todt!" Auf diesen Ruf erfolgten von dorther die
sonderbarsten Klagetöne, ein Gemisch von Seufzen und Geschrei
der Verwunderung, und wie von Vielen zugleich erhoben. Die
Augenzeugen erzählten dies Ereignis in Rom, wo man die

wunderlichſten Meinungen darüber äußerte. Tiberius ließ
die Sache näher unterſuchen und zweifelte nicht an der
Wahrheit.—*Ludwig Börne*, Book II.

HEINE AND THE BUND.

Ihr kennt den Bundestagsbeſchluß vom December 1835,
wodurch meine ganze Schriftſtellerei mit dem Interdikte belegt
ward. Ich weinte wie ein Kind! Ich hatte mir ſo viele
Mühe gegeben mit der deutſchen Sprache, mit dem Accuſativ
und Dativ, ich wußte die Worte ſo ſchön an einander zu reihen,
wie Perl an Perl, ich fand ſchon Vergnügen an dieſer Beſchäf=
10 tigung, ſie verkürzte mir die langen Winterabende des Exils,
ja, wenn ich deutſch ſchrieb, ſo konnte ich mir einbilden, ich ſei
in der Heimat bei der Mutter.—*Vermiſchte Schriften.* *Ueber
den Denuncianten.*

THE JEWS.

Meine Vorliebe für Hellas hat ſeitdem abgenommen.
Ich ſehe jetzt, die Griechen waren nur ſchöne Jünglinge, die
Juden aber waren immer Männer, gewaltige, unbeugſame
Männer, nicht bloß ehemals, ſondern bis auf den heutigen
Tag, trotz achtzehn Jahrhunderten der Verfolgung und des
Elends. Ich habe ſie ſeitdem beſſer würdigen gelernt, und
20 wenn nicht jeder Geburtsſtolz bei den Kämpen der Revolution
und ihrer demokratiſchen Principien ein närriſcher Widerſpruch
wäre, ſo könnte der Schreiber dieſer Blätter ſtolz darauf ſein,
daß ſeine Ahnen dem edlen Hauſe Iſrael angehörten, daß er
ein Abkömmling jener Märtyrer, die der Welt einen Gott
und eine Moral gegeben, und auf allen Schlachtfeldern des
Gedankens gekämpft und gelitten haben.—*Deutſchland II.*
Geſtändniſſe.

THOUGHTS AND FANCIES.

Bei den Griechen herrſchte Identität des Lebens und der Poeſie. Sie hatten daher keine ſo großen Dichter wie wir, wo das Leben oft den Gegenſat der Poeſie bildet. Shak=ſpeare's große Zehe enthält mehr Poeſie, als alle griechiſchen Poeten, mit Ausnahme des Ariſtophanes. Die Griechen waren große Künſtler, nicht Dichter; ſie hatten mehr Kunſtſinn als Poeſie. In der Plaſtik leiſteten ſie ſo Bedeutendes, eben weil ſie hier nur die Wirklichkeit zu kopieren brauchten, welche Poeſie war und ihnen die beſten Modelle bot.

Die hannövriſchen Junker ſind Eſel, die nur von Pferden ſprechen.

Der Plat Ludwig's XVI. — Eine Leiche, der Kopf dabei, der Arzt macht Verſuche, ob er wieder zuſammen zu heilen, ſchüttelt das Haupt: „Unmöglich!" und geht wieder ſeufzend fort — Höflinge verſuchen das tobte Haupt feſt zu binden, es fällt aber immer herunter. Wenn ein König den Kopf ver=loren, iſt ihm nicht mehr zu helfen.

Der Wahnſinnige will nicht in den Tuilerien ſpazieren gehn; er ſieht die Bäume zwar ſchön grün, aber die Wurzeln in der Erde blutroth.

Je näher die Leute bei Napoleon ſtanden, deſto mehr bewunderten ſie ihn — bei ſonſtigen Helden iſt das Umgekehrte der Fall.

Napoleon war nicht von dem Holz, woraus man die Könige macht—er war von jenem Marmor, woraus man Götter macht.

L

Die Preſſe gleicht jenem fabelhaften Baume: genießt man die Frucht, ſo erkrankt man; genießt man die Blätter, ſo geneſt man von dieſer Krankheit, und umgekehrt. So iſt es mit der Lektüre der legitimiſtiſchen und der republikaniſchen Blätter in Frankreich. — *Vermischte Schriften.* *Gedanken.*

LAFAYETTE.

Die Welt wundert ſich, daſs einmal ein ehrlicher Mann gelebt — die Stelle bleibt vakant. — *Ibid.*

NOTES.

₊ References are made in these Notes to Eve's *School German Grammar*; Fasnacht's *Progressive German Course*, Part II.; Becker's *Handbuch der Deutschen Sprache*.

DIE HARZREISE.

PAGE LINE

2. 3. Verbluten, 'a bleeding to death;' ver = Latin 'per' = Engl. *for*, cp. verſchwören = perjurare = *forswear*; it is also connected with über and vor. The idea conveyed by the particle in composition is 'through,' 'beyond,' 'away,' 'amiss,' with a few cases where it is simply intensitive, or gives a transitive meaning to the verb. See *Eve*, § 159, p. 87, for a very full statement; and for a memorable instance, see *Minna von Barnhelm*, Act I. Sc. xii., where Werner says of the hundred ducats he wishes to offer to his master, verzehren ſoll er ſie, verſpielen, vertrinken, ver — wie er will.

3. wenn nicht die Dichtkunſt wäre, 'if poetry were not.' The subjunctive is conditional. The verb ſein is not auxiliary, but has what Mr. Earle (*Philology of the English Tongue*) aptly calls its presentive, not its usual symbolic or auxiliary, force; cp. 'whatever *is*, is right.'

5. abblüht, 'that fades not away'; cp. abregnen, 'to leave off raining.'

5. Glück, 'unclouded happiness.' Glück is sometimes 'happiness,' sometimes 'fortune,' more rarely 'luck.'

6. Börne. Ludwig Börne (1786-1837), journalist and man of letters, was one of the first to make newspapers a real force in the politics of Germany. Like Heine, he was a Jew, his real name being Löb Baruch, and became

a Christian to avoid persecution and civil disability. Like Heine, too, he was obliged at one time to leave Germany on account of his opinions, and found a home in Paris, where he died.   For a brief account of his relations with Heine, see Int. p. xxxi.   The paper which made his fame was called *Die Wage*, and appeared in 1818.

3.   3. Embraffieren, from French 'embrasser'; the infinitive of the verb used as substantive.

8. erlognen; the most characteristic meaning of er is that of attainment; cp. Ruckert's well-known lines—

> ‚Ob ich's erflieg' ob erreite
> Ob ich's erkriech' ob erschreite
> Ob erstreit' ob erspiel'
> Ist eins am Ziel.'

Here it is hardly more than intensitive.   It seems to have meant originally 'up,' *Eve*, § 156, p. 85 ; below, line 11, it has its rarer sense of reversal—schliessen, ' to shut,' erschliessen, ' to open.'

16. jagen, intransitive ; compare our use of ' drive.'

17. Säle, from der Saal.

4.   1. Göttingen, see Int. p. xx.

1. Die Stadt Göttingen ; note that in German this appositional use of substantives is more extended than in Latin—Urbs Roma, die Stadt Rom ; but in German one says also, ein Glas Bier, and the like.

1. Würste und Universität, παρὰ προσδοκίαν, or unexpected collocation ; the surprise is generally a descent from the sublime to the ridiculous ; cp. Pope's ' Die and endow a college, or a cat.'   Heine would probably have maintained that the sausages *were* sublime, and that it was the university that was ridiculous.

3. Feuerstellen, ' inhabited houses,' the usual expression ; cp. the English ' Hearth-tax.'

5. Rathskeller, apparently not a piece of bathos instead of Rathshaus, ' Town Hall.'   The Rathskeller or vaults under the Rathshaus, belonging to the Corporation, are renowned in several German towns ; cp. Hauff's *Phantasien im Bremer Rathskeller*, which is famous for the old Rhine wines it contains.

4. 6. die Leine, the river on which Göttingen is situated; it falls into the Aller, not far from the confluence of the Aller and the Weser.

8. Luber, Heine's poodle.

9. gefällt Einem, 'pleases one.' Ein supplies the oblique cases of man, and our modernism 'one's' must be translated by sein, 'his,' which was once the English form, and is still the American.

11. schon sehr lange stehen; note the present tense with schon; the French edition has 'Elle doit exister depuis bien longtemps.' The English language stands alone in its use of the perfect in such phrases to express what is still going on. 'I have been doing it this long while,' is in German ‚Ich thue es schon lange,' in Fr. 'il y a longtemps que je le fais,' in Lat. 'jamdudum facio,' in Gk. 'πάλαι ποιῶ.'

12. immatrikuliert, 'matriculated,' i.e. admitted to the university.

12. konsiliiert, konsiliieren, is to give 'consilium abeundi,' or advice to leave the university; a somewhat milder form than relegiren, to 'send down.'

13. altklug; to be altklug is to be wise or knowing beyond one's years.

14. Schnurren, student slang for 'watchmen,' connected with Schnurre, 'a rattle'. Pudeln means 'beadles' in the same classical language; below, Heine uses the usual Pedelle, p. 7, l. 9.

15. Thédansants, 'tea and dancing parties.'

15. Kompendien, 'cram books;' literally 'analyses,' of the various subjects for examination; from das Kompendium, pl. die Kompendien. Note that words which in Latin make their plural in ia, in German make ien, e.g. das Princip makes Principien.

16. Promotionskutschen. Degrees and passes for all the stages leading up to them were conferred by the votes of the assembled professors, to whom it was usual for all candidates to pay a formal visit attired in full dress a few days before the meeting. Students probably never used Kutschen on any other occasion. Translate 'Pass-visiting coaches.'

17. Relegationsräthen; from the Latin 'relegatio,' banish-

ment. Coined by Heine with reference to the 'consilium,' which rusticated ill-behaved students; see above, confiliieren.

4. 17. Profaren und andere Faren. Far is a student word for Kellner = 'scout' or 'gyp.' Profaren is coined by Heine from Profeſſor and Far; translate 'Professors and other menials.'

18. ſei, 'was;' the subjunctive of oblique narration or indirect statement, the tense being that used by the speaker, as usual in German; but after the verb habe . . . zurückgelaſſen, which is precisely similar, Heine drops the indirect statement, and proceeds in the indicative with ſtammten, etc.

20. ein ungebundenes Exemplar, 'a rough copy.' Heine is here jesting at the students' clubs, with their 'Code' of customs, their duels, and their rough manners. Each club wears a distinguishing cap. The custom of giving to them the names of different nations has an historical origin. At Paris, the earliest of the mediaeval universities, all students were enrolled as members of one of the four nations, called respectively the French, the English (after 1437 called the German), the Norman, and the Picardy nation; each nation was subdivided into tribes, and the four nations together formed the Universitas Studiorum. The students' clubs at the universities of Germany at the present day are partly local, partly social. A good account of them will be found in Julian Hawthorne's *Saxon Studies*, or Freytag's *Die Verlorene Handschrift*.

23. heut zu Tage, 'nowadays.' heut or heute was originally hiutagu = an dieſem Tage. The addition of zu Tage is therefore a repetition, which restores heute to its full original meaning. Cp. Fr. 'aujourd'hui,' which is an instance of a similar repetition ('hui' = Latin 'hodie'). For the use of zu to express point of time, cp. zu Weihnachten, zur rechten Zeit, zum erſten Male, zu Mittag eſſen. It commonly expresses 'place where.'

23. hordenweis, 'in hordes.' Note that all adverbs compounded with weiſe are genitive cases, natürlicherweiſe, glücklicherweiſe. Die Horde, English 'horde,' is a word of Hunnish, Tartar, or Turkish origin, signifying 'wandering tribes'; 'ordu' in Turkish means 'a camp.'

24. Pfeifenquäſte, (der Quaſt, 'a tassel'), the tasselled cord

PAGE LINE

which joins the porcelain bowl to the cherry-wood stem of a German pipe.

4. 25. einherziehen über, 'troop along.' The Weenberstraße is the principal street of Göttingen. Rasenmühle, Ritschen= krug, and Bovden are resorts of the students in the vicinity of the town.

25. Wahlßätten, die Wahlstatt and der Wahlplatz both signify 'field of battle.' The first syllable is contained in the Scandinavian words 'Valkyrie' and 'Valhalla,' and in itself signified in Old German 'battle.' There is a Wahlstatt in Silesia, so called from a battle fought there in 1241 against the Huns. It is here used in a mock-heroic sense. Translate 'arenas.'

26. sich . . . herumschlagen and dahinleben are both used some-what contemptuously: the first means 'lead a swash-bucklering life,' the second 'take the world easily.'

29. The Hauptbahn is the victor in a series of duels (see p. 100, l. 22.

29. uralt, 'primæval.' The prefix is of the same origin as the verbal prefix er= (see note, p. 3, l. 8).

cp. erkunden with Urkunde,
    erlauben with Urlaub,
    erheben with Urheber.—*Becker*, § 93.

There is some similarity in their meaning; cp. er= reichen, 'to reach *on* until you get,' with uralt, 'dating far back to when time began.' Urwald is the 'primæ-val forest,' die Urpflanze is a word coined by Goethe to express his conception of the typical plant of which all vegetation is a development.

5.   4. Philister; 'Philistine' in student language denotes the 'town' as opposed to the 'gown' or Burschen (literally 'fellows'). It arose as follows :—At Jena, in 1693, a student was set upon by some townspeople and killed. At his funeral, which was attended by all the students, the text taken for the sermon was 'The Philistines be upon thee, Samson—Philister über dir Simson.' Heine himself often fell into the hands of the Philistines, with their 'dirty faces and clean bills.' By a natural extension the word came to be used for the ignorant and uncultured 'bourgeoisie' in general, and in this sense has been made familiar to English ears by Mr. Matthew Arnold.

5.   5. Nichts weniger als, 'by no means,' not 'nothing less
than' in our use of the words, but 'nothing in so
little degree as.' In the English phrase 'nothing
less than,' 'less' is an adjective qualifying 'nothing;'
in Nichts weniger als, weniger is an adverb signifying 'in
so little degree.'

7. ordentlichen und unordentlichen, 'professors in ordinary
and extraordinary,' or 'proper and improper.'

17. Ausführlicheres, 'further details;' note the collective use
of the neuter adjective without the article. Alles
spricht davon = tout le monde, er sprach folgendes.
Eve, p. 116.

17. läßt sich . . . nachlesen, 'can be read;' cp. das läßt sich
hören, 'that's good news.'—*Fasnacht*, p. 83. Es läßt
sich nicht läugnen, 'it cannot be denied.'

19. obzwar, a concessive sentence; the compounds of ob are
obgleich, obschon, obwohl, and less commonly obzwar, all
meaning 'although;' zwar is zu wahr, 'in truth.'

24. seit Jahr und Tag, 'for a long while;' in legal language =
our 'year, six weeks, and three days.'

26. gehört, 'attended a course of comparative anatomy.'

27. excerpiert, 'made extracts from;' words in =ieren or =iren—
cp. Embrassieren above—are of foreign origin, and do
not take the prefix ge= in the past part.; cp. studiert
below. The proper German word is ausziehen.

29. so, 'which;' so has here its original force as a demonstrative undeclinable pronoun = der; *e.g.* die Person, so
es sagte: die Bücher, so ich will: die Leute so sich vor ihm
fürchteten. Compare our vulgarism, 'not as I know of.'

29. Resultate, from das Resultat.

6.   1. auf Ulrich's Garten, 'in Ulrich's garden,' the fashionable
tea-gardens of Göttingen. Notice auf = in, of open
places, *e.g.* auf dem Markte, auf dem Lande, auf der Uni=
versität.

4. auftreiben, literally 'to rouse,' *e.g.* a wild boar from his
lair, then 'to find,' 'hunt up;' cp. Geld auftreiben.

8. For the asterisks the French translation has Eichhorn.

10. lauter, 'nothing but,' an indeclinable adjective; cp. man
kann den Wald vor lauter Bäumen nicht sehen. Its original
meaning is 'pure,' 'unmixed.'

6. 10. Citaten, 'quotations ;' from das Citat.

18. mal, 'even ;' for einmal.

19. So, 'however unimportant,' so here = although. The second so is the usual introduction to the apodosis of a conditional sentence ; cp. so sehr er schrie, so ließ er ihn doch nicht los.

22. piepsen, also piepen, French 'pépier,' of the cry of young birds, not 'chirp,' which is zwitschern.

23. Notizenstolz (die Notiz, pl. -en), translate 'pedantry,' literally 'note-book pride.'

23. hochgelahrten, obsolete and affected for hochgelehrten ; so the Professoren no doubt styled each other. Heine writes in 1832 in the *Französische Zustände* vi.—,das hochgelahrte Philisterthum der Georgia Augusta.'

23. Georgia Augusta, *i.c.* the University itself ; see Int. p. xx.

25. Chaussée, French for the German Landstraße, which Heine uses just below.

28. die letzte Zeit, 'lately,' 'for the last few weeks,' 'pendant les derniers temps.'

29. Pandektenstall. He speaks of himself amidst his legal studies as of an animal fed on dry hay, and pent up in the stall ; for Pandekten see next note.

7. 1. Justinian, the famous Emperor of the East (527-565), caused a digest of Roman law to be drawn up by a body of lawyers, at the head of whom was Tribonian. This body issued first the *Codex Justinianeus*, or collection of Imperial Edicts ; then the *Pandects* (comprehensive), or *Digest*, a collection of all the juristic writings ; further, the *Institutes*, a text-book for learners ; and then the *Novellæ*, or later edicts. These four works constitute the *Corpis Juris*, or Body of Law (Rechtskörper). In the fourth century Hermogenian published a new code called the *Codex Hermogenianus*. With these learned doctors, after much study of them, Heine cannot help associating Dummerjahn, 'jackass,' for which the French edition has 'Bootien.'

4. mit verschlungenen Händen, 'with closed clasps,' perhaps Heine means.

6. Zöglingen, 'charges,' *i.e.* the donkeys ; literally 'pupils.'

7. 6. Hinter Weende, 'beyond the village of Weende,' from which the Weenderthor and Weenderstrasse are named.

7. der Schäfer und Doris; an allusion to a work by Gessner, a Swiss writer, 1730-1787. The work was called *Die Idyllen*, and was a series of prose pictures of country life. It was a favourite children's book in the last century, and is said to be still popular in France.

9. wohlbestallte, 'duly appointed.' Heine intentionally uses a formal phrase.

11. Decennien, plural of das Decennium, 'a period of ten years ;' see note on Kompendien, p. 4, l. 15.

11. vor Göttingen; cp. die Flotte lag vor Calais, 'off Calais.'

12. Privatdocenten, teachers appointed by the University, but with no salary ; 'Professors in spe,' or University 'Readers.'

14. meiner, genitive of ich, governed by erwähnen. The Shepherd's half-yearly work was no doubt a report of fines and offences committed during the Semester.

16. citiert, 'convened' before the university authorities, with a play on the other meaning of 'quoted ;' the jest can be preserved by translating 'cited.'

23. Semester, 'half year ;' the terms of a German university are so called. There are only two in each year.

28. Hinter Nordheim. So far Heine has proceeded in a northerly direction, following the course of the Leine. From Nordheim his route can be easily followed on a good map, though the interest of the Harzreise is least of all things geographical. It took him in a north-easterly direction to Osterode and Klausthal, where he was fairly in the Harz. Nordheim is about half way between Göttingen and Klausthal, and is distant some twenty miles from either. From Klausthal Heine proceeded to Goslar, and from Goslar to the Brocken. The book closes abruptly with a description of his departure from the Brocken by way of the Ilsethal and the Ilsenstein.

32. Behältnis, a translation of 'conservatory ;' translate here 'aviary.' Heine generally writes only cne s for words in niss.

8. 17. Fakultät. The faculty of the law denotes all graduates

in law. There were, as a rule, four faculties at a
university—Arts, Law, Medicine, Divinity.

8. **18.** bejahrt, 'advanced in years;' one of the many adjectives which have the form of past participles, though
they have no corresponding verb, or one which is now
obsolete ; *e.g.* bekannt, gediegen, verdroſſen, verſtohlen—
cp. our 'talented.'

19. Titanin, feminine of Titan. The Titanides in Greek
mythology were the six sons and six daughters of
Uranus and Ge (heaven and earth) ; their names are
variously given, but Oceanus, Cronus, Rhea, Themis,
and Mnemosyne are the chief. Themis was goddess
of law and custom, and is represented on Athenian
coins with cornucopia and balance ; the sword is a
much later emblem.

21. Pergamentroũe. Parchment is simply a corruption of
Pergamenta, Gk. περγαμήνη, from Pergamos (from
which place there was in Roman times a great trade
in it). The German language is much more accurate
in its spelling of derived words than either French
or English, as the proper names in these languages
amply show.

23. windig, 'pompously.'

24. Ruſtikus; 'Rusticus' is a nickname for Bauer, a Göttingen professor.

25. Geſetzentwurf, 'projet de loi.' ent has here its original
meaning of 'up,' as in enttauchen: so entwerfen is 'to
throw up' as we say, 'to throw off a plan.' Translate 'Scheme for a Code of Laws.'

26. Cavaliere serviente, what in Spanish (and in Elizabethan
English) was called privado, 'favourite,' 'gallant.'

27. Cujacius is Professor Hugo, of whom Heine speaks again.
The students nicknamed him der alte Cujas, from his
favourite authority, the French jurist Cujas or Cujacius.
(1522-1590). The point of the jest about the trees
is that Hugo had a most learned controversy with
Professor Thibaut of Heidelberg on the Roman Law
'de arboribus cœdendis ne luminibus officiatur,' on the
right way of cutting trees which obstructed window
lights. Heine, when in for his doctor's degree, was
much afraid of Hugo, who, however, when the examination was well over, received him at the conferring

        of degrees with a speech so flattering in its allusion to Heine's fame as an author, that the poet says he shall think Hugo a great man ever after.

8. 27. riſs, 'cracked ;' from reiſsen.

9. 2. ergrübeln ; grübeln is 'to cudgel the brains.'

    2. Syſtemchen ; note the force of the diminutive here.

    3. Miſsgebürtchen ; 'bantling' will render the terminative chen, but to give the full force we must say 'abortive bantling,' and for Köpfchen we can only say 'brain.'

    6. kund is one of those adjectives such as ſchuld and anſichtig, and in English 'aware, rid, poorly,' which are only used as predicates, never as epithets. Cp. the form hoch, which is only predicative.

    7. los definierten, 'defined away ;' cp. jetzt geht's los.

    8. diſtinguierten, an old word much used by the schoolmen in their formal disputations. Cp. Molière, *Le Malade Imaginaire*, Acte ii. Sc. ii.—
      '*Angélique.* Mais la grande marque d'amour, c'est d'être soumis aux volontés de celle qu'on aime.
      '*Thomas Diafoirus. Distinguo,* mademoiselle. Dans ce qui ne regarde point sa possession *concedo ;* dans ce qui la regarde, *nego.*'

    8. Titelchen, 'tittle,' in both languages means technically a printer's sign, a short line drawn over the end of a word to mark an abbreviation.

    10. verſchollen, 'antiquated ;' from verſchallen, 'to die away,' 'go out of fashion.' As a legal term it is used of a man who has so long not been heard of that he is presumed to be dead.

    11. Allongeperücken, 'bag-wigs.'

    19. Prometheus ; an allusion to the opening of the *Prometheus* of Æschylus, in which the hero is fast bound by Might and Violence to the bare rock, where the vulture gnaws his heart. Prometheus was the son of Iapetus, one of the Titans, and therefore Heine is literally correct in making Themis lament for him. He personifies the Forethought which benefits mankind by its inventions, and is condemned as impious. As such, the goddess who blesses mankind with Law and Order, the friends of progress, fitly takes his

PAGE LINE

part. Heine's nature would be in fullest sympathy
with the legend, as the English poet Shelley was (see
his 'Prometheus Unbound'). Goethe also felt the
power of the legend, and wrote a fragment of a play
upon it; see Lewes's *Life of Goethe*, pp. 177-179, where
there is some excellent criticism of Æschylus, Shelley,
and Goethe. ·

9. 26. Münchhausen, the founder of Göttingen University, in
the year 1733, under George II. of England, from
whom it took its title of Georgia Augusta, see
Int. p. xx.

27. Rahmen, the frame of his picture.

10. 3. hochgebenedeiten, a word taken from the phraseology of
Catholic worship, where it is applied to the Virgin,
'highly blessed;' cp. *Buch der Lieder* ,Die Wallfahrt
nach Kevlaar,'

> ,Du Hochgebenedeite
> Du reine Gottesmagd.'

Cp. with this passage the pathetic account of Heine's
last visit to the Louvre, given by his friend Alfred
Meissner (I quote from Stigand's *Life of Heine*, vol.
ii. p. 349) : 'It was in May, in the year 1848, about
two years after his fearful sickness had attacked him,
that Heine took his last promenade in the Boule-
vards. Masses of the populace rolled along the
streets of Paris, driven about by their tribunes as by
storms. The poet, half-blind, half-lame, dragged
himself on his stick, and endeavoured to extricate
himself from the deafening uproar, and fled into the
Louvre close by. He stepped into the rooms of the
palace, in that troubled time nearly empty, and found
himself on the ground-floor, in the room in which the
ancient gods and goddesses stand. Suddenly he stood
before the ideal of Beauty, the smiling entrancing
goddess, the miracle of an unknown master, the
Venus of Melos, who in the course of centuries has lost
her arms but not her witchery. Overcome, agitated,
stricken through, almost terrified at her aspect, the
sick man staggered back till he sank on a seat, and
tears, hot and bitter, streamed down his cheeks. The
beautiful lips of the goddess, which appear to breathe,
smiled with her wonted smile at her unhappy victim.
This one moment comprises a whole world of sorrow.'

10. **3.** griechifche Ruhe, 'the repose of Grecian art,' 'Hellenic calm;' see note on the Classic and Romantic School of Literature, p. 81, l. 19.

7. es läuteten, this use of es, like our 'there' in 'there was a man,' is very extensive in German, and is used whenever, for the sake of emphasis, the verb is required to stand before the nominative, and there is no other word in the sentence which can stand first. The simple verb in German cannot stand first, as in Tennyson's 'Rose a nurse of ninety years.'

10. Befreiungskrieg, the usual German name for the war against Napoleon in 1813, the culminating point of which was the battle of Leipsic, the ‚Völkerfchlacht.'

15. Kaffe, now spelt Kaffee.

16. fitzen hat, for the infinitive cp. fitzen bleiben, fpazieren gehen. It is rare with the verb haben; see *Fasnacht*, p. 79, and *Don Carlos*, Act ii. Sc. viii.—

> ‚Sie — der im ganzen ftrengen Rath der Weiber
> Beftochne Richter fitzen hat. . . .'

21. worunter; note that with this word an ellipse of the verb commonly takes place.

24. Ofterober Burg; note that Ofterober is not declined; so Ziegenhainer Beinchen, p. 13, l. 18.

26. Krebsfchäden, from der Krebsfchaden, 'cancer.'

31. erhaltenen, 'still standing;' er in the sense of the Latin 'per' intensitive. Cp. p. 3, l. 8, note.

11. **3.** auf der linken Seite,... der liberalen; the 'left,' in the sense of the liberal or advanced section of an assembly or community, dates from the French Revolution and the sittings of the Assembly in the theatre at Versailles.

7. vererbten auf, 'transmitted to.'

11. folgendes, almost always, as here, used without the article: so also Letztere, for which see p. 14, l. 16.

19. Droffel, 'throstle,' 'thrush;' cp. drei, 'three,' and Diftel, 'thistle.'

25. gedenke, governs the genitive.

27. verfunkner, ver in the sense of 'away'; cp. Verbluten and note, p. 2, l. 3.

PAGE LINE

11. 28. Turnierplaß, 'tilting-ground.'

29. gekämpft . . . überwunden, in relative clauses the auxiliary verbs haben and sein are often omitted ; cp. Sieh, Herr, den Ring den du getragen, Schiller, *Polycrates*, and below, p. 12, l. 11. In the last line of this stanza the verb is rather irregularly put into the imperfect.

12. 8. des Todes Hand. When a genitive case precedes a noun which it qualifies, the article is never used with this noun. This use of the genitive is very frequent in German, especially in poetry and after relative pronouns ; and in translating from English into German the student must be on his guard against writing such a sentence as Ein Zimmer, dessen die Wände hoch sind, instead of dessen Wände ; cp. Der Zug des Herzens ist des Schicksals Stimme (Schiller, *Wallenstein*).

9. Sensenritter, more commonly Sensenmann, Death, or Time the Scythe-Bearer, as type of death ; see Albert Dürer's well-known engraving of the Knight, Death and Satan, which suggested *Sintram* to de la Motte Fouqué.

14. der junge Herzog ; this is Duke Karl, son of the duke who fell at Quatre Bras in 1815. He only took the reins of government in 1823. The Harzreise, it will be remembered, was taken in September 1824.

18. traditionell, one of the many foreign words with which the German language abounded in Heine's time, even more than at present. The true German word is herkömmlich. So Heine writes komfortabel, when he might have used bequem, p. 10, l. 16.

19. Herzog Ernst, the hero of a well-known 'Volksbuch,' of which an English edition has been published in the Cambridge Pitt Press Series.

20. Schneidergesell, 'journeyman tailor.'

22. Ossian's ; the poems of Ossian, whether a discovery or a forgery of Macpherson's, enjoyed even greater popularity and esteem abroad than in England towards the end of the eighteenth century.

23. volksthümlich, 'characteristic ;' lit. 'national.'

23. barocke = alberne, 'quaint,' 'baroque,' ' barrocco ;' a word of uncertain origin, used by jewellers to denote a pearl of imperfect shape.

12. 27. Keiner, strong termination because used substantivally ;
so ein, and the possessive pronouns ; cp.—

> ‚Wer weiß, ob er in diesem Augenblick
> Nicht mein Geständniß Deines nur erwartet.'
>
> Piccolomini.

13. 3. vor sich; vor in the sense of 'in the presence of,' with
accusative ; cp. das geht vor sich, 'that is going on,'
Eve, p. 158.

3. leibvoll, etc., the opening lines of Clärchen's song in *Egmont*, Act iii., published in 1776. The lines should
run thus :—

> ‚Freudvoll und leidvoll,
> Gedankenvoll sein,
> Langen und bangen
> In schwebender Pein,
> Himmel hoch jauchzend,
> Zum Tode betrübt,
> Glücklich allein
> Ist die Seele, die liebt.'

6. ‚Lottchen bei dem Grabe ihres Werther's,' etc., from *Werther's Leiden*, Goethe's well-known early novel, published in 1774.

11. in, 'into,' 'his mood passed into the mischievous.'

15. im Thran, 'in the vein,' 'in the mood.' im Thran sein
is properly a whaler's term used of the whale when full
of blubber ; our 'train oil' is from the same root ; it
is also used with a play on 'full' in the sense of
'tipsy.'

18. Ziegenhainer, translate 'drumstick.' Ziegenhainer is properly 'a Ziegenhain cane,' like our 'Malacca cane.'
Ziegenhain is a village near Jena, and canes of cherry-
wood are its staple commodity. Note that the word
is not inflected. Cp. *Eve*, § 319.

25. bramarbasierte, 'bragged.' Bramarbas is a character in
old plays, a kind of Miles Gloriosus. For ‚Jetzt will
ich den Weg zwischen die Beine nehmen,' the French
edition has 'Maintenant je vais avaler du chemin.'

27. gegangen, here transitive, 'had walked himself blisters
upon his feet.'

31. Schindluderchen, 'cur,' literally 'flayer's whelp.'

32. marode 'knocked up' from 'maraud.' It is one of

PAGE LINE

the words that came into the language during the Thirty Years' War : Marodiſer = our 'malingerer.' 'Marauder,' which is derived from the same word, has passed into the sense of 'plunderer.'

14. 6. ſo biȝarr . . . ſie auch, 'however quaint,' a concessive sentence ; cp. p. 6, l. 19.

6. biȝarr, a French word, said to be of Basque origin, meaning 'quaint,' 'capricious,' 'absurd.'

9. Kolorit, 'tone,' 'tint ;' from das Kolorit.

16. Leȝtere, as usual, without article. See below, line 26.

19. Einheiȝen, 'to light fires with.'

22. Reiſig, 'brushwood.'

24. Stunde, a distance of about two and a half English miles.

25. Kropfleute, Kropf, literally 'wen,' is the German for *goître*.

29. Zeiſig, 'siskin.'

31. verſah ; ſich verſehen governs the genitive, and means 'to expect,' 'to be aware of,' 'to notice.'

32. Reiſig is in apposition to Bündel ; cp. note, p. 4, l. 1.

15. 3. Unſereins, used like the French 'nous autres ;' elsewhere Heine uses Unſereiner. Unſereins is neuter, as in Alles ſpricht davon, 'everybody speaks of it,' and Jemand Anders.

11. wehmüthig heitere, an oxymoron or contradiction in terms ; cp. 'chewing the cud of sweet and bitter fancy,' 'a damned saint, an honourable villain,' 'le bon vieux temps, quand j'étais si misérable.'

13. Kloſterſchule ; see p. 112, where Heine's school experiences of Latin and its accompanying floggings are fully given. .

13. den ganȝen lieben Vormittag ; this is the original of our '*live*long ;' we say the 'livelong day ;' German, der lange liebe Tag. For the use of lieb as a mere intensitive, cp. die liebe Zeit vergeht, er hat das liebe Brod nicht, and the use of φίλος in Homer.

18. an meinem Ranȝen, 'by ;' cp. Am Neſte kann man ſehen was für ein Vogel darin wohnt, and das ſieht man ihm an, 'one can tell that by his looks.' an = ſehen is the

M

counterpart of aus=sehen; cp. er sieht sehr elend aus with man sieht ihm keine Noth an.

15. 20. hielt ich Mittag. Mittag machen and Mittag halten mean 'to dine;' cp. eine gute Mahlzeit halten, die Mittagsruhe halten, 'to take an after-dinner nap:' we use 'keep' in the same sense in 'keep holiday,' so hielten Bet=stunde, p. 33, l. 15.

21. Petersilien, 'parsley;' die Petersilie, from Gk. πετροσέλινον, 'stone-parsley.'

22. einen Kalbsbraten, 'a joint of roast veal.'

23. Art comes under the same rule as words of weight, number, and measure. Stück, Dutzend, Menge, with a simple noun following them, are not declined, as, mit drei Paar Schuhen; or else the substantive is not declined, as, mit einer Menge Kinder, Gönn' ihnen doch das Fleckchen Land; but when the noun following has an attribute, and therefore is of greater preponderance, this following noun stands in apposition to the noun expressing number or weight, etc., or else is in the genitive case, the latter usage being apparently now the more usual, e.g. Ein Dutzend gute Stahlfedern kosten zwei Groschen, or Ein Dutzend guter Stahlfedern kostet zwei Groschen.

25. um . . . willen. These so-called prepositions governing the genitive are really a preposition and noun, between which or after which is placed a genitive depending on the noun; such are anstatt or statt, inmitten (a few, such as mittelst, unweit, have probably followed the analogy of the others), Eve, p. 77, § 143.

27. Middelburg, once the great seaport of the Netherlands, on the island of Walcheren, near Flushing. Chaucer's Marchaunt "wolde the see were kept for eny thinge Betwixe Middelburgh and Orewelle."

27. Bievliet, or Biervliet, is a little town on the estuary of the Schelde, on the opposite side to Flushing. It is noticeable that in this mock - pedantic note Heine takes the trouble to select a date when Charles V., as a matter of fact, was in the Netherlands. The famous abdication took place at the end of 1555 at Brussels, and Charles V. left for Yuste in Spain in the middle of 1556.

31. verleidet, 'spoilt,' a familiar word.

PAGE LINE

15. 32. bisturſierend; only in this semi-adverbial way can the
present participle be used in German, except as an
attributive adjective. *Eve*, p. 191 ; *Fasnacht*, p. 84.

32. ſchwadronierte, 'blustered ;' Schwadron is a squadron of
horse ; cp. our 'swear like a trooper.'

16. 2. Handlungs-befliſſener, past participle of befleiſſen, not generally used in this way, but of serious studies, as ein
Rechts-wiſſenſchaft-befliſſener, 'a student of law.'

5. Kleider machen Leute, 'the tailor makes the man ;' a
theme which forms the subject of Carlyle's *Sartor
Resartus*.

6. auswendig, 'by heart.'

8. gäbe, imperfect subjunctive, because in oblique oration.
The present would be correct, and on the whole
more usual ; but some writers after a past tense always use the imperfect. The imperfect cannot be
used after a present. There is also a distinct tendency to use the form which marks the subjunctive
most plainly.

10. erſchienen, supply iſt.

10. drei Thaler Strafe; Thaler is a word of measure here; see
note, p. 15, l. 23, above.

22. Ich hatte . . . immer das Zuſehen, 'I always played the
part of the looker-on.'

29. Prägſtocke, 'the die.'

32. flicken, 'to patch up.'

17. 2. Notice the infinitive with helfen, without zu; to this
class of words belong the verbs of mood and finden,
fühlen, lehren, lernen, ſehen, hören, machen, heißen, laſſen,
ſtehen; *Fasnacht*, p. 79 ; *Eve*, § 162. With lehren, if
a long interval interposes, zu is, however, added.

6. läutert, 'refines ;' note that here, as so often in German,
the present is used for the future, *Eve*, § 148, p. 181.

6. umbildet, 'transforms ;' cp. umſteigen, 'to change car-
riages ;' ein Umweg, 'a detour ;' umſpannen, 'to change
horses.' The um is separable by the rule by which
a verb with a doubtful prefix is separable, if used in
a literal sense : so überſetzen, separable, is 'to take
across' (a river) ; überſetzen, inseparable, is 'to trans-

late.' In the first case the accent falls on the prefix, in the latter on the root of the verb.

17. 6. Sein, 'being.' Sein in its presentive sense; cp. Dasein, p. 134, l. 1.

8. Ur=Urenkelchen; see note, p. 4, l. 29.

8. zurechtmatscht, 'stirs to his liking.'

18. abgekappter Kegel, 'a truncated cone.'

18. bloß ohne Hinterleber, 'only without the apron.'

20. Bergmann, 'miner;' Steiger, or, in full, Grubensteiger, means 'overseer of mines,' or 'master miner.'

22. Kaminfegeloch, 'chimney-sweeping hole.' Such holes are usual in the breastwork of the chimney above the roof in German houses; the sweep mounts to the leads, opens the hole, and sweeps upwards and downwards.

23. habe, subjunctive in oblique oration.

24. Nichts weniger als; see note, p. 5, l. 5.

28. Delinquententracht, 'convict's dress;' der Delinquent, a foreign word for which the German equivalent is Verbrecher. Delinquent is the legal term.

18. 1. Sprossen, 'the rungs of the ladder;' mehrere refers to Leitern understood, 'there are several ladders of fifteen to twenty rungs, each of which,' etc.

13. hinuntergestürzt . . . gebrochen, auxiliary verb omitted.

16. geklopften, 'the ore dug out from the mine;' klopfen is 'to use the pick.'

17. hervorgesinterte, 'which has oozed out into the mine.'

18. Stollen, 'galleries;' our own miner's word is 'stulm.'

23. Lafayette; Marquis Lafayette (born 1757), who in 1777 equipped a frigate at his own expense, and joined as a volunteer in the American War of Independence on the side of the Colonists. He subsequently played a considerable part in the French Revolution and after the Restoration, and died in 1834 full of years and honours. Heine refers to a voyage of his to America in the spring of 1824 (the year of the Harzreise), when he was received with a series of

ovations. He was nicknamed Scipio Americanus.
The republican tricolor was devised by him. See
Shorter Extracts, p. 140.

19. 3. red̄t traulid̄ angeneḥm, 'quite snug and comfortable.'

5. Trompeterſtüd̄d̄en, 'trumpet obligatoes,' 'leur fanfare de
trompettes.'

6. überſd̄auert, 'steeped in ;' Fr. 'baigné par.'

8. einige Duḥend Reitern ; see note, p. 4, l. 1.

14. gewaḥrte, gewaḥren, and gewaḥr werden, 'to perceive,'
'become aware of ;' gewäḥren, 'to certify,' 'accord,'
'afford.'

15. Bergleute, plural of Bergmann.

16. Glüd̄auf, 'God-speed,' 'Bonne montée.'

19. quálend, an adverb, as is tiefſinnig in next line.

22. Bergſd̄ad̄ten, 'shafts.'

26. Cicerone, 'guide ;' Italian, 'cicerone.' 'How little the
Italians can have lived in the spirit of their ancient
worthies . . . we may argue from the fact that they
should have been content so far to degrade the name of
one among their noblest, that every glib and loquacious
hireling who shows strangers about their picture-
galleries, palaces, and ruins is called "cicerone," or
a "Cicero."'—Trench, *On the Study of Words*.

26. freuḥeḥrlid̄, a compound apparently of Heine's own ; cp.
grundgeleḥrte, ḥod̄gebenedeit, ſteinalt, blutarm, allertapferſte ;
and in a comic passage, allerḥöd̄ſtäuſſert. Cp. also
Hans Breitmann, to a friend studying German—

> 'Will'st dou learn de Deutsche Sprach'?

> . . . . . .

> Find out vot means Gemüthlichkeit,
>   Und do it mitout fail
> In Sang, und Klang, dein Lebenlang
> A brick—ganz kreuzfidel.'

28. Herḥog von Cambridge, Adolphus, youngest son of George
III., made Viceroy of Hanover in 1831 by William
IV. of England. From 1815 he had been military
governor of the country, and made himself very
popular.

20. 3. Bergknappe, 'miner lad ;' Knappe is a derivative of Knabe, 'lad.'

12. ergötlicher, 'more entertaining;' also spelt ergetlich, from sich ergeten, 'to rejoice in,' a rather antiquated word.

15. Adressenflostel, 'adulatory flourish ;' flostel, from Latin 'flosculus,' 'florid language.'

21. 1. hersagen, 'to repeat a set form of words ;' her literally means 'hither,' then it has the notion of 'onwards' and 'downwards,' as in herkommen, 'to originate,' 'be descended,' and then the more idiomatic use here illustrated ; cp. herlispeln and hergehen. *Eve*, § 171, p. 94.

8. so . . . auch . . ., see note, p. 6, l. 19.

10. steinalte ; see note, p. 19, l. 26.

16. Anschauungs=leben, 'intuitive feeling ;' the Fr. has 'ce n'est que des profondeurs d'une pareille coexist-ence avec le monde extérieur.' Without going into metaphysics, it may be sufficient to say that the con-ceptions which the senses (especially the eyes) convey to the mind immediately are 'intuitions;' the concep-tions formed by the mental processes known as 're-flection,' 'abstraction,' etc., are generally called 'ideas.' We have an intuition of 'a red ball,' we have an idea of 'redness.'

18. darin besteht, das ; darin is one of those words of frequent occurrence in German which are not translated in English, but which lead up to the following sentence. The simplest form of them is es, used where the verb governs the accusative, *e.g.* ich kann es nicht begreifen, wie er das gemacht hat. If the verb requires any other case or a preposition, the corresponding adverbial form is used, as here, darin; *Eve*, p. 214.

20. sinnigem, harmlosem Volke; no article, as Volk is a collective word.

21. umfriedeten, 'close fenced ;' umfrieben means to fence in a deer park or similar enclosure.

21. Heimlichkeit, 'privacy,' 'retirement ;' its connection with Heim, 'home,' makes it more appropriate here than any English word which translates it.

23. konsequenten, 'consistent.'

PAGE LINE

21. 27. Schneider=herberge, 'tailor's hostel;' Herberge = 'auberge' = 'harbour;' literally 'army quarters,' from Heer and bergen.

28. Straw, Coal, and Bean wished to cross the brook. Straw laid himself across and Bean came safely over; but Coal burned Straw and drowned himself. Bean laughed so heartily that he split, and that is the reason why beans are split to this day.

29. Schippe, 'dustpan.'

30. schmeißen sich, 'fall to fisticuffs.'

22. 5. dem Einzelnen . . . beschäftigen, 'are occupied more exclusively with details;' we analyse our perceptions into parts, instead of taking them as a whole grasped intuitively.

12. dem Hans; for the article with proper names see *Eve*, p. 257. Hans = 'Jack' is the commonest of German names; dem Isaak, of course, represents the Jew Old Clo' Man.

15. wechseln . . . mit; this intransitive use of wechseln with mit is rare. We can also say simply Kleider wechseln.

16. keines; see note, p. 12, l. 27.

30. erwachsener, 'grown up,' and verwachsen, 'misshapen,' illustrate well the force of the particles; see notes on p. 2, l. 3, and p. 3, l. 8.

23. 6. im Monat Juli blätterte, 'turned over the pages for the month of July.'

8. Adalbert von Chamisso, 1781-1838, author of the well-known romance *Peter Schlemihl,* the man who sold his shadow, and of much else in poetry and prose. The story of Peter Schlemihl is used forcibly by Heine as an illustration in the *Norderney*, p. 99, l. 1.

14. ich hob auf meine Füße, 'I arose and went.' In Luther's Translation of the Bible the 29th chapter of Genesis begins Da hob Jakob seine Füße auf. In modern German the order would be ich hob die Füße auf; but in several other passages Heine adopts an antiquated Biblical style.

32. es wackelten, 'wobbled;' for es see note, p. 10, l. 7.

24. 1. zuſchlagen is 'to strike out under provocation;' cp. ſchlag zu, 'come on, if you dare.'

2. erſt; erſt expresses the English 'not until,' and is very similar to the Latin use of demum and tum demum. 'Not until I thereupon fell to, and their blood began to flow, did I observe.'

10. ‚Es werde Licht!' subj. = imperative, 'Let there be light!'

14. gährende, 'seething,' literally 'fermenting;' gähren is from the same root as the English 'yeast.'

14. jagten; see note, p. 3, l. 16.

17. buntſcheckiger, 'party-coloured.' The fox in the fable calls the cat ‚du armſeliger buntſcheckiger Narr.'

18. Meerungethüme, 'sea monsters;' from das Ungethüm; for this use of un, to express anything monstrous or disgusting, cp. Unthier, Unmenſch, Unzeit, *Becker*, § 99, p. 156.

21. Wie ... werden. Exclamatory sentences beginning with wie are sometimes, as here, regarded as dependent (by an ellipse of some such phrase as Es iſt merkwürdig), sometimes as independent, as Wie ängſtlich wird es mir zu Muthe; the latter is more usual.

25. 3. Goslar, chief town of the Harz district, on the Gose, a tributary of the Oker, as Heine surmises; from 1050 A.D. to the middle of the thirteenth century a residence of the emperors. Twenty-three diets were held there.

8. allwo, through the centre of which runs a tiny stream; allwo, intensitive for wo; cp. alſo and ſo. There is no verb, as below, ringsum, l. 16, and worunter, p. 10, l. 21, where see note.

10. holprig, 'uneven,' 'rough,' 'rugged.'

10. Berliner Herameter; Heine never misses a fling at the pedantic literature of Berlin.

13. Zwinger, a common name for a prison-fortress, 'donjon keep;' cp. *Wilhelm Tell*, Act II. Zwing-Uri ſoll ſie heißen.

15. Schützenhof, 'rifle meeting.'

25. weißangeſtrichene, 'whitewashed.'

25. 26. Gildenhaus, or Gildehaus (*i.e.* Guildhall), now called der Kaiferworth, and turned into an hotel.

26. 11. feligen Doms; felig, literally 'blessed,' is the equivalent of the French 'feu,' as in 'feu la reine,' and our 'late.'

13. Lukas Cranach, 1472-1553, friend of Luther and of the reformers of Saxony. Munich has many of his paintings, amongst others the famous portrait of Luther.

14. fein foll, 'is said to be ;' cp. er foll fehr reich fein, 'il doit être très riche.' *Eve*, p. 198, § 187. .

16. Lade, 'chest.'

16. Karyatiben, female figures used as pillars in architecture. The people of Caria, a small Peloponnesian town, joined the Persians. After Salamis the men were put to the sword, and the women carried into captivity, where, to make a lasting memorial of their shame, the architects of the time used them as models for a new style of pillar, called Caryatides, from them.

25. gehört . . . in; gehören with the dative is simply 'to belong to,' of persons ; of things one says usually gehören zu; but in, auf, unter, vor and an are also found followed by the accusative case.

27. 12. überfluffigen, cp. *King Lear*, ii. 2, 19, 'a super-serviceable rogue.'

13. glücklicher Weife, adverbial genitive ; see note, p. 4, l. 23.

15. quis, etc., 'Who are you ?' 'What is your business ?' 'Where do you come from ?' 'By what means ?' 'For what purpose ?' 'How ?' 'When ?'

17. abgetragener, 'worn out ;' abtragen is said of trees that are past bearing fruit, and of a coat worn threadbare.

19. Batavia, in the East Indies.

21. Quedlinburg, a Prussian town east of Goslar, not far from Blankenburg.

23. aufgeklärte, 'enlightened.'

25. „Haben Sie es schriftlich?' 'Have you got it in black and white ?'

28. ich will . . . nichts Böfes gefagt haben, 'I maintain I have not,' 'I did not mean to ;' cp. er will Sie kennen gelernt

haben, 'he says he knows you,' *Eve*, p. 202, § 193. There is another instance in the *Norderney*, p. 83, l. 16.

28. 7. Feßen, 'rags;' der Feßen, pl. die Feßen; the verb zerfeßen occurs a little farther on.

10. Logis, pronounced as in French = Zimmer.

11. Rammelsberg, a mountain some 3000 feet high, due south of Goslar, about a mile distant.

24. Petri=Schlüssel, Latin names in formal and ecclesiastical expressions are commonly declined as in Latin; cp. Nach Christi Geburt, die Petri=Kirche.

26. erdacht, 'devised,' 'thought until he found it out;' for this force of er cp. p. 3, l. 8, and p. 4, l. 29.

27. Spießbürger, 'cit;' literally 'citizen armed with a spear,' *i.e.* member of a train-band, often = Philister.

28. lauen; lau is the same word as our 'luke' in 'lukewarm.'

29. 1. Unsterblichkeitsgedanken, accusative singular; der Gedanke is of the mixed declension.

5. hätten; the imperfect subjunctive is often used in the third person plural in oblique narration instead of the perfect, because the perfect does not differ from the indicative, while the pluperfect does; *Eve*, p. 217, § 225, and note, p. 16, l. 8.

12. sinnig verschamt, 'delicately bashful;' the Fr. translation has 'avec la raison de la pudeur.'

12. erst; see note, p. 24, l. 2.

17. so ist es ein Gebet, das die Engel nachbeten; cp. Allan Cunningham's beautiful lines—

' O what'll she do in heaven, my lassie ?
    O what'll she do in heaven ?
  She'll mix her ain thoughts wi' angels' sangs,
    An' make them mair meet for heaven.'

24. smaragdenen, 'emerald;' Gk. σμάραγδος; our word has the same derivation through the old French form 'esmeralde.'

31. eine blanke Klinge; in students' duels the strokes are all aimed at the face; see Int. p. xxi.

30. 3. Östreichische Beobachter, presumably a reactionary and orthodox newspaper; Beobachter = 'Observer.'

PAGE LINE

30. 16. abftraften Beinen, ... transcendentalgrauen Leibrod, 'abstract' and 'transcendental' are both used in their mathematical sense. Euclid's definition of a point and of a straight line gives the true notion of what 'abstract' means. Transcendental calculations are such as require the use of logarithms, and cannot be solved algebraically. Below he says that Dr. Ascher was 'an incarnate straight line.'

19. Kupfertafel, 'figure-plate.'

19. tief in den Fünfzigen, 'well past fifty years old.'

25. fpecielle = befondere.

26. Letteres; see note, p. 10, l. 21.

27. Unhaltbarfeit, 'inconsistency;' Inconfequenz is more commonly used.

28. überhaupt, 'in fact.' Ueberhaupt is often a difficult word to translate; like the French 'en somme,' it means 'in general,' but with a more extended use than our phrase; cp. Du hätteft es überhaupt nicht thun follen, befonders nicht jetzt. Wenn fie überhaupt den Muth dazu haben.

28. eine ganze Menge Bücher; see note, p. 4, l. 1.

29. renommiert, 'brags.'

30. wobei ... meinte, 'in which the poor doctor was no doubt serious enough.'

31. 2. eben weil es ein Kind ift; this is well illustrated by Heine's remarks above on fairy stories, pp. 21 and 22.

6. Barnhagen von Enfe; see Int. p. xxii.

22. unheimlich, 'uncanny.'

24. fchwerfällige, gähnende, 'dull,' 'drowsy.'

28. vorletzten, 'last but one;' cp. vorgeftern.

30. teifend, familiar 'scoldingly.'

31. Frau Gevatterin, 'gossip.'

32. 2. fchlottern, 'stumble;' fchlotterig is knock-kneed.

2. fchlappen, 'flop.' For the inf. after hören see note, p. 17, l. 2.

13. mundfaulen, 'drawling.'

32. 24. Phänomena are our perceptions, which are given by intuition, Anschauung, see p. 21, l. 16.

24. Noumena (pronounced in four syllables) are the abstract ideas formed by the mind.

24. konstruierte, 'then constructed an hypothetical theory of ghosts; piled syllogism upon syllogism, and concluded with a formal proof that there are absolutely no ghosts.'

30. spukende, 'phantom;' cp. es spukt hier, 'there is a ghost in the room.'

32. in der Zerstreuung, 'in a moment of abstraction.'

33. 2. possierlich, 'comically startled fright.'

5. den andern Morgen, 'next morning;' so zum andern, 'in the next place,' 'secondly.'

6. auf Gerathewohl, 'at random;' it should be aufs (for auf das) Gerathewohl. The word is formed from wohl, and the imperative of gerathen, 'to light on,' or 'hit on;' cp. Vergißmeinnicht, ein Lebehoch, das Habedank, das Kehraus, das Reißaus.

15. hielten Betstunde, 'kept their matins;' see p. 15, l. 20, hielt ich Mittag.

16. Golddecke, 'cloth of gold.'

25. Umwege; see note, p. 17, l. 6.

29. Harzburg, a little town half way between Goslar and the Brocken.

30. wampiges, 'podgy.'

30. dummklug, 'would be cunning;' oxymoron, see note, p. 15, l. 11.

31. erfunden, 'as if he had discovered the cattle plague,' and benefited mankind thereby.

34. 3. Wilddieb, 'poacher;' Wild = game.

4. eben geworfen, 'just farrowed.'

7. seine Wenigkeit, 'his own humble self.'

9. mit nüchternem Speichel. This refers to a vulgar superstition which attributes medicinal properties to saliva (Speichel) secreted before a man has broken his fast.

PAGE LINE

34. 10. Zweckmäßigkeit und Nützlichkeit, 'on the appropriateness and use of all things in nature.'

12. Ich gab ihm recht, 'I agreed with him.'

18. Gleichgestimmten, 'a kindred soul.'

21. entzaubert, 'disenchanted;' for ent see *Eve*, p. 84, § 155.

26. und sei er noch so groß, 'however sublime.'

27. werde; subj. in or. obl.

35. 22. die alte Weis', 'the old measure.'

24. gedampftem, 'hushed.'

36. 14. des Nachts; Nacht is of course feminine, but adverbially it takes a masculine form on the analogy of des Morgens, des Abends; for the genitive see *Eve*, p. 143, § 98, and note, p. 4, l. 23.

37. 13. Zucken, Eng. 'twitching;' cp. Brücke, 'bridge.' It denotes any irregular jerking motion; cp. er zuckte die Achseln, here = 'that grimace upon your lips;' cp. Goethe's *Faust*, Part I., l. 3063, and the following scene, which Heine certainly had in his mind here.

15. beschwichtigt; the nom. is frommer Strahl, which has no article because it follows the genitive deiner Augen, on which it depends; see note, p. 12, l. 8.

38. 13. Jetzo, old form of Jetzt; cp. dero and Ihro; from je and zuo = zu; cp. hinzu. In Luther's Bible another form, Itzund, is found, and in older books, itzo. Itzund is used by Heine in the *Buch der Lieder*.

15. Schwillt, from schwellen.

19. Zwingherrnburgen, 'castles of the oppressor;' see note to Zwinger, p. 25, l. 13.

39. 3. verleidet, pt. participle, as is also angegrinst in l. 4.

40. 5. Wichtelmännchen; Wichtel and Weichsel both mean 'elfin,' probably a diminutive of Wicht = 'wight;' Wichtlein = 'hop o' my thumb.'

19. Knappen; see note, p. 20, l. 3.

41. 8. Knappentroß; Troß is literally 'baggage;' it means 'throng of retainers.'

11. huld'gen seiner, etc.; huldigen governs the dative case.

43. 9. Du, du wurdest; the imperfect is curious in this and the next line. It is as though he had dreamed the story and were relating it.

44. 5. einer verlornen Waldkirche, 'a hidden chapel in the wood.'

8. Nach, 'according to;' cp. meiner Meinung nach. Ich kenne ihn nur dem Namen nach.

8. Stände; see note, p. 29, l. 5.

16. blanken, 'sleek.'

18. tafelten; bei Tafel is a more ceremonious form than bei Tisch.

22. With this beautiful little poem compare Béranger's Roi d'Yvetot. Both are gems, like and yet unlike,— like in their naïve simplicity, unlike in the romantic sentimentality of the one and the lively badinage of the other.

29. gespreizt, 'straddling;' for the past pt. cp. dort kommt ein Mann in voller Hast geritten (*Wilhelm Tell*). *Eve*, p. 192, § 174.

45. 4. Kammermusici, Latin form, plural of Musicus. The members of the private Kapelle (Orchestra) of a prince are so styled.

12. in der Rund', 'all round about.'

15. wollt', imp. subj.

24. Respekt = Achtung.

26. sauer werden lassen, 'they have roughed it,' 'they have passed through hard times;' cp. eine sauere Arbeit, ein sauerer Tag, and for lassen, das lass' ich mir gefallen, 'I can put up with it;' *Eve*, p. 201, § 192.

46. 4. gleichsam, 'as it. were.'

6. erst; see note, p. 24, l. 2.

20. Genovefa; when the saint and her little son Schmerzenreich were starving in the wilderness they were suckled by a doe.

28. Fasern, die Faser, 'fibre.'

47. 1. Da läfst sich gut sitzen; see note, p. 5, l. 17. With the passage which follows cp. the lines in *Faust*, Part I., ll. 3531 ff. in the 'Walpurgisnacht'—

„Hör' ich Rauschen? hör' ich Lieder?
Hör' ich holde Liebesklage

Stimmen jener Himmelstage?
Was wir hoffen, was wir lieben!
Und das Echo, wie die Sage
Alter Zeiten, hallet wieder.'

47. 7. sinnigen, 'serious,' 'sober ;' perhaps the healing virtues of herbs suggested the epithet : 'The sunbeams make merry, but the herbs have a serious business in life.'

9. heimlicher und heimlicher; see p. 21, l. 21 ; heimlich is the opposite of 'uncanny,' and one can get no nearer to its meaning. · We may perhaps render, ''Tis as if all things were enchanted ; the feeling grows deeper and deeper ; an old, old dream comes true. . . .'

9. uralter; see note, p. 4, l. 29.

19. Walpurgisnacht, i.e. the 'night of May 1st.' Walpurgis was a saint who died in 779 as abbess of Heidenheim in Bavaria. May 1st happened to be her festival, and also the great day of the old heathen spring festival, so that St. Walpurgis has become the patroness of witchcraft.

21. einhergeritten; see note, p. 44, l. 29.

22. Amme, 'nurse.' ·

23. Meister Retzsch, 1779-1857, a painter and engraver best known by the work here referred to, the twenty-six outline engravings illustrating Goethe's *Faust;* he also illustrated Schiller's *Lied von der Glocke*, and began a series of drawings from Shakspeare.

26. belletristische, 'belles - lettered,' 'literary ;' from 'belles lettres.'

28. Ziegenböckchen, 'pet billygoats,' 'gallants.'

31. Endurtheil, 'final criticism.'

31. ‚Ratcliff' and ‚Almansor,' two early tragedies of Heine's ; see Int. p. xxi.

48. 1. absprachen, 'denied ;' cp. abbitten 'to apologise for,' abbanken 'to dismiss,' *Eve*, p. 90, § 162.

6. Blocksberggeschichten; Blocksberg is the old name for the Brocken. With Heine's description should be compared the Walpurgisnacht Interlude in Goethe's *Faust.* Goethe himself wrote a poem, *Die Harzreise in Winter*, after a first visit to the Blocksberg in 1777. He was there again in 1783, and a third time in 1784 ; the

'Walpurgisnacht' was written in 1800. See Lewes's *Life of Goethe*, Bk. IV., p. 243, and the excellent notes in Messrs. Turner and Morshead's edition of *Faust*.

48. 9. Jemanb, *i.e.* Mephistopheles ; see *Faust*, Pt. I., ll. 3483, 3871. Goethe adapted what Heine rightly calls the national drama of *Faust* from the older legends to his own purposes. See Turner and Morshead's *Faust*, Appendix I., ' The Legend of Faust,' and the Clarendon Press edition of Marlowe's *Dr. Faustus*.

10. auch, 'even.'

15. Parterre, ' ground-floor ' = Erbgeſchoſs.

27. verſetzt, 'transplanted ;' see note, p. 2, l. 3. Cp. ber Glaube verſetzt Berge.

32. voller.   In two words, voller and halber, we have instances of the Old High German and Middle High German inflected adjective as predicate ; the words, however, do not change for the feminine and neuter gender, or the plural ; cp. Die Nacht iſt halber hin.   In Mitternacht we have probably the same termination (*Becker*, 395, § 230), and in lauter = nothing but, of which an instance occurs below, p. 49, l. 9 ; see note, p. 6, l. 10.

49. 4. ich kranker Menſch ; 'an invalid as I was ;' cp. ich armer Kerl.

7. Brechpulver, ' emetic ;' from ſich brechen, 'to vomit.'

14. ba wirb in bie Wangen gekniffen, 'cheeks are pinched ;' cp. ich habe mich in ben Finger geſchnitten.

15. gejohlt, from johlen, more commonly jobeln, ' to make the mountaineer's cry or call.'

16. Proſit, often written Proſt, a Latin phrase = the German wohl bekomm' es, used most commonly in Proſt Neujahr, ' a happy New Year.'

19. rekreiert = wiebererholt, ' refreshed.'

23. Atlashut, ' satin hat.'

26. Formen, ' outlines.'

50. 5. erwähnte, ' already mentioned,' ' aforesaid.'

12. noch unentworrenen, ' not yet disentangled ;' ent as in ent= laben, ' to unload,' *Eve*, p. 84, § 156.

17. Grundlichkeit, ' thoroughness.'

PAGE LINE

50 25. Genauigkeit, 'accuracy.'

28. Tolerantes, 'easy going.'

31. die wir; note the repeated personal pronoun with the first and second person; the pronoun must be repeated, otherwise the verb is put in the third person, *Eve*, p. 176, § 138; cp. Unser Vater, der du bist im Himmel, with Was kann ich thun, der selber hülflos ist (*Schiller*).

51. 1. philiströse, 'Philistine;' -os and -öse are foreign terminations.

1. Claudius, 1740-1815, a friend of Klopstock, Voss, and the Stolbergs, poets of the Göttingen school. Some of his songs are still popular, and show a mixture of humorous geniality and simplicity.

4. Anstrich, 'an air of,' 'dash of;' anstreichen is 'to paint.'

6. aus purer Ironie; cp. the following passage from Heine's *Reisebilder*, Part II., chap. iii., where Heine, being at Munich, 'the modern Athens,' explains to the waitress Nannerl, who took Irony to be a new kind of beer, what its real nature is:—'In old days, my dear child, when any one did a stupid thing, what remedy was there? What was done could not be undone, and people said the fellow was an ass. That was unpleasant. In Berlin, where folks are more clever, and do more stupid things than the rest of the world, this unpleasantness was felt more deeply. The Ministry tried strong measures. Only the grosser follies might henceforward appear in print; lesser follies were allowed in conversation only, and this permission was extended only to professors and high officers of State; inferior folks might only commit themselves in private. But all these precautions were unavailing. The forbidden acts and sayings occurred all the more frequently on extraordinary occasions; they were even secretly protected from above, they advanced openly from below. Embarrassment was at its height, when at length a retroactive remedy was discovered, by which every kind of folly can be undone, and even transmuted into wisdom. The remedy is quite simple, and consists in explaining that the stupid act or word in question was merely ironical. Thus, my dear, the world progresses;

stupidity turns to irony, clumsy flattery to satire, inbred coarseness is artistic raillery, downright raving is humour, ignorance is sparkling wit, and you one day will be the Aspasia of the Modern Athens.'

51. 10. echtdeutsch, 'genuine German.' echt = ehelich, from ehe, the original meaning of which is Gesetz, 'ordinance,' hence 'lawful,' 'legal,' 'genuine.'

12. verflechten, 'engage;' literally 'entwine.'

19. gesellige, 'sociable.'

21. wißbegierigen. We also find wissensbegierigen.

24. Docentenmiene, 'in genuine pedantic style,' for Docenten see note, p. 7, l. 12.

27. sich ... orientierten; sich orientieren is 'to find one's bearings;' translate 'surveyed the features of.'

27. hold, like heimlich, p. 47, l. 9, and Gemüthlichkeit, is an untranslatable word; it expresses whatever excites the emotions of affection, reverence, and rapture; perhaps 'divine,' as in Tennyson's 'a daughter of the gods, divinely tall, And most divinely fair,' is our nearest equivalent; but a few quotations will best illustrate its force :—

,Du bist wie eine Blume
So hold und schön und rein.
Ich schau' dich an, und Wehmuth
Schleicht mir ins Herz hinein.

,Mir ist, als ob ich die Hände
Aufs Haupt dir legen sollt,
Betend, daß Gott dich erhalte
So rein und schön und hold.'—*Heine.*

,Du holdes Himmels-Angesicht.'—*Faust.*

,Da werden Winternächte hold und schön
Ein selig Leben wärmet alle Glieder.'—*Faust.*

28. Partieen, 'places;' Schierke and Elend are places in the neighbourhood marked on Heine's map. Schierke is mentioned again, p. 63, l. 5. It lies east of the Brocken, in the valley of the Bode. 'Schierke, the highest village in the Harz, is a collection of rude, weather-beaten, wooden houses, surrounded by rocks of the most fantastic shapes. Elend is two or three miles distant, and much lower.'—*Bayard Taylor.*

51. 32. cp. 'The clerkly person smiled and said,
"Patience was a pretty maid,
But being poor, she died unwed." '—*Middlemarch.*

52. 3. ḫālt eß ſĉwer, eß ḫālt ſĉwer, 'it is hard ;' cp. woran ḫālt eß daß, 'what is the matter, that . . . ?'

5. ſind ſiḑen geblieben, a ball-room phrase like our 'wall-flowers ;' for ſiḑen bleiben, cp. note, p. 10, l. 16.

7. errathen, 'divine ;' er as in erreiĉen; see note, p. 3, l. 8.

10. Ṣibellenaugen, literally 'dragon-fly eyes,' *i.e.* 'goggle eyes,' used for the sake of the pun on Ṣibellen, 'libels.'

12. āngſtliĉ, 'pitifully.'

19. Mopß, 'poodle.'

22. ſĉwärmeriſĉen, 'morbidly sentimental melancholy.'

25. Ḳober palimpſeſtuß, literally 'a manuscript rubbed down again.' Parchment was dear in mediæval times, and the monks often took a classical manuscript and scraped down the writing with pumice-stone to a fresh surface, on which they wrote their own copies of the fathers. By a chemical process the obliterated text has in many instances been recovered.

28. hervorlauſĉen, 'peer forth.'

31. Raphael'ſĉen Bildern ; there are no pictures by Raphael in St. Peter's, though there is a copy, in mosaic, of the Transfiguration. - Perhaps Heine means the Vatican, which adjoins the church. He had not at this time been in Italy.

32. Theater Fenice, 'Phœnix theatre' at Venice.

53. 4. Meiſtergeſangß ; the Meiſterſänger or Meiſterſinger of Nuremberg, a guild of citizen minstrels who held yearly a public contest. The most famous was Hans Sachs, 1494-1576.

6. welĉem Stegreifunſinn ; 'with Italian improvisatore nonsense ;' for welĉ see note, p. 70, l. 13, below. Stegreif, literally 'stirrup ;' cp. auß dem Stegreif ſpreĉen, 'to speak impromptu,' 'to improvise.'

7. Sanḳt Sebalduß ; the largest church at Nuremberg is the Sebaldskirche.

53. 13. ſammt deren; genitive plural of the relative der.

19. Schiffe, 'in the nave;' nave is Latin 'navis,' Fr. 'nef.'
The German language, as usual, translates the Latin
word. The shape suggested the term.

20. erhöbe, etc., 'was now elevating the host.'

21. Paleſtrina's ewiger Choral, 1514-1594; the greatest of
Italian masters. He lies buried in St. Peter's, and
on his tomb is written 'musicæ princeps.' The
choral is probably the 'Crucifixus etiam pro nobis'
in the famous 'Missa Papæ Marcelli,' 1565.

24. im Allgemeinen, 'taken as a whole;' the commonplace
recalls him to his work-a-day humour.

30. paſſiert = geſchehen; see note p. 5, l. 27.

54. 28. Sibirien, *i.e.* Göttingen.

55. 6. wurde fleißig zugeſprochen, 'done full justice to,' 'attacked.'
Impersonal passive.

8. woran ich den Schweizer erkannte; for this use of an cp.
the proverb Am Neſte kann man ſehen, was für ein Vogel
darin wohnt. See note p. 15, l. 18.

13. ,es war ein dicker Mann;' cp. *Julius Cæsar*, Act i. Sc. ii.
l. 193 :—

'Let me have men about me that are fat ;
Sleek-headed men, and such as sleep o' nights :
Yond Cassius has a lean and hungry look ;
He thinks too much : such men are dangerous.'

Don Quixote was Heine's earliest favourite ; Int.,
p. xiii.

14. ein Greifswalder; Greifswald is the chief town of the
Prussian district of Stralsund in Pomerania ; it is also
a university town.

15. pikiert = gereizt, 'piqued.'

18. Stange, 'a horn of Weißbier;' Weißbier is a Berlin speci-
ality, and is a sweet beer brewed with a considerable
proportion of wheat malt.

23. verſah, 'fulfilled.'

23. Haarbüſchel, 'tuft of hair.'

55. 28. Gauen from der Gau, plural Gaue and Gauen, 'province or district ;' it is in the accusative case here.

56. 2. Hermann's, Arminius, the destroyer of Varus and his legions in the Teutoburger Wald (in the neighbourhood of Cassel), A.D. 9.

5. Knüppelwege, 'trunk road ;' made by laying down tree stems.

5. onomatopöisch, suiting the sound to the sense ; cp. Pope's—

'A needless Alexandrine ends the song,
And, like a wounded snake, drags its slow length along.'

And Virgil's famous—

'Quadrupedante pedum sonitu quatit ungula campum.'

9. Kunstkniff, 'device,' 'artifice,' 'I hope he will succeed in this artifice, so as to produce, as happily as other Berlin poets, a complete illusion.'

14. smolliert, student slang, 'friendships struck off ;' said to be from 'sibi mollire amicum.'

16. unseres Arndt's. Ernst Moritz Arndt, 1769-1860, professor and poet, the most famous of the poets of the Befreiungskrieg (Körner, Rückert) ; and, like Körner, he fought for the cause he sang. This is one of his Kriegs= und Wehrlieder, written in 1813. Heine calls him unser, as an old student of Bonn where Arndt was professor ; see Int., p. xx.

18. mitsänge, imperfect, schüttle, present ; see note, p. 113, l. 10, and *Eve*, § 271, p. 236.

19. schwankende, 'tipsy fellows.'

22. fistulierte, 'piped.'

23. ,Schuld,' a tragedy of that name by Müllner, about 1813.

23. sprach Latein ; Wein spricht Latein is an old proverb ; cp. Chaucer's Prologue, l. 635, of the *Sompnour :*—

'And whan that he wel dronken had the wyn
Than wolde he speke no word but Latyn.'

25. docierte, 'lectured.'

27. arglos, 'at random.' The world is a vast musical box.

27. Walze, 'cylinder.'

28. Stiftchen, 'minute pins.'

57. 9. lodernder, 'glowing.' Heine is thinking apparently of the French song, 'C'est l'amour, l'amour, l'amour, qui fait le monde à la ronde,' and he pictures to himself the angels as busied in stoking the fires of the various stars or Weltfugeln.

58. 7. unter mir in line above accounts for the inversion here, which is always dropped after und, unless es is inserted before the verb ; see below, l. 20, und es lichten sich ihre düstern Gestalten; p. 59, l. 23, occurs the poetical or antiquated order, der mich sah in meiner Schönheit; cp. p. 68, l. 11, Ich hielt ihm zu die Ohren.

17. deines Antlitzes Ruhe! see note p. 12, l. 8.

19. Bei deinem Anblick, 'at sight of thee.'

23. des Morgens, adverbial genitive.

25. Erzeugte, 'offspring.'

25. Halle, *i.e.* the University.

59. 12. polterte, 'blustered;' cp. Polterabend, the feast on the night before a wedding, so called from the uproarious mirth which was customary in old days.

12. wirthschaftete, 'behaved.'

14. Die beiden, not die zwei, which is very rare.

18. verblute; see note, p. 2, l. 3.

19. buhlst, 'thou wooest me.'

23. der mich sah, 'unusual order;' see above, l. 7, note.

29. safrangelben, 'saffron yellow.'

60. 5. für den Fall daß, 'in case I should by chance ;' for etwa cp. *Don Carlos*, Act i. Sc. v.—

'Wer sind Sie denn in diesem Reich? Laß hören.
Regentin etwa? Nimmermehr.'

9. Malheur = Unglück.

12. Klavierauszug, 'pianoforte selection.'

14. die Falcidia. The *Lex Falcidia*, contained in the *Pandects* (see note, p. 7, l. 1), related to the law of inheritance ; this explains the point in erb=rechtlicher Text, which we may translate 'next-of-kin libretto.' Gans is the friend mentioned on p. xxiii. last line, one of whose works is 'Das Erbrecht in weltgeschichtlicher Entwickelung.'

60. 15. Spontini, an Italian composer of comic opera, 1778-1851 ; he was for some time in Berlin, which is sufficient to account for Heine's gibbeting him here : his best-known opera is 'The Vestal.'

16. Servilius = 'cringer;' Asinius, as if from *asinus;* Göschenus, Göschen, a real name of one of Heine's aversions at Göttingen, professor of jurisprudence, died 1837.

19. Elverfus; Elvers, also a professor.

20. Bravourarie, 'bravura air.'

21. *Civis Romanus sum* was the talisman which served as universal passport in the times of Roman supremacy.

21. ziegelroth geschminkte, 'rouged tile-red.'

21. Referendarien, 'Referendaries.'

23. Trikot, 'tights.'

24. zwölf Tafeln, 'the Twelve Tables ;' the earliest code of Roman law drawn up by the Decemviri B.C. 450 ; as we might say, 'Domesday Book,' or the 'Laws of Alfred.'

27. Tamtam, 'gongs.'

27. cum omni causa, a legal phrase, a kind of παραπροσδοκίαν for 'and the entire troupe of performers.'

61. 2. carmoisin or carmesin, 'cramoisi,' 'carmine,' or 'crimson ;' an Arabic word.

9. zeichnete ich, 'sketched' = dichtete; not often so used. As it means especially to draw from nature, it is appropriate here.

62. 5. Bulbul=Lieder. Bulbul is Persian for the nightingale ; cp. Moore's Melodies, where it recurs frequently. Oriental literature was just beginning to be known and imitated ; cp. Platen's *Ghazels* and Goethe's *West-Ostliche Divan.*

6. Kamele. Kamel, according to the great authority, the *Burschikoses Wörterbuch,* is student slang for 'a duffer, outsider, or smug.'

7. Congreve'schen, 'Congreve rockets,' so called from their inventor, were a novel invention in 1824.

10. freilich; a good instance of the force of freilich, 'not but that it contained nonsense enough to be the Koran.'

62. 16. Philiſtertroſs; see note, p. 5, l. 4.

16. gebräuchlichen, 'upon the customary occasions takes it into its head to grow poetical.'

20. Acciſeeinnehmer, 'excise-men.'

20. verſchimmelten Hochgefühlen, 'mouldy sentimentalities.'

21. Komptoirjünglinge, 'counting-house clerks.'

22. Revolutionsbilettanten, 'dabblers in revolution,' 'milk-and-water revolutionists,' 'rose-water democrats.'

23. Turngemeinplätzen, 'common places of the clubs;' the clubs are the Turnvereine, 'Gymnastic Societies,' which often had a political purpose, and were in vogue with the dilettante revolutionists, as Heine calls them. Friſch fromm froh frei is the motto of the Turner.

24. verunglückten Entzuckungsphraſen = 'abortive efforts at enthusiasm.'

24. Herr Johannes Hagel = Mr. Henry Tomkins. Heine gives his friend, who is usually known as ''Arry,' his full title. Johann Hagel or Jan Hagel is used for any vulgar unpopular person.

28. Benebelt means 'misty' and 'fuddled.'
  'Went up wet without, came down wet within.'

32. Ein naives Hannchen; Hannchen, diminutive of Johanna.

63. 3. Clauren, nom de plume of Karl Henn, 1771-1854, a writer of bad romance, once popular, and for a long time editor of the Preussiche Staatszeitung. He is best known now through Hauff's ridicule of him in Der Mann im Monde.

4. beſagter=maßen, 'as aforesaid,' auf beſagte Weiſe; cp. um wieder auf beſagten Hammel zu kommen (p. 117, l. 27).

6. voller; see note, p. 48, l. 32.

9. Sinnbild, 'emblem.'

12. bäumenden, 'prancing;' properly ſich bäumen.

64. 8. Theophraſt's, philosopher, pupil of Aristotle, best known by his Characters, the model on which La Bruyère's famous work was written.

15. Nichts weniger als, 'by no means;' see note, p. 5, l. 5.

PAGE LINE

64. 23. Wiederschein, 'image presented by her remark.'

25. ein paar, 'a few ;' ein Paar, 'a couple.'

26. Konvenienzstimmung, ' conventional frame of mind.'

32. ausfielen, 'proved,' 'turned out to be.'

65. 4. wobei, 'among whom were ;' cp. worunter, p. 10, l. 21.

7. hinab zogen nach Ilsenburg; hinab zogen should strictly come at the end, but the two last words are added after the sentence is really complete.

9. Das ging über Hals und Kopf, 'down we plunged head over heels.'

18. abschüssigen Tiefen, 'steep precipices.'

66. 15. Nadelholz, ' conifers.'

31. ein verdrießlicher Oheim, etc. ; Heine is thinking perhaps of his uncle Solomon ; see Int., p. xi.

67. 5. von klingenden Strahlen und strahlenden Klängen.
' A flowery rain of echoing flashes, and flashing echoes.'

12. benetzen, 'bathe.'

22. Kaiser Heinrich, the famous emperor Henry I., 919-936, the first of the Saxon emperors, founder of Quedlinburg and Goslar.

27. Herze, a convenient poetical form, and in fact the original form, a weakening of the O. H. G. â, a which in M. H. G. became e. Herz was originally weak, but added a strong genitive Herzens by analogy with words ending in en in nominative.

68. 11. Ich hielt ihm die Ohren zu would be the prose order ; see note, p. 58, l. 7.

13. Erscheinungswelt, outer world of sense.

14. Gemüthswelt, inner world of feeling ; the unpedantic terms for the pedantic objective and subjective mentioned below.

16. sich in süßen Arabesken verschlingen, 'unite to form a lovely web of fantastic design.' Arabesken are scroll ornaments in architecture, such as are found in Moorish architecture.

24. nämlich die Idee; cp. *Buch le Grand*, chap. xiv., quoted on p. 225 of the notes.

PAGE LINE

69. 25. Herr Niemann, Wohlgeb. Wohlgeboren is pretty much our 'esquire.'

70. 6. wohlgeharnischt, 'in full armour.'

8. knebelbärtigen, 'moustachioed.'

12. wohl gar in dem citronen= und giftreichen Welschland, 'in Italy, may be, the land of lemons and poisons ;' cp. Goethe's Kennst du das Land wo die Citronen blühen. Italy enjoyed an evil reputation for assassins and poisoners.

13. Welschland. All that was foreign was to the German Welsch, as to the Greek βάρβαρος ; hence the people over the border dwelt in Welschland, whoever they might be. To the Germans on the Rhine Welschland was France; in the Alps, Italy ; on the Danube, Wallachia ; in the Netherlands, the Walloons ; to the Anglo-Saxon, the Kelts of Wales and Cornwall ; cp. Isaac Taylor's *Words and Places*. Walnut, walrus, Wallfisch, the whale, contain the same root.

14. römische Kaiser ; see note on *Buch Le Grand*, p. 116, l. 17. Kotzebue's *Kleinstädter* illustrates this genuine German love of titles, extending to the lowest ranks, in a ludicrous way ; to it is to be attributed the cumbrous fashion of styling the wife by the husband's title— Frau Doktor, Frau Stadt=Accise=Cassa=Schreiberin, etc. See also *Buch Le Grand*, p. 117.

15. zu Grunde gingen, 'went to ruin ;' always used metaphorically.

29. verdenken, 'think the worse of me ;' cp. note p. 2, l. 3.

71. 21. viel theueren, 'endeared in many ways.'

28. Georg Sartorius, 1765-1828, of whom Heine here speaks so warmly and eloquently, was Professor of History and Political Science at Göttingen when Heine was there. He was himself a politician, and sat in the Hanoverian Parliament in 1815. He wrote a *History of the Hanseatic League*, and a *Treatise on Political Economy*, after Adam Smith.

72. 3. Ich kann nicht umhin, 'I cannot forbear,' followed by zu, with infinitive ; the older form is hinum = 'away'; cp. our phrase 'I cannot away with him ;' cp. ich kann nicht dafür, 'I cannot help it,' followed by dass, with indicative ; both are elliptical phrases.

PAGE LINE

72. 15. Empfangen, supply hat; cp. note, p. 76, l. 10.

17. schmiebedunkeln, 'pitch dark;' literally 'stithy dark.'

17. Rübeland, a part of the Bode Thal, about half way down its course, near Elbingerode.

28. verräth; the verb rathen in the present indicative is conjugated Ich rathe, du räthst, er räth; sometimes, in the sense of 'to deliberate,' rathest, rathet are found for the second and third persons.

30. Ungemach, 'mishap.'

30. heimsuchte, 'tormented me.'

32. Fußzeug, literally 'foot-gear;' cp. Werkzeug.

32. vertauscht mit, 'exchanged for.'

73. 3. zerfetzen, 'tore to ribbons;' from Fetzen, 'rag.'

There are more foreign words than usual in this epilogue, and the effect is somewhat marred by it—*e.g.* kontrastiert, personificieren, kolossale, sentimentale, Familärität.

NORDERNEY.

76. 1. blutarm; see note, p. 19, l. 26.

2. erst, 'not until.'

4. Insulaner, more usually Inselbewohner.

5. Kauffahrteischiffen, 'trading vessels.' The termination ei is from Latin 'ia' or French 'ie,' and is generally appended to an unaccented syllable—*e.g.* Reiterei, Verrätherei. Abtei is an exception. In Schelmerei and Sklaverei the er is a link syllable.

7. zukommen; the zu, of course, belongs to the verb; it is not the sign of the infinitive, which is not required with lassen; see note, p. 17, l. 2.

10. solcherweise; see note, p. 4, l. 23.

10. umgekommen, *i.e.* umgekommen ist. In a relative clause the auxiliaries haben and sein may be omitted.

18. Leck. He uses a seaman's simile, 'their heart *leaks* away with home-sickness,' not *pines*.

76. 23. eine Sprache schwaßen. Whether the Norderney Platt
Deutsch is much more incomprehensible than the Low
German of Mecklenburg I cannot say ; but if not, the
reader can see what Heine heard by perusing one of
Fritz Reuter's charming *Olle Kamellen.* It is pretty
certainly not unlike our own English. Norderney
lies off the Friesland district, of which the old English
proverb says—

> 'Good butter and good cheese
> Is good English and good Fries.'

See Max Müller's *Chips from a German Workshop,*
vol. iii. p. 122.

77. 5. die Gewohnheit, 'custom,' 'familiarity ; ' what Clough
humorously calls 'juxtaposition,' and asserts to be
the chief promoter of 'love,' *Amours de Voyage,*
cantos iii., 6 and 7. See also *Songs in Absence*—

> 'That out of sight is out of mind
> Is true of most we leave behind.'

5. das naturgemäße Ineinander-Hinüberleben, etc. The French
translation has 'le besoin naturel de vivre les uns
de la vie des autres par une espèce de commu-
nauté fraternelle de pensée et de sentiment,' a good
paraphrase of an almost untranslatable sentence.
Ineinander expresses the 'intricacy,' and hinüber the
'transference,' of social relations. Unmittelbarkeit expresses the 'directness' of these relations. All are
alike in mind, wealth, and needs ; hence all communi-
cate directly with one another. We may translate :
'The natural intertwining and interchange of social
relations, the general directness of communication one
with another.

10. verträglich, 'sociably ; ' cp. the proverb applied to
children—

> ,Bald plagt sich, bald verträgt sich.'

Vertrag is literally a 'treaty,' or 'societas.' The ver
is intensive.

17. unseres Gleichen; cp. desgleichen, dergleichen. Unseres is
genitive, dependent on Gleichen; the two words are
often written as one. As to the forms, unseres, meines,
deines, etc., they seem to have been used in New High
German as genitives by analogy with des Gleichen.
In Old High German the pronoun agreed with

Gleichen. In Unſereins or Unſereiner we have the regular genitive Unſer. *Becker*, § 177, *Anm.* 5.

77. 19. geiſtig einſam, 'in intellectual solitude.'

22. verlarvt, 'masked;' the French translation has 'moralement travesti.'

23. des Mißverſtändniſſes wird ſo Biel. Biel is used substantively here. There is a tendency to turn attributive words of measure and number into substantives with a partitive genitive depending on them, so—Was haben die Juden Bortheils? (*Luther*). Du ſendeſt mir der Schmerzen viel (*Uhland*). Was Menſchen? Wie noch der Gäſte mehr (*Schiller*); cp. also the Latin 'quantum pecuniæ, quid nummi, aliquid argenti, nonnihil auri.' *Becker*, § 245.

28. wie wir ihn; the repetition of the pronoun ihn with wie may be compared with der du, die wir; see note, p. 50, l. 31. We should say 'such as we see,' or 'which we see;' for another instance see below, p. 78, l. 28.

The following pages are an eloquent plea for freedom of thought, with a generous recognition of the countervailing loss, and the benign influence on a savage people of an organisation such as the Mediæval Church.

78. 13. uralter Zweifel, genitive plural depending on gedenken.

13. uralter, 'doubts old as mankind,' 'des doutes séculaires;' see note, p. 4, l. 29.

13. grübelte; cp. ergrübeln, p. 9, l. 2.

16. enträthſelt, 'we have not yet read the riddle of the wonders of the day;' for ent see note, p. 8, l. 19.

19. bejaht; see note, p. 8, l. 19.

24. hinvegetierten, 'than in the long years through which we vegetated with musty beliefs fit only for charcoal burners.'

24. Köhlerglaubens. The Köhler, the 'charcoal burners,' living a solitary life in the depths of the woods, had narrower ideas and deeper superstitions than any other class. There are several proverbial sayings about them. 'Charbonnier est maître chez lui' marks another feature of their character, their sturdy independence in matters material in contrast with their unquestioning submission in matters spiritual.

78. 28. wie ich fie, 'such as ;' see note, p. 77, l. 28.

79. 9. alterſchwach, 'decrepit with age.'

10. Kreuzſpinne. The Kreuzſpinne (Epeira diadema) is a large spider with a cross-shaped series of spots on its back and poisonous claws ; both peculiarities make the name well adapted to Heine's meaning.

13. Steinadler, 'golden eagle' (*Aquila fulva*), the greatest of the eagle tribe, dwelling 'with freedom on the mountain-tops.'

13. des Nordens. Alluding to the fact that at the Reformation the North of Europe, roughly speaking, became Protestant, while the South remained Catholic.

20. From admiration to hate, from hate to contempt, is the decline of a belief, as Heine correctly analyses it. He would have welcomed the following description of the rise of a belief as given by a modern writer :— 'First people say "it is not true," then "it is contrary to religion," and lastly, "we knew it all before."'

22. After a long disquisition, here omitted, on Elective Affinities, Heine introduces us, by means of a witty story against certain Hanoverian aristocrats whom he met at Norderney, to an interesting discussion on Goethe.

22. hannövriſche Adel. Heine loved no nobles, and, next to Berliners, liked Hanoverians least of all mankind. The young Hanoverians at Göttingen may have been chiefly to blame for this ; cp. p. 86, l. 15. Elsewhere he says, 'Hanoverian squires are asses, whose talk is of horses.'

30. anſehen ; see note, p. 15, l. 18.

32. Nobilis, Italian form.

32. Zodiakus von Dendera. The Thierkreis or Zodiac of Dendrah in Upper Egypt. It was found on the wall of the temple of Hathor, goddess of the Lower World, and placed in the Museum of the Louvre at Paris in 1822. The hieroglyphic animals seem to Heine to be the originals of the crests and devices of the nobility.

80. 5. ‚Würde der Frauen.' Schiller's well-known poem on the influence of woman's purity and gentleness on man's

PAGE LINE

ambitions and passions. It is given in Buchheim's *Deutsche Lyrik*.

80. 11. äſthetiſche. The whole scene reminds us of the song in the *Buch der Lieder* which begins—

,Sie ſaßen und tranken am Theetiſch.
Und ſprachen von Liebe viel
Die Herren die waren äſthetiſch,
Die Damen von zartem Gefühl.'

14. ,La illah ill allah,' etc., 'there is one God, and Mohammed is his prophet.'

21. unverfänglichen, 'artless,' 'by no means insidious;' from verfangen, 'to entangle.'

28. gemeinſchaftliche Welt, 'the universe in which all share.'

81. 3. italieniſche Reiſe. Written in 1786, but published only late in his life. It consists of private letters, chiefly to the Frau von Stein. From Heine's point of view it is more valuable than if he had worked up the material into literary form. Goethe was so dramatic a writer that we should not then have seen in the *Italienische Reise* the real impression which Italy made upon him. Heine himself at this time knew Italy only durch fremde Vermittelung; he visited it in person in 1827. See Int., p. xxviii.

6. ſubjektiven Augen, 'subjectively;' *i.e.* reading his own thoughts into what he sees; see note, p. 68, l. 14.

7. Archenhölzern unmuthigen Augen, John Daniel von Archenholz, 1745-1812, a considerable historian, traveller, and antiquarian. Heine refers specially to his best-known work, *England und Italien*, 1787, and his magazine *Literatur-und Völkerkunde*.

8. Corinnaaugen, a reference to Madame de Staël's well-known work, *Corinne ou l'Italie*, the result of her travels in Italy in 1805, in company with August Wilhelm von Schlegel.

9. mit ſeinem klaren Griechenauge; cp. Mr. Matthew Arnold's fine lines on Sophocles (with whom Goethe had not a few points of resemblance)—

'Whose even-balanced soul
From first youth tested up to extreme old age

Business could not make dull, nor passion wild ;
Who saw life steadily, and saw it whole,
The mellow glory of the Attic stage,
Singer of sweet Colonus, and its child.'
                                            Sonnet to a Friend.

81. 16. **kranken,** 'morbid.'

16. **zerrissenen,** 'tattered.'

18. **als dass,** 'for us to be able ;' the regular German idiom
for this turn.

18. **gesund,** 'soberly;' no mock nor morbid sentimentality.

19. **plastisch,** 'definitely ;' a metaphor from sculpture, 'with
the clear outlines of a statue.' The word 'plastic' is
used in art criticism as the characteristic of the Greek
genius. The words are true, but they are strange
ones to be applied to the author of *Werther's Leiden.*
For Goethe's transition from the sentimentality of the
romantic school to the severity of his mature taste,
a transition never wholly complete, as the *Faust* alone
shows, see Lewes's *Life of Goethe,* bk. v. chap. i. p. 262,
and bk. vii. chap. vi. Greek art is statuesque ; romance
aims at the picturesque. Clearness of outline, simplicity, severity of style in the one, contrast with the
fulness of colour and detail, the development of every
association and circumstance, the extravagance of
sentiment, of the other. Let the reader pass from
reading one of the masterpieces of Greek tragedy,
the *Œdipus at Colonus,* or the *Agamemnon,* whether
in the original or a translation, to *Ivanhoe* or the
Lady of the Lake, or *Werther,* or *Götz von Berlichingen,* or *Hernani* or *Notre Dame de Paris,* and he
will feel the difference, which it is hard to state clearly
in words.

23. **Selbstbiographie.** Goethe's *Wahrheit und Dichtung,* published in 1810. Not only, as Heine says, does Goethe
supply nothing more than new facts, but the facts
are much distorted by a more than poetical memory,
and so, though valuable and interesting, it is the
worst of standards for criticism.

25. **an und für sich,** 'in and for itself ;' a favourite phrase of
Kant's. We know only the appearances of things ;
what the things really are in themselves and to themselves (,**das Ding an und für sich**') is beyond human ken.
See also note, p. 21, l. 16.

PAGE LINE

81. 26. Fatta, 'details ;' the Latin plural is used, as the word
is hardly German.

   27. daß kein Vogel, etc., as we should say, 'no one can look
at himself from the outside.' ' O wad some pow'r the
giftie gie us, To see ourselves as others see us,' or
rather, as God sees us; cp. O. Wendell Holmes on the
three Johns, as known to John himself, to John's
friends, and to John's Maker, *Autocrat of the Breakfast
Table*, chap. iv.

82. 2. kunstwerthlicher Art, *genitive*, ' of an artistic kind ;' *i.e.*
valuable in itself for its literary style.

   2. Schlegel'sche. When Heine was a student at Bonn, August
Wilhelm von Schlegel was professor there, and his
lectures on literature were the most inspiring teaching
that Heine found. His lectures on the drama are
still a German classic, and well known in England
through translations. He and Tieck translated *Shakspere* and *Calderon*. Later Heine would not have
placed Schlegel so high. He and his brother Frie-
drich became the leaders of a dilettante æsthetic
school, and, as Heine says, were able only to compre-
hend the poetry of the past, not that of the present.
Stigand's *Life of Heine*, vol. i. chap. xiii., 'Heine as
literary historian,' gives a series of excellent extracts
from Heine's *Romantische Schule*, where the whole
subject of classic and romantic art, of Schiller's merits
compared with Goethe, and of the value of the
Schlegels' criticism, is admirably treated. One short
extract may be quoted here :—' If Homer paints the
armour of a hero, it is nothing more than a good coat
of armour which is worth so many oxen ; but when
a monk of the Middle Ages describes in his poem the
raiment of the mother of God, we may be sure that
he comprehends under this garment ever so many
different virtues, and that an especial meaning is
concealed under these holy coverings of the spotless
virginity of Mary. . . .' That is the character of
mediæval poetry, which we style the romantic. As
instances of critical literature which has died for
want of the Attic salt of style, we may mention
Addison's *Milton*, and of the contrary, where the
criticism is poor but the style maintains the popularity, Macaulay's *Literary Essays*. Opinions may
change as to the value of much of the criticism of

O

Modern Painters, but as a piece of literature the work will hold its own as long as the language lives.

82. 4. bekömmt. The Umlaut is now unusual, but Heine generally modifies the verb in the second and third singular. It is, of course, indicative mood.

5. Schubarth, referring to Carl Schubarth's *Ideen über Homeros und sein Zeitalter*, 1821.

6. sämmtliche Alexandriner, 'the Alexandrian critics one and all.' The Alexandrian School, 300 B.C. to 500 A.D., was founded by the Ptolemies. Endowed with professorships, and a museum, and two magnificent libraries, it became the home of science and learning. Its chief splendour was towards the end of the second century A.D. The library was burned by Omar in 642 ; see Kingsley's *Hypatia*.

9. So hätte ich, 'and so I have after all (in spite of my protest, p. 80, l. 12) chattered hard on the subject of Goethe ;' talked himself on to the subject until he sticks to it like a limpet, is the idea. The indirect statement of the past subjunctive is characteristic of the German and Greek languages. The French conditional with a question might fairly render it, 'Me serais-je,' etc. The passage is omitted in the French translation. 'Here we are again' is in German, Da wären wir wieder.'

10. Einem ; see note p. 4, l. 10.

16. beschwören, 'conjure up ;' for wissen, see note, p. 105, l. 15, 'qui savent évoquer,' Fr.

25. Klippen, 'reefs ;' Klippe = 'cliff,' but it is used in a more extended sense, blinde Klippe, 'a sunken reef.' German p = English f is rare, the contrary being the rule ; English p = German f—cp. Schiff, 'ship ;' German p = b—cp. Rippe, 'rib.' The root of Klippen is 'clip,' connected with 'climb.' The Swedish is 'klippa.' Klippe is a low German word, which partly explains the anomaly.

32. verhütet, 'prevents ;' here and in versehen, 'to provide,' ver seems to have force of Latin pro, not per ; perhaps the analogy of verhindern has influenced the formation of the word.

83. 7. Klabotermann, also spelt Klabautermann, Klabattermann, and

PAGE LINE

Kalfatermann, the Kobold, or 'Lubber Fiend,' of sailors. The word is probably derived from klabastern=poltern (cp. Polterabend, p. 59, l. 12), 'to knock about,' 'make a noise.'

83. 10. Bramsegel, 'top-gallant sail.'

13. sähe . . . wünsche, imperfect, followed by present. Heine is habitually careless in his use of tenses in or. obl. ; see note, p. 16, l. 8 ; see also *Eve*, § 271, p. 236.

16. wollte er wissen, 'he asserted that he knew ;' see note, p. 27, l. 28.

84. 3. vom fliegenden Holländer, 'The Flying Dutchman.' The story is best known to us from Wagner's well-known opera. Did Heine, who saw much of Wagner in Paris, first tell him of the legend? His niece in her *Souvenirs* (Int., p. x.) says that Wagner found it in the fragment of Heine's novel *Der Rabbi von Baccharach.*

9. Reigen = Reihen, 'dance.'

15. Felix Mendelssohn=Bartholdy, the famous musician, born 1809, died 1847, grandson of Moses Mendelssohn the philosopher. Felix's father used to say that for the first half of his life he was known as his father's son, and for the last half as his son's father. Felix's instrument was not the violin but the piano ; when only sixteen he charmed the old age of Goethe by his wonderful playing ; Lewes's *Life of Goethe*, book vii. chap. vi. p. 543.

24. ,Evelina,' one of the many names, Bertha, Ottilie, etc., under which Heine refers in his poems to his cousin Amelia Heine (see Int., p. xvii.) The following book of the *Reisebilder*, the *Buch le Grand*, is dedicated to her.

24. kommen . . . vor eigefahren ; see note, p. 44, l. 29.

26. des Nachts ; see note, p. 36, l. 14.

31. als sei das Meer eigentlich meine Seele selbst ; cp. *Buch der Lieder*, 'Die Heimkehr,' No. 8.

> ,Mein Herz gleicht ganz dem Meere
> Hat Sturm und Ebb' und Fluth
> Und manche schöne Perle
> In seiner Tiefe ruht.'

85. **8.** überſchwemmt. Compounds of über are separable only
when über means literally and distinctly 'across,' 'to
the other side ;' see note, p. 17, l. 6.

    18. W. Müller, 1794-1827, one of Uhland's imitators.

    25. Glorie, 'halo.'

    26. ſoll, 'is said to ;' French 'doit,' or the conditional mood.
Eve, p. 198, § 188, 3.

    27. gewähren, 'afford.'

    30. der Sinn für die Jagd liegt im Blute, 'Venator nascitur
non fit.'

86. **3.** legitimen; he uses the French word instead of the
German geſetzmäſſig, because it implies a sort of 'divine
right,' or 'hereditary succession,' to the profession of
the chase.

    4. Gejagten, an allusion to the Juden-hetzen, 'Jew baiting,'
and massacres, with their cry 'Hep hep,' common
enough in all Christian Europe, but kept up in
Germany until a very late date, as far down as the end
of the eighteenth century. There was a revival of
them at Hamburg in 1830, and there has been a
strange revival of the sentiment which prompted
them in Germany, and of both sentiment and outrage
in Russia, in 1882.

    5. Kollegen, 'the sea-birds their fellow-sufferers.'

    7. nach abgeſteckter Menſur, 'at duelling distance.'

    9. hohen Jagd, 'la haute vénerie ;' the chase of the stag
and the wild boar was so called.

    14. Junker answers to our 'squire,' a corruption of Junge
Herr.

    15. Humaniora,' the Humanities,' as they are still called in
Scotland. *Litteræ Humaniores*, 'Classics,' *i.e.* Greek
and Latin ; 'Qui faisaient leurs humanités,' French
translation. 'Emollit mores nec sinit esse feros' is
the idea that underlies this name for the study of
Greek and Latin. Heine calls attention to the effect
it had in this case.

    15. ein paar, 'a few ;' see note, p. 64, l. 25.

    23. ſchoſs nach ; note the preposition. 'To throw or shoot
at' is werfen, ſchießen nach.

PAGE LINE

86. 31. Düne, our 'dunes;' cp. Dunkirk. The drifted sand-banks that form so marked a feature on the coast of the North Sea.

87. 13. Titanengebet; see note, p. 8, l. 19. Did Heine ever, before he was fastened to his 'mattress grave,' seem to himself a Prometheus, lover of mankind, and scorner of the gods in the name of a higher good?

15. Roßtrappe, a pyramidal granite cliff in the Bode Thal in the Harz, more than 200 feet high. It takes its name from a huge horse-shoe-like depression in the rock, which legend attributes to the horse's hoof of a certain princess, who, pursued by a giant, leaped over the valley of the Bode Thal.

22. komfortabel. He chooses the prosiest word he can find; all sublimity (erhabenes) is gone.

29. Widersprüche zwischen Seele und Körper; cp. the Latin proverb, 'In parvo corpore anima magna.' The anti-thesis between soul and body is a favourite topic of the poets of the seventeenth century. Marvel speaks of the soul as 'Here blinded with an eye, and there Deaf with the drumming of an ear.' Cp. Dryden's lines on Achitophel—

> 'A fiery soul, which, working out its way,
> Fretted the pigmy body to decay,
> And o'er-informed the tenement of clay.'

31. Schulmeister, 'village schoolmaster;' Lehrer is now always used.

32. Dschingischan, Yenghis Khan, 1155-1227, the great Mogul conqueror, who in 1206 possessed in Asia the greatest empire that ever existed.

88. 1. Recensenten, 'reviewer.'

2. Baschkiren, or Baschkurten, a Tartar tribe of the south Ural district.

2. Kalmucken, Kalmuk Tartars, found nearly all over Asia, and in parts of European Russia near the Caspian.

5. durch das Examen fällt, 'fails in his examination;' to 'pass' is ein Examen glücklich machen.

6. Lehrsatz, 'doctrine,' 'proposition,' or 'law' of the equality of the square on the hypothenuse to the square on the sides of a right-angled triangle, *Euclid*, I. 48.

88. 9. Satz, 'proposition.'

25. all den ; all is undeclined before masculine and neuter *singular* of definite articles, pronoun, and the like, *Eve*, § 36, pp. 116-117 ; but Heine is often irregular in his use of the word.

30. Hervorbringen, ' our efforts and achievements.'

89. 1. Folianten, ' folios.' -

3. Gelahrtheitsdünkel, ' la morgue érudite,' ' the arrogance of learning ;' for Gelahrtheit see note, p. 6, l. 23.

5. Kunstleistungen, ' works of art.'

6. all den Wundern should be allen, according to the German Lindley Murray, Dr. Sanders ; see note, p. 88, l. 25, and the page there referred to in *Eve*.

19. des Maitland. Captain Maitland of the *Bellerophon* published in 1824 an account of the correspondence between himself and Napoleon's emissaries, Savary and Las Cases, which ended in Napoleon coming on board the *Bellerophon*, and throwing himself upon the generosity of the English Government, with no stipulation as to how he should be treated. Captain Maitland's orders were to prevent Napoleon leaving France, and to bring him to England should he secure his person. Napoleon was not captured ; he came voluntarily on board the *Bellerophon*, having previously written to the Prince Regent a letter, stating that he came, like Themistocles, to rest himself on the hearth of the British people. Captain Maitland promised to receive Napoleon as a guest on board the *Bellerophon*, and he kept his word ; but he expressly said that Napoleon must consider himself at the disposal of the Regent. The Government did not allow Napoleon to land, and transferred him, after some days' stay in Plymouth Sound, to the *Northumberland*, which conveyed him to St. Helena. A case so unparalleled must be judged without reference to precedents. If Napoleon had come to England uncaptured, he had also come uninvited, and the manner of his surrender could not be allowed to prejudice the general consideration, what, for the peace and welfare of Europe, was it good and just to do with

PAGE LINE

him? But that a fall so tragic and a character so powerful should engage the sympathy of many generous hearts, and that his treatment should seem to them harsh and ignoble, was but natural. It must be remembered, too, what a contrast the Restoration Government of the Bourbons presented, and how little liberty all over Europe in the next ten years was gained from the Peace. 'The kings crept out again to feel the sun '—

> ' The kings crept out, the people sat at home,
> And, finding the long-invocated peace
> A pall embroidered with worn images
> Of rights divine, too scant to cover doom
> Such as they suffered—cursed the corn that grew
> Rankly, to bitter bread, on Waterloo.'

It needed only the unfortunate bickerings at St. Helena, and Las Cases' skilful but one-sided book, to render Napoleon in exile a greater hero than he had ever been in the days of his glory.

90. 1. wir Anderen, and again, p. 91, l. 18, wir Kleinen. After personal pronouns in the nom. sing. the strong form of the adj. is used, after the other cases, and after all cases of plural, the weak form. *Eve*, § 318, p. 165.

1. allen unseren, the usual construction ; see note, p. 88, l. 26.

11. erschüttert, reinigt und versöhnt. Aristotle called tragedy 'a purifying of the soul by pity and fear.'

13. besonders, etc., 'especially as shown in their style and point of view.'

14. erst recht, 'is only rightly perceived.'

16. sturmkalte, 'impassible,' Fr. trans. Heine means 'cold and deaf to entreaties as the winds and waves ;' he has, of course, coined the word.

19. Las Cases. Count de Las Cases began life as lieutenant in the French navy, was selected by Napoleon as his chamberlain in 1809, and accompanied him to St. Helena, which he was compelled to leave in eighteen months for entering into secret communications with Europe. His book is untrustworthy, and was answered by Sir Hudson Lowe. He was elected a deputy in the French Chamber in 1830, and joined the opposition. He died in 1842.

90. 23. O'𝔐eara was surgeon to the *Bellcrophon,* and at Napoleon's request accompanied him to St. Helena. He also was removed by Sir Hudson Lowe in 1810, and published in 1818 his book *Napolcon in Exile.*

27. thatbeſtänblich, 'matter of fact,' 'adhering to facts.'

27. im Lapibarſtil, 'in epigrammatic style,' *i.e.* such as is used for inscriptions.

27. kein Stil, ſonbern ein Stilett. 'Style' is derived from Latin 'stilus,' an iron pen ; 'stiletto' is diminutive of 'stil,' but means the small Italian dagger ; for ſonbern see *Eve,* § 147, p. 79.

28. zuſtoßenbe, 'the pointed, pungent writing.'

29. Antonimarchi, a French doctor of Italian nationality sent out by Napoleon's sister Pauline when O'Meara was dismissed. He persisted, even after the *post-mortem* examination, in attributing Napoleon's death to the climate of St. Helena.

30. beſonnentrunken, an oxymoron, see note, p. 15, l. 11 ; 'discreetly intoxicated,' 'there is method in his madness.'

30. Ingrimm, 'sullen rage.'

91. 1. gewöhnlichen Geiſtes. In the genitive where there is no article the adjective is usually weak instead of strong, according to rule, probably to avoid the recurrent es.

5. Es ſinb ; see note, p. 10, l. 7.

18. Wir Kleinen ; see note, p. 90, l. 1 ; there is no verb to these words, which are taken up in a different construction, für uns, three lines below.

28. verſchüttete, *i.e.* 'the buried statue of the god.'

29. Schaufel Erbſchlamm ; see note, p. 15, l. 23.

92. 1. bazu, es, etc., see note, p. 21, l. 18.

3. Frau von Staël, 1766-1817, the greatest female writer of France, daughter of Necker. She played a considerable part in politics under the Directory, opposed the Consulate, and was forbidden by Napoleon in 1802 to reside within forty leagues of Paris. She then visited Germany and Italy, and returned to France in 1807, to be banished anew on the publication of her *Allemagne,* which was full of reflections on Napoleon.

PAGE LINE

Her salon, before 1800 and after the Restoration, was the most famous in Paris.

92. 6. gemeſſen werben kann. Schiller would have written kann gemeſſen werben; see note, p. 58, l. 7.

7. Kant. Emmanuel Kant, 1724-1804, the greatest of modern German philosophers, whose analysis of our reasoning powers and of the limits of our knowledge forms the basis of all systems of philosophy and metaphysics since his time. He was professor at Königsberg.

9. biſkurſiv ſonbern intuitiv. The thought in this somewhat abstruse passage is not really hard to understand. The human intellect (Verſtanb) in arriving at conclusions and ideas proceeds from particulars to particulars, from one fact to another fact—*i.e.* it is discursive or analytical ; it breaks a whole up into parts, investigates the parts ; then, by what is called a synthesis, or putting together, of its separate perceptions and conclusions, it frames a conception of the whole. But how if an intelligence could see the whole and its parts at once by a simple process of intuition (Anſchauung)? How if the mind, like the eye, could take in all at a glance ? then it would reason, not from particulars to particulars, but from the general (baś Allgemeine) to the particular, from the whole to the parts ; it would be not inductive but deductive, to use the terms of logic. Such an intellect Heine says Napoleon possessed, and by it he was enabled to grasp by a simple intuition the spirit of the age, to flatter and guide it ; while ordinary statesmen were striving to attain to some conception of the state of things by a long process of inference and analysis.

10. eineś Ganzen alś eineś ſolchen, 'of a whole, as such,' *i.e.* as a whole, not as a collection of particulars.

11. Beſonberen, 'to the particular,' the 'several,' 'sundered,' 'analysed,' parts.

13. Schluſśfolgen, 'chain of reasoning ;' ſchließen = 'conclude,' one of the many instances where the German *translates*, the English *imports*, the Latin word.

14. ſelben, 'one and the same.'

17. nicht bloß revolutionär iſt. The spirit of the age always presents the double tendency to innovate and to conserve ; ' use and wont, gray nurses, loving nothing new,'

are motives as powerful as the spirit that 'rings out the old, rings in the new.'

92. 22. Principien; see note, p. 4, l. 15.

24. immer ruhig milde, a statement that is absolutely contradicted by facts,—such facts, to mention nothing more, as the murder of the Duc d'Enghien, the imprisonment of the Pope, the treatment of Ferdinand VII.

25. im Einzelnen, 'on a small scale.'

29. auf wunderbar geniale Weise, 'by an admirable stroke of genius.'

31. Erstere, no article; so Letzteren, p. 93, l. 2; see note, p. 11, l. 11.

93. 7. Zusammentreffen, 'coincidence.'

13. Geschichtsbücher; s occurs as a link letter in compound words of all genders; no doubt it originally represented a genitive case, as Königssohn.

27. verloren gehen, cp. er kam gelaufen; see note, p. 44, l. 29.

94. 2. den andern Tag; see note, p. 33, l. 5.

6. umgewühlt, properly 'to root up with the snout of swine,' 'digged about.'

12. dergestalt, in such a fashion, a compound adverb, and as usual in the genitive; cp. natürlicherweise, blindlings, Abends, etc.

17. Bürgers, 'du bourgeois,' 'of the cit,' as we should have said in the eighteenth century; 'of the middle classes,' we must say, with our vaguer nineteenth-century generalities; see note on Spiessbürger, p. 28, l. 27.

17. Altvordern, 'forefathers,' 'predecessors,' very unusual for Vorfahren. With this lament over dying faiths, cp. Heine's eulogium of Professor Georg Sartorius, p. 71, l. 28, whose ideas he is here reproducing.

20. die Gläubigen, 'the faithful.'

31. verschollene; cp. p. 9, l. 10.

95. 5. Byron. Heine, like most lovers of literature in France and Germany, thought very highly of Byron. He had translated *Manfred* in 1819.

95. 16. Nachbeter, 'no plagiarist;' nachbeten is 'to repeat' what some one else vorsagt; cp. nachahmen, nachthun. Wohl beffere Männer thun 's bem Tell nicht nach. There is a play on nachbeten, which means ' to repeat prayers after the minister;' Byron betet nicht, sondern frevelt. Perhaps if we said 'no fellow-worshipper, or rather no fellow-blasphemer, of Byron's,' it would render the sense.

19. Gegengift, 'defensive,' not 'offensive.'

25. Willibald Alexis, nom de plume of Wilhelm Häring, 1797-1871. *Walladmor* was written for a wager, and purported to be really a novel of Scott's.

25. Bronikowski, 1783-1834, a German writer of Polish birth, who tried to write of Poland as Scott had of his own country.

26. Cooper, Fenimore Cooper, the American novelist. The best known of Scott's German imitators is Hauff, author of *Lichtenstein*, which appeared in 1826.

28. Gestalten= und Geistesreichthum, 'such wealth of literary form and poetic spirit.'

31. in einer Reihe...vor die Seele zu führen; an idea since carried out with some success by the well-known novelist Gustav Freytag in *Die Ahnen*, a series of novels dealing with German life from the time of the Romans to the present day.

96. 5. Vorurtheil, 'prejudgment not to say prejudice;' Vorurtheil, 'prae-judicium.'

5. aus=sprach; the tense is curious, and probably due to carelessness.

7. Aufgang bis zum Niedergang, 'from its rising to its setting,' 'from the uprising even to the downsetting thereof;' a scriptural phrase like ich hob auf meine Füße, 'I arose and went,' in the *Harzreise*, p. 23, l. 14.

9. Ségur. Général le Comte Philippe de Ségur, son of Ségur the historian, wrote *The History of the Russian Campaign*, of which he was a spectator.

7 of footnote. des großen Unbekannten, 'The Great Unknown,' *i.e.* the author of *Waverley*.

8 of footnote. feiner Gläubiger. Scott became bankrupt in 1825 and overworked himself to pay his creditors. The novels then produced were *Woodstock, Peveril of the*

Peak, Quentin Durward, St. Ronan's Well, Redgauntlet,
Count Robert of Paris, and *Castle Dangerous.* His
Life of Napoleon Bonaparte was begun in 1826 and
published in 1828. He died in 1832, the same year
as Goethe ; see Extract, p. 134.

97. 3. eine erlebte Literatur, 'a literature of real experience.'

4. wie . . . fie, 'such as ;' see *Eve,* p. 179, § 143.

17. erschreckt und verherrlicht are in apposition to durchzogen,
and, like it, construed with the hat in l. 15 ; 'made its
progress through the world, startled and illumined it.'

17. Waffentanz, 'Pyrrhic dance.'

20. Sklaven, a play on 'Sclavs' and 'slaves ;' no pun etymo-
logically ; see Isaac Taylor, *Words and Places,* p. 441.

23. Ellore in the Deccan, near Aurungabad, famous for its
temples hewn in the solid rock.

26. Mahabarata, the great Indian Epic, written in Sanscrit,
consisting of 19 books and 220,000 lines. It was
printed first in 1834-1839, by the Indian Committee
of Public Instruction. Professor Monier Williams
has published an analysis of it, *Indian Epic Poetry,*
and Fauche has translated it into French. The title
means 'The great battle of the Bharatas,' and it
forms a cyclopædia of Indian mythology, philosophy,
and legend.

26. nicht minder steinernen, 'dans un langage non moins
lapidaire,' *i.e.* 'not less imperishable,' 'not writ in
water.'

27. Edda. The collection of Norse sagas, of which the
Nibelungen in its Norse form is a part. One of the
finest has been translated into English prose by
Morris and Magnusson. 'The Lovers of Gudrun,'
in Morris's *Earthly Paradise,* will show its points of
resemblance and of contrast with the Greek Epos.

28. das Lied der Nibelungen. The story has been retold lately
for English ears by Mr. Morris, *Sigurd the Volsung,* and
made still more familiar by Wagner's opera, *Der Ring
der Nibelungen.* But only a version such as Simrock's,
with the original text printed opposite (early thirteenth
century) will give an idea of the form and style of
this great Epos, the common property of the German
and Scandinavian races. So far as metre is concerned,

PAGE LINE

Morris's *Sigurd the Volsung* is a beautiful representation of the double movement (the true ballad movement discernible in the Homeric Hexameter) of the original.

97. 31. 𝕽𝖔𝖑𝖆𝖓𝖉𝖘𝖑𝖎𝖊𝖇. The story of the 'Chanson de Roland' is too familiar to need a note. It was cast into its present form early in the eleventh century by a Norman monk. In Germany an edition was published in Middle High German in 1139.

32. 𝕽𝖔𝖓𝖈𝖎𝖘𝖛𝖆𝖑, Roncesvalles. A pass in the Pyrenees, the scene of Roland's death.

32. 𝖛𝖊𝖗𝖋𝖈𝖍𝖔𝖑𝖑𝖊𝖓, *i.e.* in its German form.

98. 2. 𝕴𝖒𝖒𝖊𝖗𝖒𝖆𝖓𝖓, Karl Immermann, 1796-1840, in his drama *Das Thal von Ronceval*. He is deservedly well known for his novel, *Münchausen*, a delightful idyll of German country life in the last century. The 'Xenia' (epigrams), at the end of the *Norderney*, in the complete edition, are by Immermann.

2. 𝖍𝖊𝖗𝖆𝖚𝖋𝖇𝖊𝖋𝖈𝖍𝖜𝖔𝖗𝖊𝖓, 'conjured from the grave.'

4. 𝖛𝖊𝖗𝖍𝖊𝖗𝖗𝖑𝖎𝖈𝖍𝖙, 'sets forth most gloriously.'

10. 𝕭𝖆𝖑𝖉𝖚𝖗 in the *Edda* is killed by an arrow of mistletoe, for an oath has been taken of all things that live in earth, or air, or sea, that they will not harm Baldur the Good.

14. 𝖉𝖊𝖒 𝖋𝖈𝖆𝖎𝖋𝖈𝖍𝖊𝖓 𝕿𝖍𝖔𝖗𝖊, 'the Scæan gate,' the 'left - hand' gate of Troy, which opened towards the Grecian camp, *Iliad* iii. 145.

14. 𝖉𝖊𝖘 𝕶𝖔𝖓𝖎𝖌𝖘 𝖛𝖔𝖓 𝕹𝖊𝖆𝖕𝖊𝖑. 'Murat,' who loved display, was the most brilliant of cavalry officers, and wore by preference a red hussar jacket.

17. 𝕻𝖗𝖎𝖓𝖟 𝕰𝖚𝖌𝖊𝖓, 𝖉𝖊𝖗 𝖊𝖉𝖑𝖊 𝕽𝖎𝖙𝖙𝖊𝖗. Eugène Beauharnais, son of Josephine, afterwards Napoleon's first wife, justly celebrated for his management of the retreating French army in the Russian campaign after Napoleon had quitted it. Heine applies to him the phrase of the well-known ballad on the capture of Belgrade, August 16, 1717, by his more famous namesake and predecessor, Eugénio von Savoye, as he styled himself.

18. 𝕹𝖊𝖞, 'le brave des braves,' made Duke of Elchingen

by Napoleon in 1807, and Prince of the Moskwa in 1812, after the great battle of the 7th of September.

98. 18. Berthier, a good second in command, but a bad chief. He was sixty years of age at the time of the Russian campaign.

19. Davoust, a fellow-student of Napoleon's, made Prince of Eckmühl in 1809. In the Russian campaign he defeated Bagration at Mohilev.

19. Daru, Secretary of State in 1811, and persistent opponent of the campaign.

19. Caulincourt, ambassador at St. Petersburg in 1807, but returned in time to take part in the Russian campaign.

26. fein Orestes, 'the King of Rome,' son of Napoleon and Maria Louisa, born 1811, was proclaimed in 1814 Napoleon II.. After Waterloo he was educated at his grandfather's court with the title of Duke of Reichstadt, and died of consumption in 1832.

30. Klangfigur, accusative governed by giebt; translate 'the keynote of which.' 'Dont le présent seul nous donne l'accord,' Fr. tr.

99. 1. Peter Schlemihle, the hero of Chamisso's famous story, who sold his shadow for a lucky purse, and made a bad bargain.

6. ju bezahlen hat. England's disbursements for herself and her allies in the Napoleonic war increased the national debt by £600,000,000.

9. in Tyrol, alluding to the heroic resistance under Andreas Hofer in the year 1809, when Tirol was transferred to Bavaria.

10. des lieben heiligen römischen Reichs; see note, p. 15, l. 13.

13. folcher Denkmäler, genitive depending on Einzige.

14. wie fie, 'such as;' see note p. 77, l. 28.

15. Leipziger Messen; note that adjectives in -er from names of towns are not declined — so Zigenhainer, Reicher, Osteroder Burg. The Leipzig Fair was the great opportunity for publishing books.

16. Gothaer, of Gotha, because at Gotha was published the *Almanack de Gotha*, a kind of European Court

PAGE LINE

Directory. Gotha at this time also prided itself on its 'culture.'

99. 17. nachträglich, 'to make up for arrears,' 'by way of appendix,' is the usual meaning; but nachtragen means to 'pay up arrears.' Cp. also Der Baum hat Früchte nachgetragen, 'the tree bore fruit late.'

18. die Hildburghausen bekömmt, 'which go to Hildburghausen.' The Duchy of Gotha came to an end in 1825 with the last Duke Ernst. It was to be divided between the Duchies of Sachsen Hildburghausen, Sachsen Meiningen, and Sachsen Altenburg. Heine, writing in the year when the new arrangement was made, says his friend does not yet know how to style himself. He does not mention that by the arrangement made in 1826 the town of Gotha itself, and a portion of the territories, went to the Duchy of Sachsen Coburg, thenceforward called Sachen Coburg Gotha.

21. er müßte denn, 'unless he begins.' For this construction of denn, see Eve, § 276, p. 239, and Don Carlos, Act I. Sc. vi.—

,Sank je ein Schlaf auf meine Augenlieder,
Ich hätte denn am Abend jenes Tags
Berechnet, wie die Herzen meiner Völker
In meinen fernsten Himmelstrichen schlagen?'

,Er entfernte sich niemals, er sagte ihr 's denn' (Goethe), 'He never left without informing her.'

23. gleichviel, 'no matter.'

24. Erlösung, i.e. the battle of Leipzig, the crowning triumph of the Befreiungskrieg. Heine is parodying the first line of Klopstock's Messias—,Singe, unsterbliche Seele, der sündigen Menschen Erlösung.'

100. 1. des Kanals, 'the channel.'

7. betrübten Herzens, adverbial genitive; see note, p. 94, l. 12; and for the weak adjective form in =en, note, p. 91, l. 1.

8. Momente, 'currents.'

9. Fraubasereien. Base, 'cousin;' hence Baserei, 'gossip.'

15. nach, 'a race of books to Leipzig Fair;' see above p. 99, l. 15.

PAGE LINE
100. 16. Myſtiker, 'the extreme Romanticists;' see note, p. 82, l. 2.

24. ſeine Federn erſt ausſchreiben, 'must learn the use of his feathered weapon.' It is hard to keep up the play on words, but the phrase as applied to literature is easily illustrated ; eine aufgeſchriebene Hand haben, 'to have a formed style ;' ich muß mir die Feder ausſchreiben, 'I must get my hand in ;' Fr. 'rompre la main à l'écriture.'

27. ſeines Gleichen; see note, p. 77, l. 17.

28. Abſchreckungstheorie, 'the deterrent system.'

31. qualificiert, here = French qualifié, 'aggravated.'

DAS BUCH LE GRAND.

The *Buch Le Grand* contains Heine's reminiscences of his boyhood in Düsseldorf, and particularly of the French occupation, and of the entry of Napoleon into the town. In style it shows clearly the influence of Sterne. On page 135 will be found Heine's opinion of him, and a comparison of him with Jean Paul Richter. The book is particularly interesting as giving the origin of Heine's youthful worship of Napoleon, and should be compared on this topic with the extracts on pages 138-140, where our author expresses himself with more soberness and truer appreciation.

103. 1. Madame. This is no particular lady, but an imitation of Sterne's habit, also imitated by Southey in the *Doctor*, of addressing an imaginary lady reader.

1. dort, *i.e.* in Düsseldorf.

2. etwa, 'maybe ;' see note, p. 60, l. 5.

3. ſieben Städte. Like another Homer, he will be claimed by seven towns as a native. Of these towns, Schilda is a small Prussian town near Torgau, whose inhabitants, according to a curious old Volksbuch called *Das Lalenbuch*, are credited with all manner of stories, as people who ,klüglich reden und kindiſch handeln.' They are, in fact, 'the wise men of Gotham' of our own nursery rhymes. Polkwitz in Saxony, Bockum, Dülken, and Schöppenstedt enjoyed a similar reputation. Krähwinkel is the scene of Kotzebue's comedy, *Die deutschen Kleinstädter*, mentioned above, p. 70, l. 14, and Göttingen,

PAGE LINE

of course, is placed by Heine in bad company, since he has the opportunity.

103. 17. Ꮶanoniꜩuß, 'prebendary.'

104. 6. wirb Einem; see note, p. 4, l. 9.

10. Boꞁꜩerſtraße leads from the market-place, which is on the Rhine, into the Allée Strasse.

17. Hühnerwinꜩel, 'garret.'

24. Maꜩuꞁatur, 'waste-paper crown of laurel;' not 'paste-board,' like a stage hero, but 'waste-paper,' as becomes a scribbler.

30. ſoꞁꞁ, 'is said to;' see note, p. 26, l. 14.

31. Ꭻan Wiꞁhelm. Johann Wilhelm, Elector Palatine in 1699, who, finding his Palatinate in the occupation of the French, removed his court to Düsseldorf, and laid the foundation of the town's prosperity.

32. Aꞁꞁongeperüꜩe; see note, p. 9, l. 11.

105. 8. beꜩommen, 'gain access to my ear.'

12. ſábeꞁbeinige, 'bow-legged,' literally 'sabre-legged.'

14. Dißꜩantſtimme, 'treble-voice.'

15. wuſête; this use of wiſſen is exactly like that of 'savoir' in French, and is more nearly our 'could' than any other word.

16. beꞁiꜩat = fein.

20. Einſchachteꞁungßbecher, 'telescopic drinking-cup;' einſchach= teꞁn is to fit one thing into another.

106. 9. Plaꜩat, 'placard;' he cannot use Anſchꞁag because of preceding angeſchꞁagene.

9. pfáꞁzꞁſcher Ꭻnvaꞁibe, 'an old pensioner of the army of the Palatinate.'

12. frug, now almost obsolete for fragte, preferred by Heine.

13. Der Ꮶurfürſt. Maximilian Joseph of Pfalz Zweibrücken, who had succeeded to the duchy, together with the rest of the Palatine lands, in 1799.

14. ꞁáſſt ſich bebanꜩen, 'expresses his thanks.'

16. entbinben euch eurer Pflichten, 'and (we) release you from your allegiance.'

106. 22. ſo abgebankt und langſam, 'the councillors walked about slowly with an air of dismissal.'

23. Gaſſenvogt, 'beadle;' Vogt signifies the same as our 'warder' or 'bailiff;' cp. Gerichtsvogt, 'high sheriff,' Landvogt, 'governor;' it is said to be from 'vocatus' for 'advocatus.'

25. Aloyſius; another Latin form of Chlodwig = Ludovicus = Louis.

26. wieder, 'he had incurred the beadle's wrath for previous conduct of the kind;' 'selon son habitude,' Fr. tr.

27. herſchnatterte, 'rattled out.'

29. ça ira, ça ira! was the refrain of the carmagnoles or Paris street songs of the Revolution; curiously enough, in the Fr. tr. is substituted 'Malborough s'en va-t-en guerre.'

31. hatte ihre liebe Noth, 'had endless trouble;' cp. *Faust,* Bk. i. l. 2770—

,Mein Schweſterchen iſt todt
Ich hatte mit dem Kind wohl meine liebe Noth;'

and for the use of liebe see note, p. 15, l. 13.

107. 11. ich armes Kind; cp. note, p. 90, l. 1.

14. hämiſches Weib, 'spiteful crone.'

21. ging die Trommel, 'the tatoo was sounding.'

23. Pudermantel, 'dressing-gown;' the gown thrown over the shoulders by the hairdresser when powdering the hair or wig.

25. haarklein, 'with minutest detail,' a suitable word for a barber.

26. Großherzog Joachim, *i.e.* Joachim Murat, Napoleon's famous marshal, afterwards King of Naples, and shot in 1815 by Ferdinand, the restored Bourbon. These events took place in 1806. The Duchy of Berg, of which Düsseldorf was the capital, was made into a Grand Duchy under Joachim Murat, who obtained the honour as a reward for his services at Austerlitz in 1805. When Murat became King of Naples, the eldest son of Louis Bonaparte, the King of Holland, Napoleon's brother, became Grand Duke as ward of the Emperor, for he was still a boy. After the

PAGE LINE

Congress of Vienna it went, with the rest of the Rhine provinces, to Prussia.

107. 27. die Schwester des Kaisers, Caroline, Napoleon's third sister, married to Murat in 1800.

108. 3. heiter=ernsten, oxymoron ; see note, p. 15, l. 11.

10. Einquartierung bekämen, 'that we had soldiers billeted upon us.'

12. angestrichen worden, supply wäre or sei.

14. Balkon, der Balcon, =e, declined strong, contrary to rule.

15. Schildwache; the word is feminine in German, as in French, 'la sentinelle,' and meant first 'sentry duty,' then 'sentry.'

17. auf Französisch, 'their very looks were French.'

25. ging unter die Soldaten, 'enlisted' = sich zum Soldaten werben lassen.

109. 4. Huldigung, 'coronation, accession, proclamation;' literally, 'homage.'

5. losgelassen, 'came off,' used of hounds 'to throw off.'

10. den Stein der Weisen, 'philosopher's stone.'

12. wolle, in or. obl., because the Burgomaster is expressing the intention of the Archduke.

20. erst = 'not, until ;' see p. 24, l. 2.

21. Walle, 'rampart,' not 'wall,' which is Mauer, Latin 'vallum.'

110. 2. nach wie vor, 'as usual.'

8. zu Statten, 'was of use to me.'

11. Niebuhr, 1776-1831, professor of history at Berlin. His *History of Rome* first treated the early legends of the kings in a rationalising way. It was translated into English by Hare and Thirlwall.

18. bei jedem Bekannten, 'for each acquaintance.'

111. 10. eigentlichen Rechnen, 'with figuring, properly so called.'

17. davon; see note, p. 21, l. 18.

19. hätten lernen sollen = lernen gesollt hätten; a past participle following an infinitive is attracted into the infinitive for euphony, and the latter auxiliary is then usually, as here, placed before the rest of the verb. Schiller

in his prose invariably follows this rule ; other writers vary, and some only follow it when the auxiliary is the verb haben. *Eve*, p. 207, § 203.

111. 25. ju Göttingen lateinisch disputierte ; all candidates for the doctor's degree had to read a Latin thesis in public, and in the older times a discussion in Latin followed, hence the phrase disputieren ; cp. our 'Wrangler.' It is said that Heine did make a bad blunder in his thesis.

27. die . . . Füchse, student slang for the 'freshmen.'

112. 10. des Nachts ; see note, p. 36, l. 14.

27. grammatisch trieb, 'practised the accidence of it ;' cp. beim Abendessen hat man viele Gelegenheit sein Deutsch zu treiben.

28. vor sich hin pickerte, 'ticked in a low tone to itself ;' these are imitations of the Hebrew verbs.

113. 2. Kopfsteuern, 'poll taxes.'

3. den Adelung. Adelung, an author of several school books on the German language, and of a dictionary.

7. meiner, gen. of ich, dependent on sich annahm, 'took an interest in me.'

8. der Art, demonstrative der, 'of the kind.'

10. Mitbuben, 'schoolfellow,' formed on the analogy of Mitgenoss, and many others ; cp. ‚Wer machte denn der Mitwelt Spaß.'—*Faust*.

12. in einem Zuge, 'tout d'un trait,' 'at a breath ;' literally, 'at one draught ;' Zug, English 'tug,' corresponds to our 'draught' in all its senses ;' cp. kleine Züge thun, 'to sip.'

12. dabei dachte ; cp. *Egmont*, Act i.—‚Jetter. Ich sitze an meiner Arbeit, und summe just einen französischen Psalm, und denke nichts dabei, weder Gutes noch Böses . . . gleich bin ich ein Ketzer und werde eingesteckt.'

14. hineingeschwatzt ; cp. hätte ich mich an Goethe festgeschwatzt, p. 82, l. 9 ; and for the force of hinein cp. sich hinein= arbeiten, 'to become familiar with,' 'go deep into,' 'approfondir.'

18. wusste, 'je n'ai pu dans la suite bien m'orienter dans le monde ;' for this use of wusste cp. note, p. 105, l. 15.

113. 19. illuminiert, 'illuminated,' *i.e.* 'coloured' in the school atlases, and 'enlightened,' *i.e.* by the Revolutionary ideas. Our 'limner' is derived from the Latin 'luminare.'

    21. Lehrbuchseelen, 'the populations according to the school text book,' 'les âmes, dont le manuel donnait le nombre exact.'

    28. zum; note ich gehe zu der Thür hinaus er warf es zum Fenster hinaus; er kroch unter dem Bette hervor; er ging an dem Thore vorbei. Motion past, through, out of, is expressed by a preposition of place with the dative and an appended adverb which completes the sense.

    30. Avancement, 'promotion.'

    31. neue Königthümer, *e.g.* Bavaria, Würtemburg, Saxony.

    31. hatten Absatz. Absatz means 'sale,' and absetzen, 'to sell ;' so Absatz haben means 'to be sold out,' used of the supply of a commodity.

114. 3. Siegellack, 'shellac,' 'sealing-wax.'

    4. wollte mir ausgehen, 'all but failed me ;' cp. in Ohnmacht fallen wollen, ' to be on the point of fainting ;' er wollte eben fort, ' he was on the point of going out ;' will fort, ' turns to go,' in stage directions.

    10. Nashornen, das Nashorn, usual plural Nashörner, 'rhinoceros.'

    19. vortrug, 'lectured on.'

    23. Bête allemande sein ; the French edition adds, 'comme disaient nos maîtres de langue aux grosses épaulettes d'or.'

    27. erging an mich, 'the question was put to me,' cp. es erging das Urtheil über den Verbrecher; *Faust*, Pt, i.. ,So ist's ihr endlich recht ergangen.'

    31. Examinator keeps the Latin accent.

115. 3. abliges Bonnenfranzösisch, 'the nursery governess French of the nobility,' pronounced 'after the school of Stratford atte Bowe.'

    19. half ihm ... putzen; note that the infinitive, as object with helfen, has no zu ; *Fasnacht*, p. 81 ; *Eve*, p. 187, § 162.

    26. Brot, Kuss, Ehre. 'English is an expressive language,' said Mr. Pinto, 'but not difficult to master. Its

range is limited. It consists, as far as I can observe, of four words — "nice," "jolly," "charming," and "bore ;" and some grammarians add "fond."'— *Lothair.*

115. 29. 𝔐𝔞𝔯𝔣𝔢𝔦𝔩𝔩𝔢𝔯 𝔐𝔞𝔯𝔣𝔠𝔥, composed (both words and music) by Rouget de l'Isle, a young officer in the French army in camp in Strasburg in the year 1791. The 400 Marseillais who answered Danton's appeal in 1792 for 'quatre cents hommes qui savent mourir,' sang it on their way from Marseilles to Paris, and gave it its well-known name. They took part in the battle of Valmy ; see below, note, p. 116, l. 2.

31. ça ira, ça ira ; see p. 106, l. 29.

116. 1. 𝔇𝔢𝔣𝔣𝔞𝔲𝔢𝔯 𝔐𝔞𝔯𝔣𝔠𝔥. When, in 1706, during the war of the Spanish Succession, Leopold of Dessau, at the head of the troops of the Empire, made his entry into Turin, he was received with this march, which from that time became popular in Germany. It was in reality an Italian piece of music, composed a few years previously.

2. 𝔴𝔦𝔢 𝔞𝔲𝔠𝔥 𝔊𝔬𝔢𝔱𝔥𝔢 𝔟𝔢𝔯𝔦𝔠𝔥𝔱𝔢𝔱. In the campaign of 1792, when the Prussian troops under the Duke of Brunswick invaded France, to be repulsed at Valmy (September 20) by the raw Republican levies, Goethe accompanied the staff as a spectator. It was on the evening of the battle that he wrote—'On this spot and on this day begins a new epoch in the history of the world.' So also thought the Republicans who made September 22, 1792, the 1er Vendémiaire An I. Goethe wrote a diary of the campaign in France, of which some interesting extracts will be found in Lewes's *Life of Goethe,* pp. 374, 399.

5. 𝔘𝔯𝔪𝔢𝔩𝔬𝔟𝔦𝔢, primitive melody ; see note, p. 4, l. 29.

6. Dum—Dum—Dum ; it will not be forgotten that 𝔡𝔲𝔪𝔪 means 'stupid.'

13. 𝔡𝔢𝔯 𝔗𝔲𝔦𝔩𝔢𝔯𝔦𝔢𝔫, the occasion of the massacre of the Swiss Guards, August 10, 1792.

17. 𝔥𝔬𝔠𝔥𝔟𝔢𝔯𝔬, 'and their noble consorts;' 𝔥𝔬𝔠𝔥 is a common prefix to express respect : 𝔥𝔬𝔠𝔥𝔢𝔥𝔯𝔴ü𝔯𝔡𝔦𝔤𝔢𝔯 ℌ𝔢𝔯𝔯, 'right reverend sir;' ℌ𝔬𝔠𝔥𝔴𝔬𝔥𝔩𝔤𝔢𝔟𝔬𝔯𝔢𝔫 = 'esquire ;' and as such is extended, in very courtierly language, even to

the pronouns which form the temporary attributes of exalted personages : Der König hat es mit hocheigener Hand unterzeichnet = 'with his own royal hand.' Dero, now almost obsolete, as it was in Heine's time also, though not quite so uncommon, is the Old High German form of the genitive plural of der, and is used in Kanzleistyl (legal style) for ihr and ihre, meaning both 'your' and 'their;' cp. Madame dero ergebenster Goethe. Uebrigens bitte ich noch um den mir schäzbare Liebe.   For a full history of the use of pronouns in German in address, see *Becker*, § 180, obs. 1.   Note Heine's degree of comparison—a baron is hoch, a duke is höchst, the king is allerhöchst ; see also note, p. 70, l. 14.

116. 21. erst, 'then, and not till then.'

27. Boston, a game of cards of American origin.

27. Bundestagsbeschlüsse.   Any assembly of deputies is a Bundestag; but Heine means here the Diet of the German Bund, formed after the Congress of Vienna, which held its meetings at Frankfort, and, amongst other acts (Beschlüsse), proscribed Heine's writings in 1836.   Heine's protest may be read in Stigand's *Life*, vol. ii. p. 188.

28. Dramaturgie, Liturgie, 'the science of the drama, and of religious observances.'

28. Vorschneiden, 'the art of carving at table.'

31. unlängst, 'not long ago ;' cp. unweit, unferne.

117. 1. Hofschenken, 'court butlers,' 'high stewards,' 'court keepers of the plate,' 'court equerries' ladies.'

3. Domestiken, 'menials.'

5. Maul, the word used of beasts, as fressen for essen.

18. im Kollegium, 'at a lecture of Privy Councillor Schmalz.' Schmalz (1760-1831) was a writer on Law and Politics, and, when Heine was at Berlin, a Judge of Appeal.

20. Schwarzmäntel und Rothmäntelgefahr, *i.e.* the Clericals or Ultramontanes, and the Red Republicans.

23. Livius oder aus Becker's Weltgeschichte, as we might say, 'from Livy or from Mangnall's Questions.'

117. 26. Putaine, 'harlot.' Fulvia betrayed Catiline's conspiracy to Cicero.

28. auf befagten Hammel zu kommen, 'pour revenir à nos moutons;' this common French phrase is from the old farce, *L'Avocat Pathelin.*

29. Völkerrecht, 'international law.'

31. der Kopf war mir eingeschlafen, 'not his *feet*, but his *head* had gone asleep.'

118. 2. daß just . . . geschimpft wurde, 'that the Professor was maintaining the very negation of International Law, and railing at demands for Constitutional Government.'

4. Hühneraugen, 'corns;' literally 'cock's eyes;' a corrupted form of hörnerne (*i.e.* horny) Augen, and an instance, therefore, of the well-known corruption exemplified by 'crayfish' from 'écrevisse,' and numerous other words in German as well as in English.

6. Juno=Augen. Homer calls Juno βόωπις, '*ox*-eyed,' and Vieh is used in German like 'ass' in English.

7. unmaßgebliche, 'immeasurable.'

9. schier, 'almost;' the original meaning of the word was 'quick.'

9. ins Malheur kam, 'got into trouble.'

12. hofpitierte, a technical university term = to attend a lecture although not a member of the University, or of the Faculty to which the lecture belongs.

13. Katheder, 'professorial chair;' Latin 'cathedra,' hence our phrase 'ex cathedra.'

13. sich echauffierte, 'waxed warm,' from French 's'échauffer.'

15. verdenken; see note, p. 2, l. 3.

18. fußtrittdeutlicher, 'with an even more unmistakable kick.'

19. schmähen; note the active infinitive after hören (and lassen) when we use the passive participle; *Eve*, p. 187, § 162.

30. Nachtviolen, the flower called the 'double rocket.'

31. Myrten und Lorberen. The myrtle is sacred to Venus and the laurel to Apollo.

PAGE LINE

119. 1. Refeben, 'mignonette;' 'mignonne' in French means 'darlings,' which explains the play on the word in the following clause.

7. den Zug über den Simplon. A mistake. Heine means the Great St. Bernard, crossed by Napoleon in 1800 before the campaign of Marengo.

9. Gevögel, 'flocks of birds.'

11. der Brücke von Lodi, 10th May 1796; here Bonaparte won the sobriquet of the 'Petit Corporal.'

12. Marengo, 14th June 1800, against the Austrians under Melas. The date is enough to show that the grauen Mantel existed only in Heine's dream; probably he had in his mind Béranger's lines in the *Souvenirs du Peuple*—

    ' Il avait petit chapeau
    Avec redingote grise.'

13. den Pyramiden, 21st July 1798.

15. Austerlitz, 2d December 1805. The Russian and Austrian left were forced into some frozen lakes in a hollow, and nearly 20,000 men drowned or killed by cannon there.

17. Jena, 14th October 1806. The Prussian Cannæ.

17. dum, dum, dum; see p. 116, l. 6.

18. Eilau, 18th February 1807, against the Russians and Prussians under Bennigsen. Napoleon held the field, but it was no triumphant victory.

18. Wagram, 6th July 1809. Austria's final defeat.

20. Trommelfell means both 'drumskin' and 'drum of the ear.'

120. 1. wie ward mir erst, 'how did I feel at length;' with werden in this sense we generally find zu Muthe added.

6. vorgetrommelt, formed on the analogy of vorlesen and vortragen, to 'lecture' and to 'expound,' 'had expounded on the drum.'

7. Generalmarsch, the 'assembly' or 'générale.'

9. dürfe, pres. subj. in or. oblique.

22. der Anarchie. Napoleon certainly, from the day when he fired on the Paris mob from the Church of St. Roch in 1795 to the end of his career, was on the

side of order against anarchy ; but it is hard to see in
what sense he put an end to the 'duel of the nations,'
except, indeed, for a time, by the partial effacement
of Germany.

121. 7. **die ganze Klerisei hatte ausgeklingelt,** 'the whole clerical
world had rung their bells for the last time.' The
French translation has 'et le Vatican s'écroulait.' The
bells, as the word **klingeln** shows, are the tinkling bells
of the mass, not the **Glocken** of the cathedrals, of which
the word **läuten** would be used. Napoleon's Concordat
with the Pope was in 1802, when he was First Consul.
For **aus,** meaning 'to have done with,' cp. **ausbrennen**
and the Latin use of ' de ' in detumesco and dedoleo.

8. **das ganze heilige römische Reich,** 'The Holy Roman Empire,
the proper name for what is often called the German
Empire, established in 800 by Karl the Great (though
the title of Holy Roman Empire only dates from 962,
Otto I.), and dissolved in 1806 by proclamation of
the Emperor Joseph, thenceforward called Emperor
of Austria. The **Deutsche Reich** was re-established in
1871, when the present King of Prussia was crowned
at Versailles 'Emperor in Germany.'

13. **nur ihre gefärbten Schatten.** Heine is thinking, probably,
of Plato's comparison of our knowledge of the universe to that of men who, living in a cave, should
see only the shadows of things outside, cast, as they
were carried by, on the illumined wall in front of
their abode.   `

27. **Es lebe;** see note, p. 10, l. 7. It is a good instance of
this use of **es.** 'Long live the Emperor,' 'Vivat
Imperator.' The verb must come first, but the
language does not admit of our construction. The
other form, **der Kaiser soll leben** is markedly weaker.

122. In this chapter Heine's apotheosis of Napoleon, his wild
hero - worship, reaches its height. On pages 138,
139 will be found extracts from his later writings,
where he takes a juster view of the Great Emperor. It
is hardly strange that a young poet of Heine's temper,
born where civil liberty and, for his own creed, bare
justice had come and gone with the French occupation,
should invest a career so dazzling and so tragic in its
close with virtues which it did not possess, and should
palliate its crimes. A gifted Englishwoman, Elizabeth

Barrett Browning, in a fine poem, too little known, follows in some passages so closely the line of Heine's thoughts that the inference is hardly avoidable that the chapter was in her memory, if not actually before her eyes.

'A deep gloom centered in the deep repose,
The nations stood up mute to count their dead ;
And he who owned the Name which vibrated
Through silence—trusting to his noblest foes,
When earth was all too grey for chivalry—
Died of their mercies, 'mid the desert sea.

'O wild St. Helen ! very still she kept him
With a green willow for all pyramid,—
Which stirred a little if the low wind did,
A little more if pilgrims overwept him,
And parted the lithe boughs to see the clay
Which seemed to cover his for judgment-day.

. . . .

'Because it was not well, it was not well,
Nor tuneful with thy lofty chanted part
Among the Oceanides, that Heart
To bind and bare, and vex with vulture fell.
I would, my noble England ! men might seek
All crimson stains upon thy breast—not cheek !'

. . . .

If the parallel here and elsewhere, in passages too long to quote, is striking, in the following lines the contrast with the tasteless profanity of the end of Heine's chapter is not less so :—

'I do not praise this man : the man was flawed.
For Adam—much more Christ ! his knee unbent—
His hand unclean—his aspiration, pent
With a sword-sweep—pshaw ! but since he had
The genius to be loved, why, let him have
The justice to be honoured in his grave.'
Crowned and Buried.

122. 2. fein einſames Grab, in the little valley called Slane's, near Longwood, in St. Helena. The body was removed in 1840 to its present resting-place in the Invalides at Paris, 'sur les bords de la Seine, au milieu de ce peuple français que j'ai tant aimé.' He died May 5, 1821.

122. 7. Klio, mit dem gerechten Griffel, 'the Muse of history with her impartial pen.' Clio is represented in antique statues with the stylus in her hand.

12. vermacht, 'bequeathed;' cp. Vermögen, 'property;' mögen and machen are from the same root. The force of ver is here 'to furnish with,' like 'be;' cp. verkörpern, 'to embody;' veranlassen, 'to cause;' *Eve*, p. 89.

13. windiger, 'pompous,' 'empty-headed;' what Carlyle would call a 'wind-bag.'

13. Sir Hudson Lowe, governor of the island from 1816.

14. sicilianische Häscher. Häscher is a low word for thief-taker; we may translate 'catch-poll:' sicilianische, because Sicily has an evil reputation for assassinations, perhaps with an allusion to the Sicilian Vespers.

15. an dem Manne des Volkes; cp. *Crowned and Buried*, quoted above: 'But the αὐτός of his autocratic mouth said yea, i' the people's French.'

16. an einem der Ihrigen, Louis XVI.

17. er war dein Gast und hatte sich gesetzt an deinen Herd, referring to Napoleon's surrender to Captain Maitland on board the *Bellerophon*, July 15, 1815, and his letter to the Prince Regent of July 13, in which occurs the following sentence—'I have terminated my political career, and come, like Themistocles, to seat myself on the hearth of the British people;' see note on p. 89, l. 19.

123. 2. wallfahren, 'make pilgrimage;' the prefix wall is the same as in Wallfisch, Wallnuß, and means 'foreign;' see note, p. 70, l. 13.

2. buntbewimpelten, 'with many-coloured pennants.' Wimpel, 'pennant,' is the same word as our 'wimple,' hood or head-dress.

5. Las Cases, Napoleon's friend and companion at St. Helena until 1816; see p. 90, l. 19. O'Meara, Napoleon's doctor. Antommarchi, his Italian doctor. The books referred to are Las Cases' *Mémorial de Ste. Hélène*, O'Meara's *Napoleon in Exile*, Antommarchi's *Mémoires*, appended to Las Cases' book.

6. Londonderry, better known as Lord Castlereagh. He was Lord Londonderry only for a few months. The bitterest opponent of liberty in the Tory party; Min-

ister of War under Pitt, and again in 1807 ; Minister of Foreign Affairs in 1812 ; refused to sign the Peace of Paris in 1813 for some time because Napoleon still held Elba with the title of Emperor. He cut his throat in August 1812. In one of the London churches the bells were rung on the news of his death ; a fact that would have delighted Heine.

123. 8. verfault. Louis XVIII., or Louis des huîtres, as the Parisians called him, was a great glutton. He died of a lingering disease in September 1824.

124. 8. des Glaukos, Homer, *Iliad,* vi. ll. 146 - 149. Glaucus, son of Hippolochus, Prince of Lycia, in answer to Diomed asking his race and name :

' Like leaves on trees the race of man is found,
Now green in youth, now withering on the ground ;
Another race the following spring supplies,
They fall successive, and successive rise.'

11. wenn neu auflebet der Frühling, poetical inversion of order.

125. 1. verblichen ; see note, p. 128, l. 9.

2. Muth, ' humour '=ill-humour ; cp. our ' moody)'

'Who, in my mood, I stabbed unto the heart.'
Two Gentlemen of Verona.

15. abgelebte, ' decrepit ; ' for the force of ab cp. abblüht, p. 2, l. 5, abgebankt, ' discharged,' and abgetragen, p. 27, l. 17.

17. Preußisch ; see note, p. 107, l. 26.

18. Höfchen, 'a bantling court.'

22. Hoflazareth, 'court hospital.'

22. Hofgeisteskranke, ' court imbeciles.'

126. 2. Zwiebelchen, ' bulbs.'

4. ,Prinzeßin im Thurme,' 'king of the castle ;' ' Madame monte à sa tour,' Fr. tr.

7. Saturn with the scythe, the emblem of ' Time ;' cp. *Harzreise,* p. 12, l. 9.

11. Parallelstellen, ' parallel passages.'

16. Newton'schen Gesetze, ' Newton's law of gravitation,' *i.e.* the pace increases as the square of the distance.

127. 10. von zwei armen Seelen. Heine is referring to his early love affair ; see Int., p. xvii.

16. die kleine Veronika, a little playmate of Heine's who died in childhood, and to whom he devotes a touching chapter in the *Buch le Grand*, for which space cannot be found here. Die fromme Ursula, below, l. 25, was her nurse.

23. Untergeschosse, 'ground-floor.' Geschoß from schießen, is the 'floor' or 'story' of a house, apparently connected with the idea of 'shooting up,' 'growing:' a house grows by 'stages' or 'stories;' the 'growth' of a plant is its Schoß ; cp. our 'shoot.'

128. 4. im russischen Kriege ; all readers will at once remember the beautiful ballad, Nach Frankreich zogen zwei Grenadier' Die waren in Rußland gefangen, which was written in 1820, or a little earlier.

8. Waisenkinder des Ruhmes, a characteristic touch, and very beautiful. It is essentially a prose image. We cannot fancy its occurrence in the poem. It is rhetorical, not poetical.

9. verwitterten, 'weather-beaten,' a good instance of ver ; cp. verwest, verblichen, and verbrannter below.

23. Schätzels = Schätzlein, diminutive of Schatz, 'sweetheart.'

29. halb verwest, 'half-decayed away;' ver and wesen, 'being.'

129. 2. verstorben gelbes, 'dead yellow;' verstorben is of course adverbial.

5. an einem ; see note, p. 15, l. 18.

6. Le Grand was a Trommelvocent, 'drum lecturer.'

9. die neuere Geschichte, 'modern history.'

10. docierte, for lehrte, intentionally formal word.

23. den Todesmuth der Garde. The Garde in the retreat from Moscow was in the van, but had very hard fighting.

31. die Schlacht bei der Moskwa, also known as the battle of Borodino, 5th September 1812. Forty thousand fell on either side. The weites, weißes Eisfeld is an effect of Heine's imagination.

130. 7. auf; note the preposition.

9. abgrundtiefen, 'abysmal.'

130. 13. ſie ſollte keinem, etc., a reminiscence, no doubt, of Moore's 'Minstrel Boy,' written about 1800—

> 'The harp he loved ne'er spoke again,
> For he tore its chords asunder,
> And said, "No chains shall sully thee,
> Thou soul of love and bravery,
> Thy songs were made for the pure and free,
> They shall never sound in slavery."'

This linking of the pathetic and the ludicrous is the keynote of Heine's genius, and is carried by him to a much greater extent than by Goethe or Shakespeare, whatever Heine may say here. He attributes too much pathos also to Aristophanes' bitter and brilliant but usually very unemotional muse, in spite of the Birds, and in spite of Elizabeth Barrett Browning's lines in the *Vision of Poets*—

> 'And Aristophanes! who took
> The world with mirth, and laughter struck
> The hollow caves of Thought, and woke
> The infinite echoes hid in each.

In Heine the transition, the bathos, too often jars and offends. Some may find the same fault in Goethe's *Faust*, but none, I think, in the immortal passages of Shakespeare, which readily occur to the memory: the Gravedigger scene in *Hamlet*, the Porter in *Macbeth*, the Fool in *Lear* (to whom, by the way, presumably Heine refers, though he could hardly justify the accuracy of his expressions), and, as an instance of the transition from gay to grave, the Fool's final song in *Twelfth Night*, delivered, as it ought to be delivered, and as the Meininger players do deliver it, on a stage where the festive lights are disappearing and the last silken rustle of the gay company is faintly heard in the background, 'for the rain it raineth every day.' 'O eyes sublime with tears and laughter for all time.'

131. 7. Denkerſchmerz, formed on the analogy of Weltſchmerz, of which Germany heard much, and overmuch, from the romantic school of poetry. Heine himself, as some one called him, and he did not resent it, was 'un Romantique défroqué.'

9. Knittelverſen, 'doggerel rhymes;' Knittel or Knuttel is literally 'a club.'

9. Puppenſpiel's. Dr. Faustus and his abduction by the

Devil was a favourite subject for the popular drama. See Turner and Morshead's *Faust*, Appendix I.

131. 13. Urpoeten, 'Maker of Makers.' Heine means the Creator. It must be remembered that poet means literally 'maker.' 'All the world's a stage' is here Heine's theme. For Ur see note on p. 4, l. 29.

13. abgesehen, 'caught it from,' 'imitated.'

16. Clowns. Words which are still regarded as foreign make their plural in s, *e.g.* die Albinos, die Madonnas; for a full statement of the plural in s see the note in Mr. Bull's edition of *Götz von Berlichingen* in this series, p. 143.

16. Graziofos, a character in the Italian pantomime answering to our harlequin.

16. Narrenkolben. Kolbe means both 'club' and 'head;' it here stands for the 'bauble' or 'marotte,' the stick surmounted by a fool's cap and bells.

17. Pritschen, Harlequin's sword of lath is so called. Pritschmeister is the German for harlequin. It also means 'marker' at a shooting-match, as in the opening scene of Goethe's *Egmont*.

18. Kaiseraktionen. The French translation has 'les hauts faits de l'empereur.' Aktion was formerly a general name for a stage-play, *e.g.* Große Haupt-und Staatsaktionen meant Historical Plays, what in French are called Drames. We may translate it here by 'the pageantry of the Empire.'

18. herangewatschelt, 'waddling;' for the construction, which is confined to kommen and similar words, see note, p. 44, l. 29.

19. abgestandenen, 'stale' 'vapid;' abstehen is used of liquors which have grown flat by standing.

19. zart-legitimen; all things about the restored monarchy, even its jests and epigrams, are legitimate. Heine is thinking probably of the Comte d'Artois' epigram, 'Il n'y a qu'un Français de plus,' on the occasion of his entry into Paris in 1814, which, by the way, he did *not* say.

22. Kapuzen. Louis XVIII. was notably priest-ridden.

24. Züge, 'traits;' see note, p. 113, l. 12.

PAGE LINE

132. 1. geſchnitten worden, supply ſei.

   3. Lumpenbrettern; cp. Lumpenpack, 'our own beggarly boards.'

   8. Testamentum militare, a short informal will allowed by Romans to soldiers in the field, and held as binding as if all legal observances had been fulfilled.

  10. frug, old form for fragte.

  11. bejaht; be makes a verb of any part of speech; for the opposite, however, one does not say beinenen, but verneinen, or mit nein antworten.

133. 1. Cenſoren, 'the Censors of the German Press.' If Heine suffered much from the German censors, who cut out his bitterest satire, and, by suppressing words here and there, altered his meaning, he certainly had his revenge in this chapter, where he is kind enough himself to do the necessary work of expunging, and writes his enemy 'down an ass,' without the inconvenience of exposing himself to an action for libel.

The episode from which the *Buch Le Grand* takes its name ends here, but the rest of the book is as witty as anything its author ever wrote. The following chapter on quotations is an excellent instance of the mock-pedantic style, and well worth reading. As a specimen of the whole, the following definition of an idea may be quoted :—

'What is an idea? "There are some good ideas in this coat," said my tailor, regarding with serious deference the overcoat, which dates from my days of dandyism at Berlin, and out of which a sober dressing-gown was now to be made. My washerwoman complains that Pastor S. has put ideas into her daughter's head, and that she has turned silly with them, and will not listen to reason. My cabman mutters on all occasions, "That's a good idea, that's a good idea;" but he turned quite crusty yesterday when I asked him what he understood by an idea, and he muttered surlily, "Well, well, an idea is an idea; an idea is any silly stuff that one takes into one's head."'

Q

SHORTER EXTRACTS.

NOTES.

PAGE LINE

134. 1. Schon daß . . . sehe. This sentence forms the subject of the verb erregt in l. 2. We should tremble 'merely to find any one discussing the existence of God.'

    4. lauter; see note, p. 6, l. 10.

    9. des verflossenen Jahrs, i. e. 1832.

    10. Renomméen. Goethe, Cuvier, Scott, all died in this year.

    14. Pairie. The French Pairie, or peerage, was still a new institution in 1832. The constitution of the restored Bourbon monarchy of 1815, and of the Orleans monarchy of 1830, alike contained a House of Peers on the model of our House of Lords, and a Chambre de Députés, corresponding to our House of Commons.

    15. fournée = Fr. 'fournée,' 'batch,' a baker's term properly, made familiar by its use during the Reign of Terror for each set of victims sent to the guillotine. But we also speak of a 'batch of peers,' and Heine uses the word here probably with no special allusion. Cp. p. 113, l. 31, where he speaks of the monarchies created by Napoleon in Germany as neugebacken.

    21. König von Spanien, Ferdinand VII., dispossessed by Joseph Bonaparte in 1807. He had a severe illness in 1832, and died the following year, leaving his crown, in despite of the Salic Law, to his daughter Isabella II., now ex-Queen of Spain and mother of King Alfonso. Her brother, Don Carlos, grandfather of the present Don Carlos, attempted unsuccessfully to assert his claims in virtue of the Salic Law, and thus began what is known as the Carlist Party.

135. 1. Jean Paul. Jean Paul Richter, 1763-1825, the best known of German humorists. Carlyle has a good

PAGE LINE

essay on him in his *Miscellanies*, and has translated one of his works, *Quintus Fixlein*. *Hesperus,* *Levana, an Essay on Education*, and *Maria Wuz*, are perhaps the best worth reading of his writings, and are all to be had in good English translations.

135. 2. verglichen; here, and in the sentence ending with verloren in the next line, the auxiliary is omitted, as it commonly is at the end of a relative sentence in German; see note, p. 111, l. 19.

8. unbeholfenen, 'clumsy.'

10. Hose, 'breeches.'

16. flennen, 'whimper.'

21. This extract was selected to illustrate the passage on p. 131, where Heine discusses Humour; cp. also Int., p. xxxviii. We can hardly resist the belief that in writing the following lines on Sterne, Heine was thinking also of himself. On him assuredly the muses of Tragedy and Comedy alike smiled, and in never-ending rivalry claimed as their own.

136. 3. die närrischen Glöckchen, 'the fool's cap and bells.'

4. all ihren; see note, p. 88, l. 25.

10. lachend, adverbial.

20. Und gar von der Sprache; this sentence continues the thought of the preceding, 'And none at all of the language in which it is composed.'

22. gereimte Quadern, 'rhymed blocks of quarried stone.'

137. 9. verliebtes Wackeln, 'infatuated waddle.'

13. gen for gegen.

17. der grimme Hagen. Hagen in the legend is suborned by Brunhild to kill Siegfried, the husband of Chriemhild. The concluding portion of the *Nibelungenlied* is the revenge of Chriemhild for Siegfried's death.

25. die heiligen drei Könige. These are the three kings of Cologne, or the three Magi of the Bible. Their names, according to the legend of the Church, were Balthasar, Melchior, and Caspar. Their skulls, preserved with religious veneration, first at Constantinople, then at Milan, have found their last resting-place in Cologne Cathedral, where they are still shown as the most precious relics of the Church.

137. 26. abᚠonterfeit, 'depicted.'

26. $iob, 'Job.'

30. Mitbürger; see note on p. 113, l. 10.

138. 7. This and the two following extracts relate to the
removal of Napoleon's body from St. Helena to the
Invalides in Paris, in the year 1840. The remains
were demanded from England, and escorted from
St. Helena by the Prince de Joinville. Lamartine
and his party, in the Chamber of Deputies, objected
to the vote of money for the expenses of the funeral.

10. Geträtſche, 'twaddle.'

11. Monden, poetical for Monaten.

20. Bailey, astronomer and mathematician, leader of the
Tiers état in 1789, mayor of Paris in that year,
guillotined during the Reign of Terror.

24. des 18. Brumaire in 1799, when, by a *coup d'État*,
the Directory was abolished, and the Consulate
established.

25. Leichenſpiele, 'funeral games,' as for the heroes of the
Iliad.

139. 6. quand même, 'in spite of all.'

6. die Kammer, *i.e.* 'The Chamber of Deputies;' see note
above, p. 138, l. 7.

8. Kniᚦerei, 'higgling.'

16. loderten und brodelten, 'blazed and vapoured.'

18. furor francese, 'French fury,' Italian.

20. Berichterſtattern, from Bericht and erſtatten, 'those who
have described the scene.'

26. Prätorianerjubel, 'rejoicing as of the Pretorian guard
of the Roman Empire.'

28. Die alten . . . geſegnet, 'the conquerors of old (*i.e.* the
soldiers of the First Empire) have since then gone
to their rest.'

140. 3. Katafalk, 'catafalque,' 'funeral car.'

12. eines kalten Wintertags, adverbial genitive. Napoleon's
remains were buried in the Invalides in December
1840.

23. den Eichenkranz, 'the crown of oak ;' *i.e.* the civic

crown given in ancient Rome 'ob cives servatos' for saving the life of a citizen.

140. 27. Vendomesäule, the famous column in the Place Vendôme, which was thrown down by the Commune in 1871, and has since been rebuilt.

141. 2. Barbier. Henri Auguste Barbier, a contemporary French poet. ‾

    3. stellt, imperative second person plural.

    4. fußend, 'planting his feet.'

    4. Kanonenruhm. The Vendôme Column is cast of the bronze of captured cannon.

   19. der Erklärung der Menschenrechte. In 1789 the Constituent Assembly, on Lafayette's motion, declared the Rights of Man according to the words of the American Declaration of 1776.

   25. des Kalküls, 'of calculating self-interest.'

142. 4. ködern, 'to allure.'

    6. den Linden. Unter den Linden is the name of the chief promenade of Berlin.

   12. frömmelnden Kamaschenheld, 'would-be-pious hero in gaiters.'

   16. Gemengsel, 'hodge-podge,' 'pot pourri,' 'olla podrida.'

   22. Barocke; see note, p. 12, l. 23.

143. 10. Heinrich Beer, a brother of the composer Meyerbeer, one of Heine's Berlin friends. It was at Berlin in 1819 that he became acquainted with Hegel the philosopher; see Int., p. xxi.

   13. This striking legend has been versified by Elizabeth Barrett Browning in her well-known poem *Pan is Dead*. A later addition, of which Heine takes no account, states that the event took place at the time of the agony upon the Cross.

144. 4. With this extract compare Int., p. xxxii.

   14. abgenommen; abnehmen is 'to decrease,' zunehmen, 'to increase.'

   20. Kämpen, 'champions.'

144. 24. einen Gott; elsewhere he finely calls the Jews 'the Swiss guard of Theism.'

145. 5. des Aristophanes; see p. 131, l. 6; and for another passage on Greek poetry the note on p. 81, l. 19.

     7. Bedeutendes; see note, p. 5, l. 17.

146. 7. vakant. French 'vacant,' pronounced, like all words in ant derived from foreign languages, with the accent on the last syllable.

THE END

Printed by R. & R CLARK, *Edinburgh.*

www.ingramcontent.com/pod-product-compliance
Lightning Source LLC
Chambersburg PA
CBHW030637030726
47497CB00006B/1837